EIFEL-KRIMI
5

Emons Verlag

Carsten Sebastian Henn wurde 1973 in Köln geboren. Er studierte Völkerkunde, Soziologie und Geographie und arbeitet heute als Autor und Weinjournalist. Seit 2006 ist er literarischer Kolumnist des »Gault Millau Magazins«. Im Emons Verlag erschienen seine kulinarischen Kriminalromane »In Vino Veritas«, »Nomen est Omen«, »In Dubio pro Vino«, »Vinum Mysterium« und der Kurzkrimiband »Henkerstropfen« sowie »Henns Weinführer Mittelrhein« und »Henns Weinführer Ahr«. Als Hörbuch erschienen bisher »In Vino Veritas« und »Vinum Mysterium«, gelesen von Jürgen von der Lippe.
www.carstensebastianhenn.de

Carsten Sebastian Henn

Nomen est Omen

Ein kulinarischer Krimi

Emons

Umschlaggestaltung: Atelier Schaller, Köln
Umschlagzeichnung: Heribert Stragholz
Umschlaglithografie: Media Cologne GmbH, Köln
Druck und Bindung: CPI – Clausen & Bosse, Leck
Printed in Germany 2008
Erstausgabe 2003
ISBN 978-3-89705-283-3

www.emons-verlag.de

»Golf ist keine Frage von Leben und Tod –
Golf ist wichtiger.«

Schottisches Sprichwort

Für mein Patenkind Jule
und für meine Frau, das kriminalistische Genie

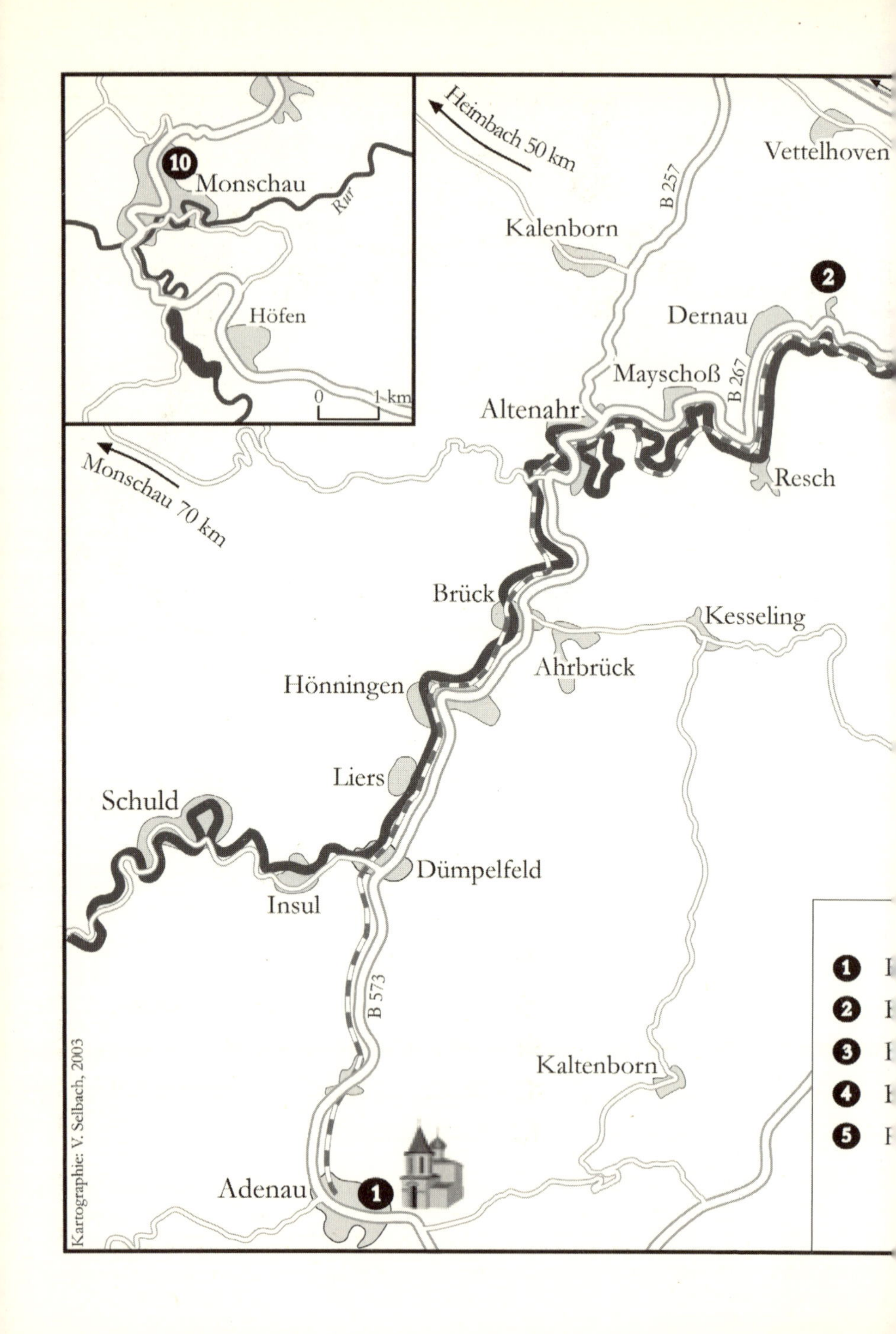

Heimbach 50 km
Vettelhoven
10
Monschau
Rur
B 257
Kalenborn
Höfen
2
Dernau
Mayschoß
B 267
0
1 km
Altenahr
Resch
Monschau 70 km
Brück
Kesseling
Ahrbrück
Hönningen
Liers
Schuld
Dümpelfeld
Insul
B 573
1
2
3
4
5
Kaltenborn
Adenau
1
Kartographie: V. Selbach, 2003

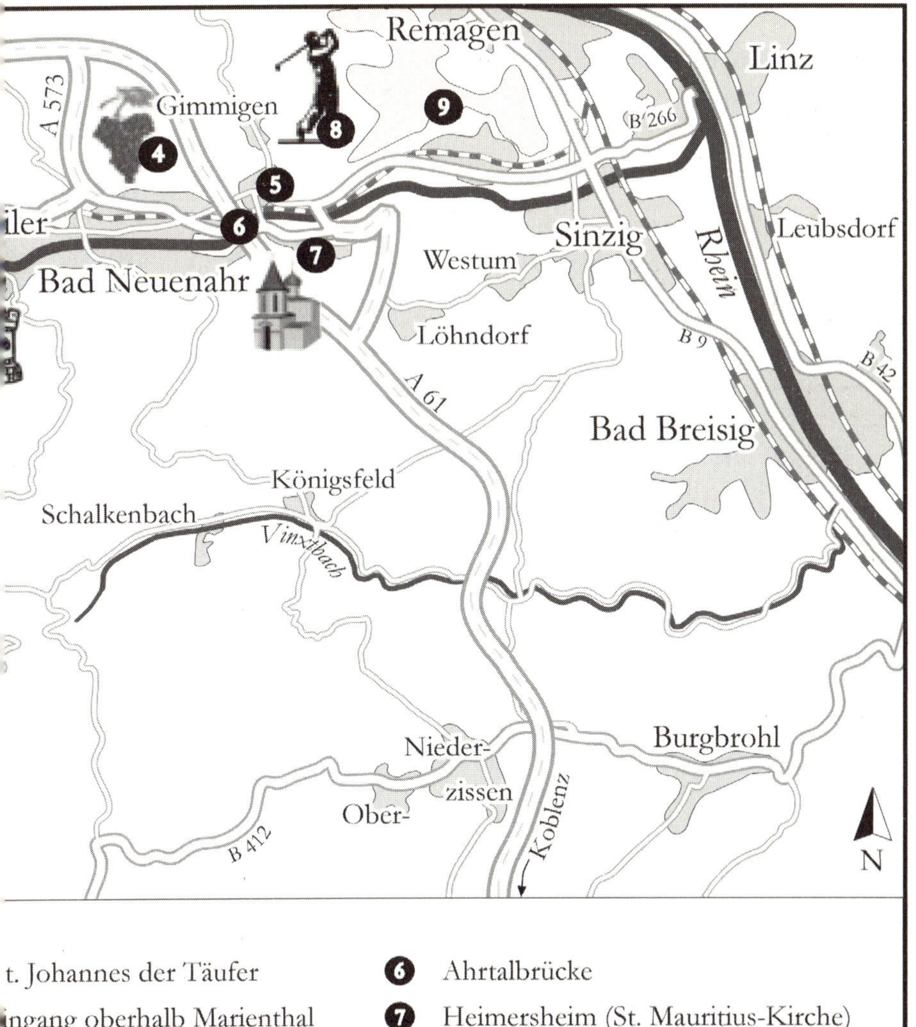

t. Johannes der Täufer
ingang oberhalb Marienthal
enbach mit Kalwenturm
ienahrer Sonnenberg
;en (»Zur Alten Eiche«)

6 Ahrtalbrücke
7 Heimersheim (St. Mauritius-Kirche)
8 Milsteinhof (Golfplatz)
9 Waldstück oberhalb Bad Bodendorf
10 Senfmühle

0 5 km

I

»Wer in Gottes Namen?«

»Jetzt beruhigen Sie sich erst mal und erzählen alles ganz langsam von Anfang an!«

Aber Julius Eichendorff beruhigte sich nicht. Er rutschte auf dem Polstersitz des Einsatzwagens herum, als wäre er eine heiße Herdplatte. Ihm gegenüber, an einem Styroporbecher mit dampfendem Kaffee nippend, saß Frau von Reuschenberg. Die Kommissarin sah ihn aufmunternd an. »Wir haben Zeit. Das Schlimmste, was passieren könnte, ist, dass wir beide erfrieren. Aber da es nur knapp unter null ist, dürfte das dauern.«

Julius kam die rettende Idee. Er hatte doch … irgendwo mussten … sie waren doch immer … ja! In seiner ledernen Kameratasche fand er zwei in Alufolie eingepackte Kugeln. Die Notfallpralinen! Wenn nichts mehr ging, half Schokolade. Je süßer, desto schneller wirkten sie, je cremiger, desto erquickender. Er rollte einen dunklen Trüffel mit klammen Fingern aus und steckte ihn sich hastig in den Mund. Es dauerte etwas, bis die Praline die richtige Temperatur hatte und zu schmelzen begann. Sie kleidete angenehm nussig den Mund aus, bis Julius die Gianduja-Füllung erreichte und zubiss. Wohligkeit breitete sich in seinem unterkühlten Körper aus, trieb den Schock und die Anspannung aus den kalten Gliedern.

»Möchten Sie auch eine?«

»Ich bleib lieber bei meinem Kaffee.«

Julius zuckte mit den Schultern und verstaute die zweite Praline wieder in der kleinen Tasche.

»Fühlen Sie sich jetzt besser?«, fragte von Reuschenberg. Ihre Lachfältchen waren zu sehen.

»Das war genau, was ich gebraucht habe.«

Sie hatten sich vor knapp einem Jahr kennen gelernt, als ein Mörder, genannt die »Rote Bestie«, durchs Ahrtal wütete. Julius und die Kommissarin hatten ihre Probleme miteinander gehabt, aber am Ende hatten sie sich zusammengerauft. Vielleicht sogar ein wenig mehr. Und das war gut gewesen, sonst wäre wahrscheinlich noch mehr Blut geflossen.

»Legen Sie los. Das Band läuft.«

Julius genoss die letzten Reste der schokoladigen Creme, bevor er den Mund wieder zum Sprechen benutzte.

»Ich hätte ahnen müssen, dass so was passiert. Der Tag fing schon schlecht an.« Er schüttelte den dezent behaarten Kopf. »Als ich ins Wohnzimmer kam, hab ich gesehen, dass der Anrufbeantworter blinkte. Vier Anrufe. Und was war? Aufgelegt! Viermal. So was bringt mich zur Weißglut.«

»Sie haben's wirklich schwer. Erst viermal aufgelegt und dann ein Mord.« Von Reuschenberg versteckte ihr Gesicht hinter dem Kaffeebecher, aber Julius konnte erahnen, dass sie dahinter feixte. »Wie ging's nach diesem Schreck weiter? Bei der Führung?«

»Dafür musste die Kamera eingepackt werden, die Einladung und der Personalausweis. Ist schließlich ein streng gesicherter Wehrbereich. Fehlte nur noch ein polizeiliches Führungszeugnis.«

»Dafür gab's bestimmt Gesichtskontrolle.« Von Reuschenberg schaute ihn fordernd an.

Julius war nicht zum Scherzen zumute. Das Geschehen im Regierungsbunker war dem Koch und Besitzer des Renommier-Restaurants »Zur Alten Eiche« auf den Magen geschlagen. Und der war eines seiner professionellsten Körperteile.

»Irgendwie lag eine merkwürdige Stimmung in der Luft. Es war, als wenn alle versuchten, sich gegenseitig aus dem Weg zu gehen. Dabei sind sie Vereinskameraden im Golfclub. Ich durfte ja nur mit, weil eine ehemalige Auszubildende von mir im Vereinsrestaurant arbeitet. Als ich von dem Ausflug hörte, wollte ich ihn mir natürlich nicht entgehen lassen. Eine der letzten Führungen durch den Regierungsbunker, bevor er endgültig dicht gemacht wird! Ich konnte ja nicht ahnen ...«

»Sie konnten ja nicht ahnen, dass Sie wieder zu einer schlechten Angewohnheit zurückkehren ...«

Julius schaute sie verdutzt an. Ihr steter Atem kondensierte sofort, und er nahm den bitteren Geruch von Kaffee deutlich wahr.

»Ich meine Ihre schlechte Angewohnheit, Leichen zu entdecken.«

Eine Angewohnheit, dachte Julius, auf die er liebend gern verzichtet hätte. »Die dritte in meiner Sammlung.«

»Hoffen wir, dass es dabei bleibt. Erzählen Sie weiter, mein Kaffee ist nämlich gleich alle.«

Julius sah durch das mit Eisblumen übersäte Fenster, wie der Leichenbestatter einen schwarzen Plastiksack in den Kombi schob.

»Alle hielten Abstand voneinander, als grassiere die Pest. Das wurde körperlich spürbar, als wir die Anlage betraten. Denn die Gänge bieten nicht viel Platz, um sich aus dem Weg zu gehen. Kaum einer redete mit dem anderen. Das hatte den Vorteil, dass ich sogar ganz hinten alles hören konnte, was der Tourführer sagte.«

Und Julius erzählte. Von Reuschenberg ließ ihn reden. Julius wusste, dass es nicht die Informationen waren, die sie von ihm hören wollte, aber er fühlte sich von Wort zu Wort besser, während er die Geschichte des Bunkers rekapitulierte. Er zog einen ordentlich gefalteten Zettel hervor, den der Golfclub verteilt hatte, damit alle die rudimentären Informationen über das Bauwerk kannten. Julius las ihn vor. Er klang wie eine Todesanzeige.

– Infoblatt –

für den Vereinsausflug am 7. Januar zur Dienststelle Marienthal (ehemaliger Ausweichsitz der Verfassungsorgane des Bundes im Krisen- und Verteidigungsfalle zur Wahrnehmung von deren Funktionsfähigkeit)

Etwa 1910 begann man im Ahrtal mit dem Bau einer neuen Eisenbahnlinie. Diese sollte den Weg nach Westen verkürzen, um im Kriegsfall möglichst schnell Truppen, Gerät und Nachschub in Richtung Frankreich transportieren zu können. Für die neue Bahnstrecke wurde auch mit dem Bau eines ca. drei km langen Tunnels begonnen. Das Ende des Ersten Weltkrieges bedeutete aber auch für die neue Bahnlinie das Ende. Im Zweiten Weltkrieg entsann man sich des Tunnels, um dort, geschützt vor den alliierten Luftangriffen, V1- und V2-Raketen zu montieren. Nach dem Beitritt zur NATO ergab sich dann Ende der 50er Jahre für die junge Bundesrepublik die Notwendigkeit, ein Schutzbauwerk für die Regierung und die übrigen Verfassungsorgane zu errichten. Man entschloss sich, dazu auf den stillgelegten Eisenbahntunnel im Ahrtal zurückzugreifen, weil die bis zu 112 Meter mächtige Überdeckung durch Schiefergestein den besten Schutz vor Angriffen aller Art gewährleistete, einschließlich möglicher Nuklearschläge. Die Längenausdehnung und ihre Untergliederung in autarke Abschnitte machten die Tunnelanlage zu einem Flächenziel, das nur schwierig anzugreifen war. Fast fünf Jahrzehnte später, im Jahre 1997, fasste das Bundeskabinett den Beschluss, die Anlage aufzugeben. Bis zur Schließungsentscheidung unterlag das Bauwerk strengster Geheimhaltung.

Julius sah wieder auf. Von Reuschenberg notierte etwas in ihr burgunderrotes Notizbuch und nickte ihm dann zu. Julius versuchte sich zu erinnern, versuchte wieder dort zu sein in dieser betonierten Monstrosität, deren Eingang nur wenige Meter entfernt lag und aus dessen verschlungenem Magen soeben eine Leiche hervorgeholt worden war.

»Es war … ja, es war wie in einem dieser alten James-Bond-Filme, wie in ›James Bond jagt Dr. No‹. Viel veraltete, museale Technik in Topzustand. Man fühlte sich wirklich wie in einem Film.«

Und Julius erinnerte sich an den merkwürdigen Film, in dem er gerade mitgespielt hatte. Sie hatten sich einige der 936 Schlafzellen angeschaut, waren durch ein paar der 897 Büros gegangen, hatten je eine der fünf Großkantinen, der fünf Kommandozentralen und der fünf Sanitätsbauwerke bewundert.

»Am beeindruckendsten fand ich die Fahrradabstellhalle – wer rechnet schon mitten im Bauch eines Bunkers damit?«

Julius erzählte von der Druckerei, dem Frisörsalon und dem Raum für ökumenische Gottesdienste. Er erzählte von der roten Präsidentencouch, auf der im Übungsfall nur »Bundespräsidenten-Üb« gesessen hatten – Bundeswehrjargon für die Doubles. Und er erzählte von den Türen.

»Fünfundzwanzigtausend Türen, können Sie sich das vorstellen?«

Julius erzählte nicht von der aseptischen Kühle, nicht von dem Angstgefühl, das ihn überkommen hatte. Ein kleiner Vorgeschmack auf einen Bunkerkoller, dachte er, den er hoffentlich niemals erleben würde. Längere Zeit in diesen Betonschläuchen, umgeben von blanken Wänden und Rohren, nur fahles künstliches Licht, und der Wahnsinn würde anklopfen. Die Luft war ihm mit einem Mal schwer, wie mit Beton durchmischt vorgekommen. Als müsste sie dichter sein, um all der Erde standzuhalten, die über ihr lag. Nein, er würde es nicht lange in dieser unterirdischen Geisterstadt aushalten. Julius lief es kalt den Rücken herunter, und das lag nicht daran, dass das Thermometer unter null anzeigte. Von Reuschenberg musste all dies nicht wissen. Und sollte es auch nicht.

»Es war schon ziemlich zum Ende der Führung, als mir auffiel«, er hielt seine Kameratasche hoch, »dass ich etwas vergessen hatte. Der Tourführer rief per Funk einen Kollegen, der kurz darauf auf einem Fahrrad bei der Gruppe ankam. Wir sind zusammen durch die letzten Räume gegangen, in denen die Führung stattgefunden hatte, um die Kameratasche zu suchen.«

»Er kam auf einem Fahrrad?«

»Wie wollen Sie sonst die Distanzen schnell überbrücken?«

Von Reuschenberg straffte ihren Körper und setzte sich aufrecht. Ihre Augen verrieten Aufmerksamkeit, die Pupillen wirkten fokussierter als zuvor.

»Aber es dauerte etwas, bis Sie Ihre Tasche wieder fanden ...«

»In den letzten vier Zimmern war sie nicht, dann kamen wir zu dem Raum für ökumenische Gottesdienste.«

Julius nickte, als wolle er sich versichern, dass alles so gewesen war, wie er es beschrieb. Die Wirkung der Notfallpraline ließ spürbar nach. Julius war nur noch wenig vom neuralgischen Punkt seiner Nacherzählung entfernt. Dem Moment, als sich die Tür geöffnet hatte.

»Ich kannte ihn nicht gut. Eigentlich gar nicht. Er kam aus Schalkenbach, und das ist halt doch ein gutes Stück entfernt. Ich hab ihn nur einmal auf dem Winzerfest in Walporzheim gesehen, da stand er mit Freunden von mir zusammen. Er war damals sehr ruhig gewesen, obwohl die ganze Runde bester Laune war. Trank ganz bedächtig sein Mineralwasser. Heute war er auch schweigsam. Ich hab versucht, mit ihm zu reden. Als uns der Tourführer die noch in Plastik verpackten Telefone zeigte, mit denen im atomaren Ernstfall der Kontakt zur Außenwelt aufrechterhalten werden sollte, standen wir zufällig nebeneinander. Mir fiel auf, dass er schwitzte, obwohl er nur den weißen Golfclub-Blazer und keinen Mantel darüber trug. Dabei war es im Bunker noch kälter, als es hier draußen ist.«

»Und was haben Sie gesagt?«

»Ich meinte zu ihm, dass so ein Blazer auch bei mir zu Haus hinge, nur mit einer anderen Aufschrift: ›Jedes Kilo ist steuerlich abgesetzt‹.«

»Und?«

»Kaum eine Regung. Ein angedeutetes Schmunzeln, aber es sah eher gequält aus.«

»Bei dem Witz.« Sie lächelte. Julius bemerkte, dass ihre Lippen trocken waren und blass von der Kälte. Aber selbst damit brachte sie ein verführerisches Lächeln zustande.

»Er wirkte extrem angespannt. Die Hände waren richtig verkrampft. Und sie sahen sehr abgearbeitet aus. Als Koch achtet man auf Hände – die Visitenkarte eines Menschen.«

»Auf dieser stand Klaus Grad, zweiundsiebzig Jahre, Elektriker, erfolgreicher Besitzer eines Handwerksbetriebs, verwitwet, eine Tochter. Keine Vorstrafen.«

Julius glich die Fakten mit seinem Bild von Klaus Grad ab. Sie passten. »Wissen Sie, wie er aussah? Wie dieser nette Bekannte von Miss Marple, Mister Stringer. Und genau wie der schien Grad Angst zu haben. Vielleicht dachte er, alles könne jeden Augenblick über ihm einstürzen.«

»Oder jemand könnte ihn ermorden. – Jetzt kommen Sie aber langsam zum Punkt, da draußen warten noch andere Eisleichen, die vernommen werden wollen.«

Julius blickte hinaus auf die Golfclubgruppe, allesamt mit Styroporbechern bewaffnet, aus denen es dampfte.

»Der Wärter war verwundert, weil die Tür nicht verschlossen sein durfte. Er versuchte sie zu öffnen, aber es ging nicht. ›Die muss von innen verriegelt sein. Da muss einer drin sein‹, sagte er, fing an zu klopfen und zu rufen.«

»Aber das brachte nichts.«

»Nein. Also rief er auf seinem Walkie-Talkie einen Kollegen, der dann nach fünf Minuten mit einem Schweißbrenner ankam.«

Von Reuschenberg notierte wieder etwas. Sie rieb danach die Fingerspitzen ihrer Hände warm. »Weiter.«

»Irgendwann war die Tür dann auf. Fragen Sie mich nicht, wie und was er da geschweißt hat, zumindest glühte es rot, irgendein Metallstück fiel zu Boden, und die Tür konnte mit einem Stemmeisen geöffnet werden.«

»Und?«

Julius schaute sie an. »Es roch nach Qualm. Und der war nicht vom Schweißbrenner. Es roch nach einem Schuss.«

Julius hatte die Szene wieder klar vor Augen.

So viel Rot.

»Er lag hinter der Tür ... in einer riesigen Blutlache ... den Arm ausgestreckt, als wolle er Hilfe holen ... als wolle er zur Tür ...« Von Reuschenberg legte ihre Hand auf die seine. Julius sprach nun ruhiger weiter: »Wie kann es nur sein, dass die Tür von *innen* verschlossen war? Das verstehe ich nicht. Das widerspricht jeder Logik!«

Von Reuschenberg nickte. »Mal sehen, was die Spurensicherung über den Raum zusammenträgt. – Und was war nun mit Ihrer Kameratasche?«

Julius blickte sie überrascht an. Mit dieser Frage hatte er nicht gerechnet. »Die hatte der Vorsitzende des Golfclubs, Jochen Hessland, mitgenommen, als ich sie in einem anderen Raum vergessen hatte. Er wollte sie mir wohl in dem Moment geben, als ich mit dem Wärter weg bin.«

»Hat jemand von Ihnen etwas im Raum angefasst? Den Toten vielleicht?«

»Nein. Niemand. Der Mann mit dem Schweißgerät hat den Raum gesichert, während der andere die Polizei rief.«

»Noch eine letzte Frage: Haben Sie bemerkt, wie Grad oder eine andere Person die Führung verlassen hat?«

»Nein. Dafür war die Gruppe zu groß. Sich da unbemerkt abzusetzen war bestimmt ein Kinderspiel.«

Von Reuschenberg stand auf und zog die Schiebetür des Einsatzwagens auf. »Vielen Dank. Sie haben mir wie immer geholfen.«

»Gern geschehen.«

»Sie haben es mit Morden, oder?«

Julius trat hinaus auf die betonierte Zufahrt zum Regierungsbunker. Die frische Luft wirkte wie ein Schluck Eiswein, sie spülte das Unangenehme hinfort.

»Das war bestimmt mein letzter.« Er konnte schon wieder ein wenig lächeln. Aber es gab nun ein weiteres blutiges Bild in seiner Erinnerung, das nicht verblassen würde, auch wenn er es sich noch so sehr wünschte.

Das Haus in der Martinus-Straße wirkte leer, als Julius am frühen Nachmittag von der Vernehmung zurückkehrte. Leerer als vor dem Ausflug. Er ging in die Küche, setzte sich einen Kaiser-Melange-Tee auf und blieb neben dem Wasserkessel stehen. Er lauschte auf die ersten zerplatzenden Bläschen, das leise Murmeln, das zu einem Rauschen wurde, als das Wasser zu kochen begann. Julius beobachtete den Dampf, der immer dichter aus der Tülle schoss. Als der Kessel zu pfeifen anfing, nahm er ihn vom Herd und goss das heiße Wasser in eine Tasse, in der bereits ein exakt befülltes Tee-Ei lag. Erst als er sich an den schweren Holztisch im Wohnzimmer setzte, um den Tee bedächtig zu schlürfen, fiel es ihm auf. Das Zimmer wirkte nicht nur leer, weil er sich innerlich so fühlte, weil alle Wärme aus ihm gewichen war, weil der Schock keinen Platz für ein positives Gefühl wie Behaglichkeit ließ.

Der Raum wirkte noch aus einem anderen Grund leer.

Herr Bimmel war nicht da.

Und das war ungewöhnlich. Der dicke, schwarz-weiße Kater liebte es zwar, in Heppingen herumzustreunen, Mäuse zu fangen, Autos zu beobachten oder einfach zu lauern, egal auf was oder wen, aber jetzt im

Winter liebte er es noch viel mehr, im wohlig-warmen Haus zu liegen und den Mäusen ihren Frieden zu lassen.

Und jetzt war er weg. Julius blies heftig in seinen Tee, damit er schneller kalt wurde. Heute Morgen war er doch noch da gewesen, hatte faul auf dem Wohnzimmerteppich gelegen und sich träge geräkelt. So langsam, als wolle er dadurch auf keinen Fall richtig wach werden.

Julius warf sich die blaue Daunenjacke über und verließ das Haus. Bei sich hatte er die Plastikbox, in der Herrn Bimmels liebstes Katzenfutter war. Der gefräßige Kater stürmte stets herbei, sobald er das Rappeln der kleinen Trockenfutter-Pellets hörte. Auf seinen Namen reagierte Herr Bimmel nie.

So sehr Julius auch um den Kater besorgt war, so froh war er darüber, dass ihn etwas auf andere Gedanken brachte. Als er das letzte Mal einen Toten entdeckt hatte, kostete ihn dies am Ende fast selbst das Leben.

Die klare, kalte Luft konturierte alles um ihn herum. Heppingen wirkte wie ein großer Scherenschnitt. Es war, als könne er bis zum Horizont, bis zur Spitze der Landskrone, jeden blanken Ast an jedem Baum, jeden verschrumpelten Zweig an jedem Rebstock erkennen.

Nur Herr Bimmel war nicht zu sehen.

Julius ging in Richtung Ahr, bog rechts in die Havinganstraße ein, dann wieder rechts in die Quellenstraße, ab und an innehaltend, mit der Futterdose rappelnd. Das Geräusch hallte von den Häuserwänden wider. Von den Spaziergängern erntete er Blicke des Unverständnisses. Die Heppinger hatten sich auf den Winter eingestellt und führten nun ihre Pelze spazieren. In den Nachbargemeinden war es nicht anders. Es sah aus, als wäre eine Horde Bären ins Tal eingefallen.

Plötzlich ertönte ein Maunzen.

Es kam aus dem Vorgarten eines weiß gestrichenen Hauses. Ein Feuerdornstrauch bewegte sich verdächtig, und heraus sprang eine schwarzweiße Katze, die schnell galoppierend auf ihn und die Futterdose zukam.

Allerdings handelte es sich dabei nicht um Herrn Bimmel.

Das, was gerade hell gurrend um Julius' Beine strich, war das Negativ vom Kater. Wo der schwarz war, trug dieses Exemplar Weiß – und umgekehrt. Dem Körperbau zufolge war es auch kein Kater, sondern eine Katze. Julius wurde klar, dass er nicht der Einzige war, der seinen kleinen Tiger à la Pawlow auf Futterdosenrappeln abgerichtet hatte. Großzügig warf er etwas Futter auf den Boden, als aus demselben

Strauch wie die kleine Katze zuvor sein dicker Kater hervorsprang. Mit großen Sprüngen raste er heran und stürzte sich auf das Futter.

Derselbe Busch, dachte Julius, so ein Zufall. Aus dem Haus hinter dem Busch kam nun ein Mann, den Julius eher in einem kanadischen Holzfällercamp vermutet hätte. Rote Haare, die fast das gesamte Gesicht bedeckten, Kleidung, die eigentlich nur ein Farbenblinder zusammenstellen konnte, und eine Herzlichkeit ausstrahlend, welche die Kälte sofort vertrieb. Der Mann war Julius sofort sympathisch. Auch weil er ganz leicht nach Pfeifentabak roch. Gutem Tabak.

»Ist das Ihr Kater?« Er zeigte auf Herrn Bimmel.

»Ich bin der stolze Eigentümer dieses Prachtburschen – es sei denn, er hat irgendwas angestellt.«

»In dem Fall kennen Sie ihn nicht, oder?« Der Holzfäller lachte laut.

»Dann habe ich diesen Kater noch nie gesehen.«

»Machen Sie sich mal keine Sorgen! Angestellt hat er nichts. Ich sehe ihn nur in der letzten Zeit häufig bei mir ums Haus schleichen. Wahrscheinlich liegt's an Loreley.«

»Sie haben Ihr Haustier also nach einem Felsen benannt.« Julius gab den beiden Katzen noch etwas Futter. Dieser Mann schien interessant zu sein.

»Ja, weil sie so ein Dickkopf ist. Nein, ganz im Ernst, weil meine Vorfahren aus Bacharach am Rhein stammen. Altschiff mein Name.«

Den Namen hatte Julius schon gehört. Von diesem Heppinger Neuankömmling wurde im Dorf erzählt.

»Ach, der Herr Professor.«

Altschiff wirkte wie ein Junge, den man dabei ertappt hatte, wie er den Mädchen hinterherspionierte. Er strich über Loreleys Rücken, die einen genüsslichen Katzenbuckel machte.

»Ja, der. Germanistik, Schwerpunkt Kriminalliteratur. Und Sie sind …?«

»Julius Eichendorff, ich bin …«

»Sagen Sie nichts! Wie könnte ich Sie nicht kennen? Koch und kulinarischer Detektiv!«

Diesen Titel hatte Julius vor einem Jahr von der Presse verliehen bekommen, als er die »Rote Bestie« gestellt hatte.

»Eigentlich nur Koch.«

»Haben Sie im Radio vom Mord im Regierungsbunker gehört? Wissen Sie was darüber? Zum Beispiel, wer der Tote war?«

Gute Frage, dachte Julius, sehr gute Frage. Die hatte ihn auch schon beschäftigt. Wer war dieser Mann, den er tot gefunden hatte, wirklich? Fakten waren gut und schön. Aber über den Menschen Klaus Grad sagten sie überhaupt nichts. Und auch nichts darüber, wer ein Motiv gehabt haben konnte, ihn zu töten.

Julius' Entsetzen war noch nicht erkaltet, da brannte schon wieder etwas in ihm, das er seit Monaten nicht mehr gespürt hatte. Er konnte nicht glauben, wie schnell die Bestürzung einer Faszination wich. Aber so war es. Plötzlich hieß die wichtigste Frage: Wie konnte er an einem Sonntag Auskunft über all dies bekommen?

Julius stand lange vor dem Telefon. Immer wieder nahm er einen Schluck aus dem Glas in seiner Hand, das er vor wenigen Minuten bis zu der Stelle gefüllt hatte, an der es sich verjüngte. Ein schwerer Rotwein, der von innen wärmte, eine der seltenen Flaschen »Melchior M.« von der Porzermühle. Das Glas war mittlerweile leer und Julius dem Telefonhörer keine Handbreit näher gekommen. Aber der Wein wirkte. Julius blickte noch einmal auf die Handynummer, die sich im aufgeschlagenen Adressbüchlein unter »V« fand, setzte das Glas wieder an, um einen großen Schluck zu nehmen, und musste enttäuscht feststellen, dass seine Kehle trocken blieb. Kein Tropfen war mehr darin.

Es war Zeit, eine Entscheidung zu treffen.

Es kam ihm vor, als würde er mit dem Tippen der Nummer einen Vertrag unterzeichnen, der sein Leben verändern würde. Als wäre dies ein entscheidender Moment – nur, dass er nicht wusste, wohin ihn seine Entscheidung bringen würde. Es tutete nur einmal, bevor sich eine Frauenstimme meldete.

»Von Reuschenberg.«

»Hier ist Eichendorff. Julius Eichendorff.«

»Ist Ihnen noch etwas eingefallen?«

Julius überlegte und setzte wieder das leere Glas an seine Lippen. Er musste es geschickt anpacken. »Nein, nicht direkt, aber …«

»Hören Sie, Herr Eichendorff. Ich bin immer für ein Schwätzchen zu haben – besonders gern mit Ihnen. Aber zurzeit ist es ganz schlecht, wie Sie sich vielleicht denken können. Rufen Sie mich lieber nächste Woche an oder besser erst wenn der Fall gelöst ist, ja? Nehmen Sie es mir bitte nicht übel!«

Julius spürte, dass von Reuschenberg auflegen wollte. Der letzte Satz hatte das »Auf Wiedersehen« quasi schon in sich getragen.

»Brauchen Sie eine Kontaktperson vor Ort?«

Schweigen. Julius sah, wie die Digitalanzeige seines Telefons die Sekunden taktgenau zählte. Es waren fünf, die sich anfühlten wie fünfzig. Dann begann etwas, das wie ein Lachen klang.

Julius setzte nach. »Mir sind da ein paar Ideen gekommen, die vielleicht weiterhelfen könnten.« Stimmte natürlich nicht. Ihm waren überhaupt keine Ideen gekommen. Er war nur neugierig. Nicht nur, wer Klaus Grad wirklich war und wer Gründe haben konnte, ihn umzubringen, auch warum dies im Regierungsbunker geschehen musste, und vor allem: Wie es sein konnte, dass der Raum, in dem er den Toten gefunden hatte, von innen verschlossen war.

Von Reuschenberg fing sich wieder. »Soso.«

»Wir sollten uns am besten noch heute treffen, denn übermorgen mache ich das Restaurant wieder auf.« Eigentlich, dachte Julius, war das kein Grund, sich heute zu treffen. Morgen wäre genauso gut gewesen. Von Reuschenberg sah das ähnlich.

»Morgen wäre nicht früh genug?«

Julius verfluchte nun, dass er das Rotweinglas vor dem Gespräch nicht noch einmal gefüllt hatte. Nach einem Schluck ließ es sich so viel besser lügen.

»Morgen haben wir Inventur.«

»Zufälle gibt es.«

»Ja. Sehr ärgerlich.« Wieder folgte Schweigen, und Julius begann das spiralförmige Telefonkabel um den Zeigefinger zu wickeln.

»Ich muss zugeben, dass mir die Vorstellung gefällt, wieder mit Ihnen zusammenzuarbeiten. Das war beim letzten Mal ja sehr fruchtbar, auch wenn es einige Komplikationen gab und Sie mir die Lorbeeren geraubt haben. Die Presse hat sich ja geradezu auf Sie gestürzt, als Sie den Preis für Zivilcourage des Innenministers erhielten.«

»So etwas wird nie wieder passieren. Ein Anfängerfehler, sonst nichts.« Julius machte mit der Schnur um seinen Mittelfinger weiter. »Sie standen aber auch ganz schön im Rampenlicht, als Sie im Sommer den Doppelmord am Deutschen Eck aufgeklärt haben.«

»Wollen wir mit offenen Karten spielen?«

Eine Fangfrage! Und Julius hatte sich seinem Ziel schon so nahe gefühlt. Würde er die Informationen nun doch nur aus den Zeitungen bekommen? Die wenigen, die diese überhaupt veröffentlichten.

Natürlich gab es auf von Reuschenbergs Frage nur eine Antwort: »Ja.«

»Sie haben Blut geleckt und wollen wieder mitmachen bei der Mörderjagd.«

Wenn man einmal bei der Wahrheit war, konnte man auch direkt damit weitermachen. »Ja.« Immer raus damit! Julius ließ das Telefonkabel zurückflitschen.

»Sie können es nicht erwarten zu erfahren, was wir alles am Tatort rausgefunden haben?«

»Ja.«

»Sie möchten am liebsten noch mal hin, um alles genau in Augenschein zu nehmen?«

»Ja.«

»Und den ganzen Spaß, ohne vorher eine ordentliche Ausbildung als Polizeibeamter zu machen?«

»Ja.« Dieses »Ja«, dachte Julius, war wohl ein bisschen zu schnell und freudig gekommen.

»Tja.«

»Tja was?«

»Tja, unsere Treffen haben mir immer sehr gefallen. Ich hab sie richtig … vermisst. Dann ziehen Sie sich mal gedeckte Kleidung an und schwingen Ihren Sternekochpo zum Bunkereingang in Marienthal.«

»Der Sternekochpo ist schon unterwegs!«

Julius zögerte keinen Augenblick, zog die Daunenjacke an, holte die Handschuhe aus den Seitentaschen, legte sich den blaugrünen Tartan-Schal um. Sein Gehirn lief währenddessen heiß. Julius begann zu zählen. Die Gruppe bestand, inklusive Tourführer, aus vierunddreißig Personen. Das wusste er genau, denn sie waren am Eingang des Regierungsbunkers durchgezählt worden. Einer dieser vierunddreißig war ermordet worden, und einer war er selbst – blieben zweiunddreißig Verdächtige. Das heißt, wenn es keine weiteren Gruppen gab, die während der Tatzeit in der Anlage waren. Oder Angestellte der Bunkerverwaltung.

Julius blickte noch einmal ins Wohnzimmer.

Den ganzen Tag im warmen Haus bleiben, in molligen Schafwoll-Schlappen, einen heißen Tee mit Rum nach dem anderen schlürfen, der dicke Kater friedlich auf dem Schoß schlummernd.

Das war der Himmel.

Aber die Hölle war so viel spannender.

Er öffnete die Haustür, den Schlüssel in der Hand, bereit abzuschließen. Doch etwas Sperriges stand ihm im Weg. Er hätte es riechen müssen, denn der großzügige Einsatz von Haarspray ließ nur eine Vermutung zu: Annemarie. Eine entfernte Verwandte und das selbst ernannte

Sprachrohr der Landplage, wie Julius seine Großfamilie zu bezeichnen pflegte.

Wenn keiner von ihnen in der Nähe war.

Annemarie litt an einer unheilbaren Lippenkrankheit. Sie bekam den Mund einfach nicht zu.

»Julius, gut, dass du da bist. Also, ich muss dir was erzählen. Unbedingt! Weißt du, was ich heute erfahren habe?« Julius wollte ein Nein erwidern, aber Annemarie hatte nicht wirklich eine Frage gestellt. Sie hatte auch keine Pause gelassen.

»Deine Kusine Anke.«

Julius wartete auf die nächsten Worte, aber wunderlicherweise kamen keine. Stattdessen konnte er beobachten, wie Annemaries Lippen immer schmaler wurden.

»Deine Kusine Anke …«, wiederholte Annemarie nun, »ist schwanger!«

Das war doch ein Grund zur Freude, dachte Julius und sagte es auch.

»Ist es ja auch. Wir freuen uns ja auch alle, vor allem natürlich Traudchen und Jupp als zukünftige Großeltern. Was hat die Anke nicht alles versucht? Der Herrgott wird schon wissen, warum er sie so lang hat warten lassen.«

Sie holte Luft. Julius ergriff die Chance. »Annemarie, ich muss jetzt wirklich weg. Du hast mich gerade auf dem Sprung erwischt. Können wir vielleicht ein andermal drüber reden?«

»Nein, das duldet nun wirklich keinen Aufschub«, sagte Annemarie und rauschte ins Haus wie ein eisiger Wind. Der zog weiter in Richtung Küche und kam von dort mit einem Glas und einer Flasche Rotwein zurück. »Also Julius, der Wein ist viel zu kalt.« Sie goss sich reichlich ein. »Setz dich!«

Julius tat nicht, wie befohlen. »Annemarie, ich muss weg. Zum Regierungsbunker, da ist einer ermordet worden.«

»Ach, das! Das war Selbstmord. Ist doch sonnenklar. Der Klaus Grad hatte Alkoholprobleme, wahrscheinlich wusste er nicht weiter, hört man ja immer wieder. In dem alten Bunker lag sicher eine Waffe rum, und er hat der Sache ein Ende bereitet. Was der Alkohol mit den Menschen anstellt, Julius, das ist eine Schande! Der Alkohol hat schon mehr Menschenleben zerstört als der Krieg. Ich sag's dir!«

»Du sprichst weise, liebe Anverwandte. Aber ich muss da jetzt hin.«

»Warum denn? Brauchen die neuerdings Köche, wenn einer stirbt? Oder hilfst du wieder der Polizei? Das ganze Tal redet immer noch davon. Das ist aber auch vollkommen egal, du wirst hier gebraucht. Sonst gibt es einen Riesenstreit in der Familie. Ach, was rede ich! Den haben wir schon längst. Anke will ihren Nachwuchs Roberto nennen!« Annemarie hatte sichtlich Probleme, den Namen über die Lippen zu bringen. »Und wenn es ein Mädchen wird, soll es Margherita heißen! Nur weil die Großeltern von Rainer Italiener waren! Roberto und Margherita – was soll aus dem Kind nur werden?«

Ein Schlagersänger oder eine Pizza, dachte Julius.

Das war ja wirklich ein brennend wichtiges Thema, das ihn da vom Regierungsbunker abhielt. Langsam wurde es Julius in den molligen Wintersachen warm. »Und was soll ich da machen?«

»Na, mit ihnen reden, auf dich hören sie vielleicht. Du weißt doch, wie große Stücke Anke auf dich hält!«

Konnte diese Familie eigentlich irgendetwas allein regeln? Vor einem Jahr hatte sie ihn in eine Mörderjagd verwickelt, diesmal sollte er den Familienstammbaum vor Unheil schützen.

Es gab nur einen Ausweg.

»Mach ich, versprochen.«

»Gleich heute!«

»Bald, ich verspreche es!«

»Julius, Namen sind *so* wichtig. Den Namen, den man einem Kind gibt, wird es sein Leben nicht los. Namen machen Leute!«

»Ich weiß, nomen est omen.«

Annemarie schaute ihn überrascht an. »Ja. Das auch. Gut, Julius, dann kann ich ja jetzt zu Jupp und Traudchen gehen.«

»Warum?«

»Na, damit sie mit Anke reden!«

»Ich dachte, ich …«

Annemarie war schon aus der Tür. Und Julius kam nun wirklich langsam ins Schwitzen.

Seinen Audi A4 parkte er vor dem Bunkereingang, der oberhalb Marienthals in den Weinbergen lag. Mittlerweile war die Dämmerung wie ein fahles Leichentuch über das Tal gezogen. Trotz der vielen Polizeiwagen, die nun vor dem Wachturm parkten, wirkte die Szenerie leblos. Nur in einem der Autos brannte Licht. Es war der Ford Transit, in dem Julius wenige Stunden zuvor seine Aussage gemacht hatte.

Julius klopfte an die Fensterscheibe der Schiebetür. Sie wurde aufgezogen. Von Reuschenberg begrüßte ihn knapp. Durch die Handschuhe hindurch konnte Julius ihren festen Händedruck spüren. Im Inneren des Transporters lief ein Fernseher. Nur Schemen waren darauf zu erkennen, von ständigem Flackern unterbrochen. Von Reuschenberg schaltete ihn aus. Julius konnte erkennen, dass ihre Pupillen so stark geweitet waren, dass die Augen fast schwarz wirkten, was sie noch katzengleicher wirken ließ.

»Soll ich Sie auf den neuesten Stand bringen?«

»Deshalb bin ich hier.«

»Sie wissen ja, dass ich Ihnen all das nicht erzählen darf. Deshalb erzähle ich Ihnen jetzt auch nichts. Sie wissen von nichts und werden niemandem erzählen, was Sie nicht wissen.«

»Ich weiß nicht, wovon Sie reden.«

»Ich auch nicht.«

Sie lächelten sich an. »Wir wollen aus ermittlungstaktischen Gründen die Morddetails noch nicht veröffentlichen. Ich fürchte aber, die Medien werden über kurz oder lang alles spitz kriegen. Es wissen einfach schon zu viele Leute davon. Aber jeder Tag hilft uns.«

Von Reuschenberg drückte ihm ein Foto in die Hand.

»Den Toten kennen Sie ja schon. Ein Heiliger. Im Kirchenvorstand der katholischen Gemeinde von Schalkenbach, einer der fleißigsten Spender bei Pfarrfest und Kollekte, setzte sich aktiv für die Jugend ein, indem er die Sommerfreizeiten der Messdiener plante und leitete. Und er hatte ein Herz für Tiere, fuhr sonntags immer ins Albert-Schweitzer-Tierheim nach Bonn und führte Hunde aus. *Jeden* Sonntag, immer um dieselbe Uhrzeit, Punkt zwei am Nachmittag.«

»Pünktlich wie ein Handwerker.«

»Sprichwörtlich.«

»Aber Alkoholiker.«

»Wie bitte?«

»Ja, dafür war er wohl bekannt.«

»Sichere Quelle?«

Julius überlegte nur kurz. »Sicherer geht es kaum.«

»Das werden wir überprüfen. Weiter im Text. Feinde: Keine.«

Julius umfuhr mit den Fingerspitzen das Bild des Mannes auf dem glatten Fotopapier. Das Gesicht hatte ebenso viele Lach- wie Sorgenfalten. Klaus Grad blickte gütig, wie der heilige St. Martin auf sakralen Bildern. Er hatte etwas Biblisches, Zeitloses. Was war sein Geheimnis? Wer tötete einen solchen Gutmenschen?

»Seine Tochter ist Lehrerin in Remagen. Sie ist zurzeit im Urlaub in der Schweiz. Auf der Bettmeralp, Ski fahren. Wir haben versucht, sie zu erreichen, aber bisher ohne Erfolg.« Von Reuschenberg reichte Julius ein weiteres Foto. »Wenn Sie Nahaufnahmen schätzen.«

Auf dem Bild war eine Blutlache zu sehen, wie ein Stempel darin der Abdruck eines Blazers. Die Leiche war auf den Rücken gedreht worden. Am oberen rechten Rand lugte Klaus Grads Kopf ins Bild. Sein Gesicht war verzerrt. Fast mittig auf der Stirn ein blutverkrustetes Einschussloch. Es sah aus wie ein Meteoritenkrater.

Von Reuschenberg deutete auf die Stelle. »Ein Schuss reichte. Ein guter Schuss. Grad war sofort tot.«

Julius kam Annemaries Vermutung ins Gedächtnis. »Hat er selbst ...?«

»Nein. Er ist zweifelsohne ermordet worden. Keine Schmauchspuren an den Händen. Der Winkel wäre auch unmöglich. Und der Schuss wurde aus zu großer Distanz abgefeuert, der Schütze stand vermutlich ein bis zwei Meter entfernt.«

»Und wann ...?«

»Als Sie die Leiche fanden, war Grad noch nicht lange tot. Deshalb konnte der Todeszeitpunkt auch genau ermittelt werden. Ich habe gerade erst mit unserem Gerichtsmediziner telefoniert.« Sie sah in ihr Notizbuch. »Grads Haut ging an einigen Stellen ins Lilafarbene und war wächsern, fast durchsichtig. Die Lippen waren blaugrau. Der Körper war aber noch warm und nicht steif. Schlussfolgerung: Klaus Grad war zum Zeitpunkt der Untersuchung ungefähr dreißig Minuten tot. Das heißt, als Sie ihn fanden, werden es etwa zehn Minuten gewesen sein. Übrigens haben nicht nur Sie weder Klaus Grad noch sonst irgendjemanden von der Gruppe weggehen sehen. Niemand hat etwas beobachtet.«

Von Reuschenberg machte eine Pause. Sie nahm Julius die Fotos aus der Hand und steckte sie in einen roten Aktenumschlag, den sie mit einem Knall auf den kleinen Klapptisch pfefferte. »All das würde mich nicht um den Schlaf bringen. Aber dass die Tür dieses Raums von innen verschlossen war, das kann ich einfach nicht begreifen. Es gab keinen Ausweg für den Mörder.«

»Keinen Hinterausgang?«

»Nein.«

»Einen Luftschacht?«

»Viel zu klein.«

»Ein Geheimgang?«

Von Reuschenberg sah ihn ein wenig wunderlich an. »Selbst das haben wir überprüft.«

»Und wie sieht es mit einer Falltür aus?«

»Nein, nein, nein, und auch nichts anderes. Aus einem Sarg gibt es mehr Fluchtmöglichkeiten als aus diesem Raum.«

Julius sagte zuerst nichts. Er ließ all dies sinken und spürte in diesem Moment die Stille im Ford Transit, als wäre sie eine bedrohliche Kreatur.

»Vielleicht hat der Mörder die Tür ja von außen abgeschlossen, und innen steckte nur ein weiterer Schlüssel?«

»Haben wir geprüft. Geht nicht.«

»Könnte er vielleicht unter der verschlossenen Tür durchgeschossen haben?«

»Es gibt kein unter der Tür. Sie schließt dicht ab.«

Julius wurde wütend. »Es *muss* etwas geben! Der Mörder ist doch nicht David Copperfield!« Er suchte nach einer anderen Möglichkeit, wie dieses Geheimnis zu lösen war. So etwas konnte doch nicht geschehen!

»Und dann haben wir das hier entdeckt«, sagte von Reuschenberg in die Stille und zeigte ihm ein Foto von einem großen, geöffneten Safe. »In die Wand eingelassen hinter einem Bild der Mutter Gottes. Was immer dort drin war, ist nun weg.«

»Gibt es einen Hinweis zum Inhalt?«

»Wir haben das Baujahr des Tresors, 1946, den Hersteller, Leicher, wir haben sogar den Code zum Öffnen, 126515 – an unwichtigen Informationen mangelt es nicht. An wichtigen haben wir nur eine. Es gab ein paar mikroskopische Reste im Tresorinnern. Die von der Spurensicherung waren hellauf begeistert, haben sie direkt zur Analyse ins Labor geschickt. Wir wissen nicht, wovon sie stammen, wir wissen nicht, wie alt sie sind. Wir wissen nur eins …«

Von Reuschenberg machte eine lange Pause. Julius hielt es nicht mehr aus.

»Und *was* wissen Sie?«

»Es ist Gold.«

II

»Mein Name ist Hase«

Als Julius am nächsten Morgen nach unruhigem Schlaf aufwachte, wusste er, wo er beginnen musste. Bei der einzigen Frage, die im Zusammenhang mit dem Mord an Klaus Grad beantwortet war. Nicht »Wie«, nicht »Wer«, nicht »Warum«. Die einzige Frage, deren Antwort bekannt war, hieß »Wo«. Aber selbst dies war nicht befriedigend, denn sie war mit einer anderen Frage verbunden. »*Wieso* dort?« Einen ungewöhnlicheren Ort für einen Mord konnte Julius sich nicht vorstellen.

Es sei denn, man konnte durch Wände gehen.

Er fuhr über die Landskroner Straße unter der Ahrtalbrücke hindurch auf die Heerstraße, dann auf die Rotweinstraße, bog am Niedertor links ab und brachte seinen Audi wenige hundert Meter weiter am nächsten Tor auf dem Parkplatz zum Stehen. Er zog ein Parkticket, legte es pflichtbewusst mittig aufs Armaturenbrett und schlenderte durch eines der vier Tore der Stadtmauer zur Ahrhutstraße. Es war früh, erst neun Uhr, aber der Laden, den er in der idyllischen Einkaufsstraße suchte, hatte schon auf. Die hiesigen Geschäfte hatten sich auf Touristen eingerichtet: Essen und Nepp, Wanderkarten und Wein – was das Ahrschwärmerherz begehrte. Und doch war die Ahrhutstraße pittoresk geblieben, waren die Fachwerkhäuser echt, die Enge der Straße geschichtlich und nicht marketingtechnisch begründet und das Kopfsteinpflaster eine angenehme Abwechslung unter Julius' ledernen Schuhsohlen.

Kalter Tau haftete an Wänden und Fenstern, die wenigen Passanten hielten die Lippen geschlossen, um ihre Zähne nicht dem kalten Wind auszusetzen, der wie ein eisiger Fluss durch das Gässchen trieb. Julius musste nur wenige Meter gehen, um zu erkennen, dass sein Informant – der noch nichts von seinem Glück wusste – bei der Arbeit war. Ein Informant, der am Vortag die Tour durch den Regierungsbunker mitgemacht hatte. Heiko Gebhardt baute Stände mit Kalendern, Postkarten und Büchern vor den Schaufenstern seiner Buchhandlung auf. Alles exakt ausrichtend, den Platz optimal nutzend. Julius freute sich, als er Gebhardts Gewissenhaftigkeit sah.

»Hallo, Gutenberg!«

»Ach nee, der Herr Sternekoch höchstpersönlich!«

»Manchmal kommen wir auch zum gemeinen Fußvolk.«

»Rein mit dir! Wir haben sogar Stühle drinnen.«

Im Innern des Ladens holte Gebhardt aus einem Hinterraum einen viel zu niedrigen Stuhl, den er vor einen Tisch stellte, der über und über mit Büchern beladen war. Gebhardt wirkte wie unter Strom, als hätte er gerade mit dem Kettenrauchen aufgehört. Doch Julius wusste, dass dies sein Normalzustand war. Der hagere Gebhardt war immer in Bewegung, körperlich wie geistig. Er schien zu denken, Julius ginge es genauso.

»Nur keinen Stress, setz dich doch erst mal. Wir haben Zeit! Hab ich dir schon das neue Buch von Ellery MacLeod gezeigt, sehr empfehlenswert. Mal wieder sehr empfehlenswert. Das wird mich, was die Verkäufe angeht, gut durch den Winter bringen.«

»Ich brauche deinen Kopf.«

»Soll ich ihn dir einpacken? Als Geschenk?«

»Du könntest mir den Inhalt ausdrucken.«

Gebhardt sah ihn verdutzt an. »Worum geht's?«

»Gestern, auf der Tour durch den Regierungsbunker. Was ist uns *nicht* erzählt worden?«

»Geht's um den Mord? Spielst du wieder Detektiv?«

»Was weißt du vom Bunker?«

»Was weißt du vom Mord?«

Julius schilderte, wie er die Leiche gefunden hatte. Die Zusammenarbeit mit von Reuschenberg verschwieg er.

»Und jetzt bist du neugierig …«

»Komm, mach's nicht so spannend! Gab's da was? Irgendwas, das mit dem Mord in Verbindung stehen könnte?«

Ein Kunde kam herein. Gebhardt bediente ihn und wartete, bis er wieder aus der Tür war, bevor er sich Julius zuwandte.

»Höchstens die Sache im Krieg.«

»Das ist die Brut der Natter / Die immer neu entstand / Philister und ihre Gevatter / Die machen groß Geschnatter / Im deutschen Vaterland.«

»Du immer mit deinem berühmten Ahnen.«

»Jetzt erzähl.«

»Hast du dich nicht mit dem Bunker beschäftigt?«

»Musste immer so viel kochen …«

Gebhardt blickte ihn vorwurfsvoll an. »Ein Mann deines Intellekts! Unwissend wie das kuschelige Tier mit den langen Ohren. Na ja, so ist das heute wohl. Über die Sache, die ich meine, wird aber auch nicht gern gesprochen. Am liebsten würde man das hier aus dem kollektiven Gedächtnis streichen.«

Obwohl Gebhardt seit Jahrzehnten im Ahrtal lebte, war er doch ein Immi, ein Immigrant, ein Zugezogener. Mittlerweile kultivierte er sein Außenseitertum und war dabei doch mehr Ahrtaler als viele, deren Familien seit Generationen hier siedelten. Dazu gehörte sein Einsatz für die Lokalgeschichte. Gebhardt hatte vor einiger Zeit einen Verlag gegründet, der Schriften zur Heimatkunde herausgab. Da musste erst einer von außerhalb kommen, um sich dafür zu interessieren, pflegte er zu klagen – und war insgeheim froh, dass er diese spannende Aufgabe hatte anpacken können.

»Während des Kriegs, also des Zweiten, wurde der Rosengarten, das war der Manövername für den Regierungsbunker, genutzt, um V1- und V2-Raketen zu montieren. Das Prekäre an der Sache ist, dass Dernau als Außenkommando des Konzentrationslagers Buchenwald vermerkt war, passenderweise unter dem Namen ›Rebstock‹. Das ging aber wohl nur ein knappes halbes Jahr.« Gebhardt hob die Augenbrauen. »Das ist das dunkle Kapitel des Rosengartens.«

»Hast du eine Idee, wie das mit dem Mord zusammenhängen könnte?«

»Also, wenn ich meiner Phantasie freien Lauf lasse, könnte ich mir einen ehemaligen KZ-Insassen vorstellen, der sich an seinem alten Aufseher gerächt hat.«

Julius bleckte die Zähne. »Das wäre dann großes Kino.«

»Spielberg hätte seine Freude daran.« Gebhardt ging an ein Regal und zog ein Buch heraus, auf dem zwei große Buchstaben prangten, die als Autonummernschild in Deutschland verboten waren. »Grad könnte aber auch umgebracht worden sein, weil er über eine mögliche SS-Vergangenheit des Mörders Bescheid wusste und ihn erpresste.«

Gebhardt erntete ein Kopfschütteln.

»Du hast mich nach *Ideen* gefragt. Nicht nach wahrscheinlichen Szenarien. Was nach dem Krieg im Bunker alles unter strengster Geheimhaltung gelaufen ist, welche Leichen die da im Keller haben – keine Ahnung.«

»Hast du Adressen, die mir weiterhelfen könnten?«

»Unser Präsi vom Golfclub, Jochen Hessland, bestellt sich häufig Bücher, in denen die genauen Armeeaufstellungen während der Schlachten im Zweiten Weltkrieg stehen. Es gibt Gerüchte, er hätte was mit der

Lagerleitung zu tun gehabt. Man kann in die Menschen nicht hineinblicken.«

»Das ist ein Tipp, der mich nicht sehr erfreut.« Es gab Spuren, denen folgte man besser nur, wenn es nicht anders ging. Hessland war einer der freundlichsten Menschen, die Julius kannte. Aber er war auch eine Prinzessin auf der Erbse. Kritik, egal wie vorsichtig sie ausgesprochen sein mochte, verstörte ihn, führte zum Abbruch der sozialen Beziehungen. Er war gesellschaftlich gesehen ein rohes Ei. Nicht der Typ für die Lagerleitung.

»Sag ihm bloß nicht, dass du das von mir hast!« Gebhardt legte noch eine Schippe in seinen Nervositätsofen nach.

Julius konnte die Hitze förmlich spüren. Aber er konnte Gebhardt beruhigen, Hessland würde warten müssen, die Spur schien Julius fürs Erste zu vage. Da es noch früh war, beschloss er stattdessen einer Fährte nachzugehen, die im anderen Deutschland verlief – in Germania Superior.

Die uralte Grenze war nicht zu sehen. Es gab keine römischen Zollhäuser, keine Kontrolleure, es gab keinen Wechsel der Architektur oder der Kleidung der Einwohner. Es gab nur den Vinxtbach, benannt nach dem lateinischen Ausdruck »ad fines«, denn hier verlief die Grenze zweier germanischer Provinzen Roms. Und es gab die Sprache. Das kleine, unscheinbare Flüsschen war die Dialektscheide zwischen ripuarischer und moselfränkischer Mundart. Julius war hier Ausländer, und jeder konnte es hören. Das römische Erbe der Eifel war wie ein Wasserzeichen. Das »Dorp« hieß hier »Dorf« und die »Huuser« waren »Heiser« – Julius schüttelte es innerlich.

Er war über Bad Neuenahr, die Ahr überquerend, Richtung Königsfeld gefahren und dann weiter nach Schalkenbach. Dort hielt er nahe der Kapelle des heiligen Johannes. In dem Achthundert-Seelen-Ort gab es nicht viele Häuser. In einem davon hatte der Tote gelebt, und in einem anderen lebte Inge Bäder, Golfclubmitglied, gestern mit auf der Tour und vor allem die einzige Person, die Julius hier kannte. Inge Bäders Haus war das schönste im Ort. Grads Haus war nur wenig entfernt. Ein Streifenwagen stand davor, im Innern glühte die Spitze einer Zigarette. Ansonsten leuchtete nur noch die Hausnummer des Toten auf. Die »126« wurde von einer kleinen Birne angestrahlt, obwohl es bereits taghell war.

Als Julius klingelte, oder besser big-ben-te, dauerte es lange, bis ihm geöffnet wurde. Inge Bäder schien nicht erfreut, aber auch nicht verärgert, ihn zu sehen. Sie schien nur verwundert. Sie sah aus wie das, was sich hinter ihr im Haus befand: ein gut erhaltenes, antikes Stück. An einigen Stellen ausgebessert, mit viel Politur versehen, regelmäßig abgestaubt, und doch war nicht zu übersehen, wie viele Jahre es schon auf dem Buckel hatte, wie abgewetzt es an einigen Stellen war. Julius wich von der Eingangstür zurück. Das Haus stank so sehr nach Mottenkugeln und Holzschutzmitteln, dass er sich kein Lebewesen vorstellen konnte, das in dieser Umgebung überleben könnte. Außer Inge Bäder. Und ihre legendären jugendlichen Liebhaber. Aber deren Lebenserwartung war kurz.

»Eichendorff. Haben Sie sich verfahren?«

Herzlich wie stets, dachte Julius.

»Nein. Ich wollte zu Ihnen.«

»Sagen Sie nichts von kulinarischem Detektiv, sonst hetze ich meinen Hund auf Sie.«

Neben ihr tauchte ein kleiner Cavalier King Charles Spaniel auf, die Zunge heraushängend und hechelnd. Das Tier schien sich zu freuen, einen anderen Menschen zu sehen.

»Hätten Sie vielleicht ein Glas Tee für mich? Zum Aufwärmen?«

»Tee hab ich nicht, kann ich auch gar nicht kochen. Whisky hab ich.«

»Nehme ich gern.«

Inge Bäder bat ihn nicht herein, sondern drehte sich um und ging einfach durch den Flur. Obwohl es Mittag war, wirkte das Innere des Hauses wie in steter Nacht gefangen. Dies lag zum Teil daran, dass die Rollläden fast komplett heruntergelassen waren, zum anderen an den dunkelbraunen Strukturtapeten. Julius folgte ihr, die Tür leise hinter sich schließend. Der Hund versuchte Julius' Schnürsenkel zu zerbeißen, während dieser über die tiefen Teppiche ging, die jeden Laut verschluckten. Neben vielen Bildern, Julius meinte einen Spitzweg und einen Richter zu erkennen, und den Möbeln – sämtlich aus dem Biedermeier – befanden sich auch einige Tierköpfe im Haus, die mit starrem Blick von den Wänden schauten. Im Wohnzimmer holte Inge Bäder aus einer Kirschholzanrichte eine Flasche hervor und schüttete den braunen Inhalt großzügig in zwei Tumbler.

»Was wollen Sie noch, damit Ihnen warm wird? Eine Decke?«

Die Hausherrin zündete sich einen Zigarillo an. Julius hätte gern gesagt, ein paar warme Worte wären schön, aber er hielt es für besser, diesen gerechtfertigten Wunsch für sich zu behalten.

»Sehr beeindruckendes Haus.«

»Ein Grab, Eichendorff, ein Grab. Wie bei den Pharaonen, die mit den größten Kunstwerken ihrer Zeit eingemauert wurden. Und was hatten sie davon? Nichts! Ich mache es zu Lebzeiten. Ich bin klüger.«

»Und der Whisky ist fabelhaft«, log Julius, der das sprittige Gesöff, das kaum feine Malt-Aromen aufwies, am liebsten weggeschüttet hätte.

»Er ist schlecht, Eichendorff. Aber er muss weg. Hat mir ein Freund geschenkt, der nichts davon versteht. Eigentlich gehört Eis in so einen rein, aber ich hab keins. Muss ohne gehen. Und jetzt hören Sie bitte auf herumzuseiern und sagen, worum es geht. Brauchen Sie vielleicht Spenden für irgendwas?«

Der Spaniel ließ sich so schlagartig vor Inge Bäders Füße fallen, als hätte ihn ein Schuss niedergestreckt. Julius hoffte, mit einem kleinen Witz die Stimmung heben zu können, aber ihm war schon vorher klar, dass er gegen Windmühlen kämpfte.

»Ich würde mich freuen, wenn Sie mir ein paar Informationen spenden könnten.«

»Also *doch*!«, sagte Inge Bäder triumphierend und goss sich zur Belohnung nach. »Ich habe nichts mitbekommen. Gar nichts. Interessiert mich auch nicht.«

»Aber Sie leben doch im selben Ort?«

»Ja. Und ich tue das auch weiterhin, ohne dass sich irgendetwas für mich ändert. Klaus Grad war nicht meine Welt. Er war Elektriker, und er hatte keinen Sinn für gar nichts. Und golfen konnte er auch nicht. So viele Slices habe ich mein Leben noch nicht gespielt wie er an einem Tag. Und zum Thema Socketing schweige ich lieber.«

Julius traute sich nicht nachzufragen, was Slices und Socketing waren, Inge Bäders Redefluss wollte er auf keinen Fall unterbrechen.

Er versiegte von allein.

»Mehr weiß ich nicht über ihn.«

»Es gibt Gerüchte, dass er viel getrunken hat.«

»Das wäre ja ein sympathischer Zug an ihm gewesen!«, lachte Inge Bäder und begann zu husten. »Nein. Ich hab ihn nie Alkohol trinken sehen, immer nur *gesunde* Sachen. Apfelschorle oder wie das heißt. Er wusste das Leben nicht zu genießen, deshalb ist es nicht schade um ihn. Er hatte auch keinen Sinn für die Künste, höchstens, wenn sie in einer Kirche standen. Da hat er merkwürdigerweise drüber palavern können, der Elektriker, von frühchristlicher Kunst über die großen Werke der Romanik, die Entfaltung der byzantinischen Renaissance, am liebsten über die Pracht der Gotik und den religiösen Realismus des neunzehnten Jahrhunderts. Immerzu erzählte er von Reliefbildern, Pietas, Kapellenaltaren, Monstranzen oder historischen Krippen. Schrecklich, ganz schrecklich. Die Kunst des kleinen Mannes.«

»Was war er für ein Mensch?«

»Was für eine dumme Frage! Ein *Elektriker*, sagte ich doch schon. Reich geworden nach dem Krieg, aber mit dem Geld kamen keine Manieren, und mit dem Geld kam kein Geschmack. Er war schrecklich langweilig. Keine Frauengeschichten, nachdem seine Frau tot war – zumindest keine bestätigten. Keine Ausschweifungen, egal ob Autos oder Kleidung. Er blieb ein dummer, kleiner Handwerker mit viel Geld.«

»Was meinen Sie mit nicht bestätigten Frauengeschichten?«

»Was im Club halt so erzählt wird.« Sie stieß den Hund mit ihrem Fuß an. »Geh weg, das wird mir zu warm!«

»Und was …?«

»Nun lassen Sie mich doch wenigstens mal Luft holen, Eichendorff. Es heißt, Grad hätte was mit Susanne Sonner gehabt. Die zwei sind wohl des Öfteren zusammen gesehen worden. Ich kann mir allerdings nicht vorstellen, was die Sonner an Grad gefunden haben könnte. Sie selbst ist ja noch ganz knackig für ihre vierzig. Und Grad war ein verschrumpeltes Männchen.«

Diese Bemerkung fand Julius aus Inge Bäders Mund mehr als amüsant. Er hörte, wie die Fenster im Glashaus klirrten. Bei ihren Liebhabern war der Altersunterschied ungleich größer.

»Eine Liaison wegen Geld vielleicht?«

»Hat die Sonner selbst. Ihr Mann verdient genug mit seinem Geschäft.«

Der kleine Hund hatte sich nach einigem Umherirren im Raum dazu entschlossen, auf Julius' Füßen ein Nickerchen zu machen.

»Wecken Sie ihn bloß nicht auf, das mag er gar nicht!«

Das hieß wohl, er war hier gefesselt. Julius' Nachfragen zu Grads Hobbys und zur Meinung der Nachbarn waren erfolglos. Darüber wusste Inge Bäder nichts. Sie konnte die Nachbarn nicht leiden, weshalb sollte sie mit ihnen in sozialen Kontakt treten?

Als Julius gehen wollte und den kleinen Hund schon vorsichtig auf den Boden umgebettet hatte, war es die Hausherrin, die eine Frage stellte. Plötzlich klang sie fast wie ein normaler Mensch. Mit viel gutem Willen konnte man ihren Tonfall freundlich nennen.

»Wie ist es, Eichendorff? Brauchen Sie Kunst für Ihr Restaurant? Täte ihm gut. Soll ich etwas für Sie finden?«

»Ich weiß nicht, ob mein Geldbeutel das hergibt.«

»Natürlich. Ein Sternerestaurant *braucht* Kunst! Am besten im Eingangsbereich. Sie müssen die Leute einschüchtern, Eichendorff. Direkt zu Beginn. Das ist Ihnen doch klar?«

Das war genau das, was er nicht wollte. Außerdem gab Julius sein Geld lieber für Wein aus. Er tat, als habe er die Frage nicht gehört. Inge Bäder tat, als habe er sie bejaht.

»Ich werde mich für Sie umschauen. Den Weg nach draußen finden Sie sicher allein. Hieronymus, bei Fuß!«

»Des mach ich niemals net!«

Franz-Xaver, seines Zeichens Maître d'hôtel des Restaurants »Zur Alten Eiche«, verschränkte die Arme über seinem Wiener Brustkorb. »Da schau ich dann einmal net hin und meine Zehen sind abgefroren. Na!«

Julius hatte keine andere Reaktion erwartet. Zwar waren Franz-Xaver und er alte Freunde, und normalerweise war dieser zu allen Schandtaten bereit, aber im Grunde seines Herzens war er ein Angsthase. Mit flüssigem Stickstoff wollte er zumindest nichts zu tun haben.

»Du hast doch Handschuhe an! Und auf deine wertvollen Füße wirst du ja wohl noch achten können, oder?«

»Na, des mach ich net. Wie kalt hast noch mal gesagt, ist des?«

»Nur minus zweihundert Grad.«

Franz-Xaver sagte nichts mehr. Er nahm einen Teller, der etwas Weiß-Gelbes in Scheibenform aufwies.

»Zuerst dieses Mayonnaisen-Ei, wo der Maestro die Mayonnaise ohne Ei gemacht hat. Des ist ja schon eine Schnapsidee, und es schaut deppert aus in einem Sternerestaurant. Und jetzt dieses Pfirsichsorbet mit Stickstoff.«

»Es ist nicht *mit* Stickstoff. Es wird nur damit zubereitet. Je schneller ein Sorbet kristallisiert, desto kleiner werden die Kristalle. Und schneller als mit flüssigem Stickstoff geht es nicht – steht alles bei Hervé This-Benckhard.«

»Hör mir bloß auf mit diesem Franzosen!« Franz-Xaver nahm sich das Buch des Pariser Molekulargastronomen und ließ es demonstrativ in den Mülleimer fallen. »Was wissen *die* denn schon!«

Julius fischte das Druckwerk wieder heraus. »Immerhin waren es die

Franzosen, die das Kochen zur Kunst erhoben haben – und nicht die Österreicher.«

»Aber von Nachspeisen haben's keine Ahnung, die Wappler.«

Julius hatte sich fest vorgenommen, ein molekulargastronomisches Menü anzubieten. Und er *würde* ein molekulargastronomisches Menü anbieten.

Die Bücher von This-Benckhard hatte er von seinem Sinziger Kollegen Antoine Carême zu Weihnachten geschenkt bekommen und direkt verschlungen. Der Autor lehrte am Collège de France und untersuchte die physikalisch-chemischen Grundlagen der Kochkunst. This-Benckhard prüfte, ob alte Kochregeln stimmten und warum. Und wenn er konnte, stellte er neue auf. So die Mayonnaise ohne Ei oder das perfekte Sorbet mit Stickstoff. Wie schwer es sein würde, die Küchen- und Restaurantbrigade von diesen Ideen zu überzeugen veranschaulichte nun Franz-Xaver. Julius wusste, dass alle an einem Strang ziehen mussten, damit der Stern am Eingang der »Alten Eiche« auch hielt.

»Lieber Franz-Xaver, alter Freund und Kupferstecher, wenn du dich nicht in der Lage siehst, diesen Kniff im Restaurant am Tisch durchzuführen, dann werde ich es eben hier in der Küche erledigen. Ich werde also *meine* Hände, Füße und andere Körperteile der Gefahr aussetzen, damit mein österreichischer Oberkellner heil bleibt.«

»*So* ist's recht! Und es heißt Maître d'hôtel – des weiß der Herr Chefkoch sehr wohl.«

Und der Herr Chefkoch wusste auch sehr wohl, dass es Franz-Xaver ärgerte, wenn er nicht entsprechend seines Ranges tituliert wurde. Franz-Xaver seinerseits wusste, wie sein Chef auf die Palme zu bringen war. Er demonstrierte dies nun.

»Eben hat übrigens deine Anverwandte, die Annemarie, angerufen. Ich hab ihr deine Handynummer gegeben. Ich war ehrlich überrascht, dass sie die net hatte.«

»Das hast du nicht wirklich gewagt?!« Julius hob das schmale Kochbuch über den Kopf, wurfbereit.

»So eine nette Frau, ein richtiges Prachtstück, die Annemarie. Ich hab ihr gesagt, sie sei hier jederzeit gern gesehen. Du würdest dich immer so freuen, wenn sie oder jemand anders aus der Familie vorbeischaut.«

Das Kochbuch flog.

»*Verfehlt*!«

»Ich glaub, mit diesem Messer ziele ich besser!« Julius zog einen Ausbeiner aus dem großen Messerblock.

»Ist ja schon gut, Maestro. Sie hat zwar angerufen, aber ich habe – dienstgeflissentlich wie immer – gelogen. Ich hab also meinen guten Ruf aufs Spiel gesetzt, um dir deine Ruhe zu sichern. Sie hat irgendwas von Kindernamen geredet und dass irgendein Bekannter irgendeine deiner Verwandtinnen auf die Idee gebracht hätte, französische Vornamen zu nehmen. Ich glaub, einer davon war Bertrand.«

»Ich bin nicht da. Ich bin ab jetzt nie mehr da.«

»Und ich werd ab jetzt nie wieder Stickstoff anrühren.«

»Abgemacht.«

Es klopfte am Hintereingang.

»Geh du lieber«, sagte Julius und verzog sich in den Kühlraum. Nach wenigen Sekunden wurde die Tür geöffnet.

»Ein Herr Hessland. Sagt, es sei dringend.«

Bevor Julius aus dem Kühlraum kommen konnte, war Jochen Hessland bereits drin. Und rückte ihm inmitten all der Fische, Meeresfrüchte und Fleischwaren auf die Pelle.

»Sind wir hier ungestört?«, fragte er, eine Kiste mit Muscheln per Fuß von sich wegschiebend, als könnten ihn diese anspringen.

Julius sah sich in dem kleinen Raum um. »Ich glaube, die Hummer werden uns nicht unterbrechen – alles andere sollte dazu nicht mehr in der Lage sein.«

»Gut, gut. Ich weiß nicht, wo ich anfangen soll …« Hessland zwirbelte seinen schlohweißen Oberlippenbart, der an den Ecken wie ein Hufeisen nach oben zeigte. »Mein lieber Eichendorff, ich hätte da eine Bitte an Sie. Wir kennen uns ja noch nicht sehr lange. Leider, muss ich sagen, leider. Das müssen wir ändern. Deswegen ist es mir auch so unangenehm, Sie hier«, er blickte sich um, in diesem Moment den unpassenden Raum erst richtig wahrnehmend, »zu belästigen.«

»Sie belästigen mich doch nicht«, sagte Julius zu dem Mann, der ihn belästigte.

»Schön, schön. Eichendorff, ich kenne die Geschichten über Sie.«

Oha, dachte Julius, was kommt jetzt?

»Vor einem Jahr hatten Sie ja auch am Rande mit unserem Club zu tun, bei Ihren … wie soll ich sagen … Ermittlungen. Ich muss gestehen, dass mir Ihr Verhalten damals keine Freude bereitet hat. Aber«, er zwinkerte Julius verschwörerisch zu, »es hat Erfolg gezeitigt. Und darauf kommt es schließlich an!«

Julius wurde es langsam kalt, und er wurde es langsam leid, Hessland beim Herumstaksen in der deutschen Sprache zuzuhören, die sein dichtender Vorfahre so geliebt hatte. »Immer heraus mit Ihrem Anliegen, Herr Hessland. Sonst frieren wir hier noch ein.«

»Ja, ach ja, also mein Anliegen. Sehen Sie, unser Club genießt ein hohes Ansehen im Tal. Sie wissen vielleicht auch, dass einige Berühmtheiten bei uns Sport treiben ...«

»Drafi Martino.«

»In der Tat. Unter anderem. Sehen Sie, der Ruf eines Clubs ist sein Kapital. Denn auf dem Platz werden Geschäfte gemacht, und niemand will Geschäfte in schlechter Umgebung tätigen.«

»Ich dachte immer, auf dem Golfplatz spiele man Golf?«

»Nebenbei, lieber Eichendorff, nebenbei. Aber in der Hauptsache lernen Sie beim Golfen Menschen kennen. Sie erfahren in kürzester Zeit mehr über einen anderen Menschen als auf irgendeine andere Weise. Damit meine ich nicht, was er Ihnen über seine Familie und seine Arbeit erzählt, obwohl man auch darüber viel erfährt. Ich meine grundlegendere Dinge – Charaktereigenschaften. Schlägt er auf die Erde, wenn er einen Ball nur an der Oberkante erwischt? Tritt er auf dem Grün vorsichtig über Ihre Linie? Hält er die Flaggenstange so zurück, dass die Fahne nicht flattert? Wirft er mit dem Schläger? Wartet er darauf, dass Sie Ihr Loch abgeschlossen haben, bevor er weitergeht? Hat er ein klingelndes Handy dabei? Kann er seinen Punktestand richtig ausrechnen?« Hessland wollte sich lässig aufstützen – versehentlich jedoch auf marinierte Stubenküken. Er zog die Hand angeekelt zurück. »In vier Stunden wissen Sie mehr über einen Menschen als sein Beichtvater – eine im Wirtschaftsleben selten hohe Kapitalrendite. So wichtige Treffen werden nicht auf Plätzen mit einem schlechten Leumund abgehalten. Um es kurz zu machen, könnten Sie bei der Polizei dafür sorgen, dass unser Club herausgehalten wird? Sie haben doch so gute Verbindungen!«

Julius konnte nicht verhindern zu lachen, obwohl ihm klar war, dass seinem Gegenüber überhaupt nicht zum Lachen war. Er musste ihm den Grund wohl mitteilen. Steif wie eine gefrorene Haxe stand Hessland vor ihm, keine Miene verziehend, Haltung bewahrend.

»Herr Hessland, es ist so: Der Mörder stammt höchstwahrscheinlich aus Ihrem Club. Der Mord geschah auf einer Veranstaltung Ihres Vereins. Der Tote war Clubmitglied. So verständlich Ihr Ansinnen auch sein mag, es ist, als würden Sie den Papst bitten, die Osteransprache zu halten, ohne Jesus zu erwähnen.«

Hessland rümpfte die Nase. Julius war sich nicht sicher, ob dies durch die im Regal liegenden Hechte verursacht wurde oder durch seine Offenheit.

»Da haben Sie wohl Recht, ja, das sehe ich ein. Factum illud, fieri infectum non potest. Vielleicht könnten Sie trotzdem …«

»Ich werde natürlich mein Möglichstes versuchen.«

»Das ist sehr freundlich von Ihnen, sehr freundlich.« Hessland rückte näher an Julius. »Wir haben in einigen Tagen ein Vorstandstreffen, bei dem wir die Feiern zu unserem fünfundzwanzigjährigen Jubiläum besprechen wollen. Ich würde mich sehr freuen, wenn Sie zugegen sein und uns kulinarisch beraten könnten. Es soll Ihr Schaden nicht sein …«

Das war also der Deal.

Hessland sah ihn erwartungsvoll an.

Sollte Julius die Gelegenheit nutzen und ihn jetzt nach den Gerüchten um seine Vergangenheit fragen? Er hatte ihn doch in der Hand?

Hessland schniefte, zog ein besticktes Stofftaschentuch aus dem Jackett, tupfte sich die Nase ordentlich ab und faltete es wieder zusammen. Er schniefte wieder. Und die Prozedur begann von neuem.

Nein. Es war zu früh, ihn anzubohren. Julius musste erst sein Vertrauen gewinnen. Also sagte er schlicht: »Gerne.«

Hessland schüttelte ihm die Hand wie nach einem Staatsbesuch und rannte gegen die Tür.

»Sie müssen sie hier unten … warten Sie, ich mache Ihnen auf.«

»Danke, danke. Wie ungeschickt von mir.«

»Ach was«, sagte Julius, »wer ahnt schon, dass die Tür nicht von allein aufgeht …«

Der Raum war dunkel und ruhig. Das große Frühstückszimmer des Bad Neuenahrer Dahlienhotels war abends leer. Von draußen drang kein Licht mehr durch die doppelverglasten Fenster. Julius schritt über den leicht zu säubernden Fußboden auf die einzige Person im Raum zu. Sie saß an einem Tisch, das Gesicht flackernd erleuchtet, wie von einer kleinen Sonnenbank mit Wackelkontakt. Von Reuschenberg blickte kurz auf, als Julius sich zu ihr setzte, und starrte dann wieder Richtung Notebook. Das Lichtspiel auf ihrem Gesicht wiederholte sich. Sie kramte ohne hinzusehen einen Aktenordner aus ihrer Tasche. Es war ein Bogen für Fingerabdrücke, mit zehn freien Feldern. Von Reuschenberg schob ihn Julius zu.

»Das ist zwar sehr unprofessionell, aber wir machen es jetzt ausnahmsweise hier.« Sie stellte ein Stempelkissen daneben und klappte es auf. »Jeder Finger einzeln, klar und deutlich abrollen.«

Kein Lächeln umspielte ihre Lippen, die heute blassrosa wie zwei kleine Garnelen waren. Sie sah anders aus, dachte Julius. Es war nicht nur, dass ihre Züge im spärlichen Licht verändert wirkten, weicher. Sie war auch anders gekleidet. Kein Sakko mehr, keine Bluse. Dies hier war die private Frau von Reuschenberg – zumindest optisch. Sie trug einen bordeauxfarbenen Rollkragenpullover. Eng anliegend, wie Julius nicht übersehen konnte.

Er stand ihr gut, fand er.

»Werde ich wieder verdächtigt?«

Jetzt schaute von Reuschenberg doch auf und lächelte sogar wieder. So sehr, dass ihre spitzen Eckzähne zu sehen waren. »Nein. Tut mir Leid! Ich hab nicht drüber nachgedacht, dass Sie das glauben müssen. Wir vergleichen lediglich die Fingerabdrücke aller Mitglieder der Besuchergruppe mit denen, die wir am Tatort gefunden haben. Bisher haben wir nur solche gefunden, die von der Gruppe stammen. Davon aber eine ganze Menge. Dass die Leute auch immer alles antatschen müssen.«

Julius sagte nichts. Er wusste, dass *er* immer alles antatschen musste. Ihm war es wichtig, wie sich etwas anfühlte, er wollte es im wahrsten Sinne des Wortes begreifen. Vermutlich war die Welt voll mit Julius-Eichendorff-Abdrücken. Penibel erledigte er die ihm aufgetragene Arbeit und ging danach zur Toilette, um sich die Tinte abzuwaschen. Er hinterließ Spuren auf Türgriff, Mischbatterie und Becken. Als er wiederkam, sah er, wie von Reuschenberg enttäuscht den Kopf schüttelte. Sie strich eine Haarsträhne zurück, die ihr ins Gesicht geglitten war.

»Und damit haben wir jetzt auch die letzten nicht identifizierten Fingerabdrücke zugeordnet. Es sind Ihre.« Sie drehte das Notebook, so dass Julius einige vergrößerte Fingerabdrücke in einer Eingabemaske erkennen konnte. Sie wirkten uneben und chaotisch, mit vielen Schnitten und Kratern.

»So sehen meine Fingerkuppen aus?«

»So sehen Fingerkuppen aus, wenn jemand viel mit den Händen arbeitet, sich schneidet, sie oft aufweicht, regelmäßig raue und heiße Gegenstände anfasst.«

»Erschreckend …«

»Nichts, worüber Sie sich Sorgen machen sollten. Fällt eh keinem auf.« Von Reuschenberg wirkte frustriert. Ihre Schultern hingen schlaff herab. Julius bemerkte, dass kein Glas bei ihr stand.

»Soll ich Ihnen etwas zu trinken besorgen?«

»Geht nicht, die haben um die Uhrzeit keinen Service mehr.«

»Kein Problem.« Julius verschwand und kehrte mit einer Flasche Rotwein zurück, die er zur Sicherheit immer in seinem Kofferraum mitführte. »Erwarten Sie nicht, dass der Wein in Topzustand ist. Es tut keinem Tropfen gut, wenn er die ganze Zeit herumgeschaukelt wird. Aber die Flasche schlummerte im Innenfutter meines Autokissens – sie hatte es bequem.«

Julius öffnete den Cabernet Sauvignon vom Weingut Pikberg und verkniff es sich, oberlehrerhaft darüber zu dozieren, dass der Wein länger als üblich in kleinen französischen Barriquefässern zugebracht und deswegen so eine fabelhafte Struktur hatte. Er goss ihn einfach in zwei Rotweingläser, die er im Thekenschrank fand.

»Wollen Sie mich betrunken machen?«

»Wäre das so schlimm?«

Von Reuschenberg blickte ihm in die Augen, als wäre etwas darin verborgen. »Nein, wäre es nicht. Es wäre vermutlich gut. Was hatten wir noch vor einem Jahr festgestellt? Im Wein liegt die Wahrheit. Ein wenig Wahrheit könnte diesem Fall gut tun.« Sie nahm einen Schluck, setzte dann abrupt ab. »Da fällt mir ein, das kleine Stückchen Wahrheit, das wir haben, kennen Sie ja noch gar nicht.« Sie drehte das Notebook wieder zu Julius und drückte eine Funktionstaste. Auf dem Bildschirm öffnete sich ein Fenster, in dem ein Film lief. Viel war nicht zu erkennen. Es waren nur Hell-Dunkel-Kontraste, durch ein dichtes Schneegestöber gesehen. »Die Kamera, die das aufgenommen hat, ist eigentlich kaputt. Da es sich aber nicht lohnt, sie auszuwechseln, jetzt wo der Rückbau des Bunkers schon im Gang ist, hat man sie so gelassen. Das haben wir jetzt davon.«

Julius erkannte eine Lampe am oberen rechten Ende des Bildes, oder besser: einen hell leuchtenden Punkt, der sich strahlenförmig nach unten links in der Dunkelheit verlor. Das war alles. Und der Schnee.

»Es kommt gleich«, sagte von Reuschenberg.

Und dann kam es.

Zwei helle Schemen bewegten sich von links nach rechts durchs Bild, auf eine menschliche, wankende Art.

»Dieses Band zeigt den Gang, der zum Raum für ökumenische Gottesdienste führt. Zumindest von einer Seite. Die Kamera, die den anderen Teil des Ganges überwacht, ist vollständig intakt und hat nichts aufgezeichnet. Zeitlich fällt dieser Bandabschnitt kurz vor den Mord, ungefähr fünf Minuten. Ich weiß nicht, ob ich das schon erwähnt habe: Außer Ihrer Gruppe war niemand im Bunkerinneren. Und das steht hundertprozentig fest.«

Von Reuschenberg zog ihren Pullover straff.
Julius versuchte sich zu konzentrieren.
Die hellen Schemen waren Menschen. Zwei Menschen, die in Richtung Bunkerkapelle gingen. Wer von der Gruppe hatte Kleidung angehabt, die so hell war, das selbst eine kaputte Kamera sie wahrnehmen konnte?
Die Antwort war einfach.
Und sie war gut.
Dieses verschneite Band war ein Quantensprung für die Ermittlungen.
Es begrenzte die Zahl der Tatverdächtigen radikal.
Nur ein kleiner Teil der Gruppe hatte den weißen Vereinsblazer mit dem eingestickten Emblem getragen. Es zeigte einen Golfschläger, der an einem Fass lehnte.
»Der Vorstand«, sagte Julius und wurde bleich.
»Genau. Nur der Vorstand trug weiße Blazer. Darunter das Opfer …«
»… und der Mörder.« Das würde Jochen Hessland nicht gefallen. Das würde ihm überhaupt nicht gefallen. Das war es dann wohl mit dem Cateringauftrag.
»Das heißt, der Vorstand plus eins«, sagte von Reuschenberg und reichte Julius einen Zettel. Darauf standen neun Namen und neun Berufe:

– Klaus Grad (Elektriker) †
– Inge Bäder (Kunsthändlerin)
– Steve Reifferscheidt (Maurer)
– Rolf Sonner (Immobilienmakler)
– Susanne Sonner (Hausfrau)
– Volker Vollrad (Marketingleiter)
– Jochen Hessland (Bauunternehmer)
– Sandra Böckser (Schlagersängerin)
– Stefan Dopen (Musikproduzent)

»Einer davon ist der Mörder oder die Mörderin. Fingerabdrücke gibt es von allen am Tatort. Wie Sie schon bemerkten, sind dies alles Vorstandsmitglieder des Golfclubs. Alle, bis auf Stefan Dopen.« Sie nahm wieder einen Schluck Wein. »Der ist gut.« Sie nahm einen weiteren Schluck. »Und der tut gut.«

Julius stieß mit ihr an. Er spürte, wie ihn das Fieber packte. Wie ihn eine Faszination überfiel, die er sonst nur vom Kochen kannte. Eben noch hatte es eine unüberschaubare Anzahl Verdächtiger gegeben. Jetzt waren es nur noch acht.

Von Reuschenberg lehnte sich zurück und führte den Weinkelch wieder an ihren Mund, der nun ein volleres Rot angenommen hatte. Sie begann zu sinnieren. »Mord ist eigentlich eine simple Kunst. Eine Pistole oder ein Messer, auf zum Opfer, und Ende. Keine große Vorbereitung. Warum kompliziert, wenn es auch einfach geht? Warum hat es sich der Mörder so schwer gemacht? Warum wählte er einen strengstens überwachten Regierungsbunker als Tatort?«

»Vielleicht hängt es mit dem Gegenstand im Tresor zusammen«, sagte Julius und beobachtete weiter die Videoaufzeichnung auf dem LCD-Display des Notebooks. Es schneite. Wie es nun auch draußen schneite. Julius liebte es. Aber er konnte dieser Liebe selten nachgehen. Dieselben klimatischen Besonderheiten, die im Ahrtal für mediterranes Klima sorgten, die so weit nördlich grandiosen Wein wachsen ließen, verwehrten dem Schnee den Eintritt. Winter im Ahrtal war feucht und zugig, Winter im Ahrtal war verhangen und grau, Winter im Ahrtal ähnelte selten einer Weihnachtsgrußkarte.

Dies war ein besonderer Abend.

Von Reuschenberg schlug mit der flachen Hand auf den Tisch. »Was immer im Tresor war, *muss* damit zusammenhängen. So, und jetzt habe ich keine Lust mehr, darüber nachzudenken. Jetzt habe ich nur noch Lust, die Flasche leer zu machen. Sind Sie dabei?«

Julius überlegte. Die Promillegrenze würde er wohl knapp überschreiten. Andererseits hatte er sich in all den Jahren nicht umsonst ein so eindrucksvolles Fettdepot angelegt. Das saugte den Alkohol doch auf, oder nicht?

»Natürlich!«

Von Reuschenberg rückte auf der Sitzbank näher an Julius und stieß mit ihrem Glas an das seine.

»Ich heiße Anna.«

Damit hatte er nicht gerechnet. Nicht jetzt. Deshalb freute es ihn umso mehr. Ein schöner Name, dachte Julius. Und er passte. Sein Herz erhöhte den Takt.

»Julius.«

Er war unsicher. Musste er ihr jetzt einen Kuss geben? Ein Moment unangenehmer Stille entstand, und er blickte auf den Tisch, die Maserung eingehend betrachtend. Dann merkte er, wie seine Wange mit einem Mal feucht wurde.

»Freut mich!«

Anna lächelte ihn an. Auf dem Bildschirm war jetzt ein heller Schemen zu sehen, der sich von rechts nach links bewegte.

Der Mörder kam zurück.

Nachdem er durch eine geschlossene Tür gegangen war.

III

»Das Kind beim rechten Namen nennen«

»Ich fass des noch mal zusammen.« Franz-Xaver schob die Vichyssoise von der Barbarieente mit Flusskrebsen zur Seite, die er eigentlich von der Küchenausgabe an Tisch 4 bringen sollte. Julius wusste, dass es keinen Sinn hatte, ihn nun an seine Arbeit zu erinnern. Wenn ein Wiener reden wollte, dann ließ man ihn reden. Das hatte er in all den Jahren lernen müssen. »Des klingt alles gar net so kompliziert. Wir haben also acht Personen, von denen einer der Mörder sein muss. Weil es von niemand anderem Fingerabdrücke gibt, und – noch wichtiger – weil kein anderer in diesem Moment Zugang zu diesem Bunkertrakt hatte.«

Julius nickte. Warum hatte er Franz-Xaver nur davon erzählt?

»Irgendwann setzen sich zwei, der Mörder und des Opfer, von der Gruppe ab. Die beiden öffnen den Tresor …«

Warum waren dafür eigentlich beide nötig, fragte sich Julius.

»… holen was Goldenes heraus, und dann wird des Opfer, der Klaus Grad, erschossen. Da wollt wohl einer net teilen. Daraufhin verlässt der Mörder den Raum – und jetzt kommt des winzige Problem – durch die geschlossene Tür. So weit alles korrekt, Maestro?«

»So weit stimmt alles, Harry.«

»Nenn mich noch einmal Harry, und ich werd narrisch!«

»Okay, Harry.«

»Hupf in Gatsch!« Franz-Xaver warf ihm einen bösen Blick zu, führte aber die Bestandsaufnahme fort. »Was wissen wir über die Leich? Klaus Grad war also … wie viel Jahre alt?«

»Zweiundsiebzig. Und bevor du weiter fragst: wohlhabender Elektriker im Ruhestand, verwitwet, eine Tochter, die gerade auf Skiurlaub ist. Reich geworden nach dem Krieg. Nach Ansicht von Inge Bäder konnte er nicht golfen und hatte keine Ahnung von Kunst. Dafür war er ein Wohltäter der Kirche und an der armen Kreatur. Er führte ein vorbildliches Leben – bis auf einen unbestätigten Hang zum Alkohol.«

»Und dass er sich in fremden Betten umeinander trieb. Niemand bringt jemand um, weil er so ein guter Mensch ist.«

Julius dekorierte ein Lavendeldessert mit gesponnenem Zucker sowie einem Karamellkörbchen und gab es einem der Kellner, die für ihr Geld arbeiteten, statt zu reden.

»Diese Affäre mit Susanne Sonner, das glaub ich einfach nicht. Sie wirkt nicht wie eine Fremdgängerin.«

»Nach außen, lieber Chefkoch, nach außen. Und dass der Rolf Sonner ein fleißiger Mann ist, der viel Zeit in seinem Büro zubringt, ist auch allerorten bekannt. Vielleicht *zu viel* Zeit. Die Weibsleut brauchen halt a bisserl Zuwendung ab und an.«

»Was soll das heißen?«

»Das soll heißen, dass der Herr Sonner der Frau Sonner auf die Schliche gekommen sein könnt. Vielleicht genau am Tag des Ausflugs – und dann hat er gleich die erste Chance genutzt, um den Nebenbuhler abzuservieren.«

»Des is a Schmarrn – um es klar und deutlich in deinem Dialekt zu sagen.«

»Des is kein Dialekt, sondern eine Sprache, und außerdem stimmt's. Und wenn des net der Grund war, dann dass er zu viel geschluckt hat, der Herr Grad.«

»Das ist aber kein Grund, ihn umzubringen. Wem schadet er damit, außer sich selbst? Höchstens dem Renommee seiner Firma. Und natürlich Gesundheit und Geldbeutel – aber die beiden werden ihn kaum erschossen haben.«

»Du vergisst, dass Weindippla häufig zu Gewalt neigen. Im engsten Familienkreis.«

»Scheinst dich gut auszukennen.«

»Des war unter der Gürtellinie!«

»Entschuldigung.«

»Angenommen.«

Franz-Xaver schob die Vichyssoise einem Kollegen zu, der eine Sekunde, und damit eine Sekunde zu lang, untätig in der Küche gestanden hatte. Jetzt hatte er einen Eilauftrag für Tisch 4.

Julius sah Franz-Xaver ungläubig an. »Du meinst also die Tochter. Die große Unbekannte. Aber die war ja gar nicht mit dabei.«

»Kann es ein besseres Alibi geben?«

»Schmarrn Teil zwei. Es steht doch fest, dass es einer von den acht gewesen sein muss. Und jetzt lass uns wieder arbeiten, das Geld verdient sich nicht von allein.«

»Was übrigens eine Schande ist! Wie die KZ-Geschichte mit dem Klumpat zusammenhängt, darüber haben wir noch gar net geredet. Wir zwei net, und du net mit dem Hessland. Dazu Gratulation, Herr kulinarischer Detektiv! Küss die Hand!«

Franz-Xaver war schon mit einem Bein zur Tür raus, als er sich noch einmal umdrehte. »Kann des sein, dass du trotz der ganzen Mordgeschichte richtig gut gelaunt bist? Du kommst mir heut regelrecht leiwand vor.«

Julius sagte nichts, aber wurde noch roter im Gesicht, als er es durch die heiße Küche ohnehin war.

»*Nein*! Sag, dass des net wahr ist!«

»Lass mich in Ruhe und kümmer dich um unsere Gäste!«

»Der Chef hat ein Gschpusi!«

»Leise!«, zischte Julius. Er hatte den Eindruck, als kochten jetzt alle leiser, als würden die Töpfe und Pfannen wie auf Seide bewegt. Niemand wollte etwas von der Unterhaltung verpassen.

»Wer ist denn die holde Auserwählte?«

Julius atmete schwer aus, wie ein Touristenesel am Ende eines harten Tages am Drachenfels. Er schob Franz-Xaver vor sich her durch die Tür auf den Hinterhof. Der Schnee war mittlerweile grau geworden und hatte eine eisige Kruste. »Nur damit du mich nicht weiter nervst. Ich habe kein *Gschpusi*, es gibt nichts zu sagen.«

Franz-Xaver knuffte Julius in die Seite. »Es ist die von Reuschenberg, oder? Des find ich richtig süß!«

»Da ist nichts!«

»Streit's nur ab!«

Julius strich sich mit den Innenseiten der Hände übers Gesicht. Nur ein Geständnis würde ihn wieder zurück in die warme Küche an den geliebten Herd bringen. Also musste es raus.

»Stillschweigen?«

»Wiener Ehrenwort!«

»Ich erzähl's trotzdem. Wir sind seit gestern per du. Das ist alles.«

»Na, dann mal ran an die Madame!«

Julius schob mit der Fußspitze etwas Schnee zur Seite. Und wieder zurück.

»Ach, das bedeutet nichts. Ich kann so was auch nicht. Ich war noch nie gut darin.«

»Des ist mal ein wahres Wort! Versaubeutel es bloß net wieder. Mach dich net wieder zum Deppen!«

»Du kannst einen ja richtig aufbauen.«

»Okay, dann halt so: Einmal hat des doch super geklappt! Du kannst es doch!«

»Ja, einmal. Und geendet hat's im Debakel.«

»Des war ja nur eine Testrunde, zum Aufwärmen. Geh ran! Man muss des Eisen schmieden, solang es heiß ist.«

Das war die Fluchtmöglichkeit.

»Apropos heiß, ich muss zurück zu den Zanderfilets!«

Und schon war die Tür auf und Julius halb durch.

»So schnell lass ich dich net weg. Von jetzt an will ich jeden Tag einen Lagebericht.«

Julius war ganz durch die Tür und ging wieder an seinen Posten. Er hatte die merkwürdige Angst, man könnte das zarte Pflänzlein – so sagte man doch, oder? – durch zu viel Reden zerstören. Wenn überhaupt, dann musste sich alles von selbst entwickeln.

Sollte er nicht langsam aufhören, das Zanderfilet zu salzen?

Franz-Xaver rauschte durch die Küche ins Restaurant und kam zurück, als stünden seine Füße in Flammen.

Und seine Nachricht war tatsächlich heiß.

»Der Mörder ist da!«

Julius schaute sich alle an, ganz genau, versuchte den Abgrund in einem Gesicht auszumachen, den Spalt in der Moral, der immer weiter aufbrechen konnte. Der Mörder hatte eine entscheidende Grenze überschritten, er hatte sich selbst zum Herrscher über Leben und Tod gemacht. Er wusste nun um seine Macht. Die Menschlichkeit bröckelte ab wie der Putz an einer italienischen Dorfkirche.

Julius besah sich jeden der sieben im Blauen Salon. Fand die Zeit, jeden zu mustern. Die Gesichter verrieten vieles, aber Julius musste sich eingestehen, dass er in keinen Augen einen Mord sehen konnte.

Es war ein glücklicher Zufall, der ihm die Verdächtigen auf dem Präsentierteller bescherte. Der Termin stand seit Monaten fest. Einmal im Jahr ging die Führungsriege des Golfclubs auswärts essen und düpierte den Chef ihres Vereinsrestaurants im Milsteinhof. An diesem Abend tagte sie in der »Alten Eiche«. Julius setzte sich – ganz höflicher Gastgeber – dazu.

Inge Bäder wirkte müde. Sie hob die Gabel, als lägen Steine darauf und nicht der wunderbar aromatische Saumon à l'unilaterale – der einseitig gebratene Lachs, bei dem der Gargrad von unten nach oben abnahm, die Aromen bei der zweiten Garstufe jedoch von oben nach unten gewandert waren. Das Gericht war Teil des molekulargastronomischen Menüs, das heute erstmals angeboten wurde. Inge Bäder konnte sich weder dafür noch für das Gespräch über Klaus Grad, den Mord oder das schlechte Licht, das dieser auf den Verein warf, erwärmen. Sie schien sich zu langweilen. Sie war eindeutig:

Typ 12: Die Lustlose

Mit den Jahren war es gekommen, dass Julius sein Gegenüber nach dessen Art zu speisen beurteilte. Es hatte sich als sehr zuverlässige Methode erwiesen. Fünfundfünfzig Typen hatte er mittlerweile kategorisiert. Er selbst war Typ 2: Der Vielfraß.

Steve Reifferscheidt war der Nächste, der auf diese Art und Weise sondiert wurde. Der sonnenbankgebräunte Maurer war das Aushängeschild des Vereins, das größte Talent, und aus diesem Grund, trotz seiner jungen Jahre, im Vorstand. Reifferscheidt aß sportiv – höher, schneller, weiter. Er packte so viel wie irgend möglich auf die Gabel, ließ sie zum Mund emporschnellen und schien die Nahrung einem Hai gleich in großen Stücken zu verschlingen. Er aß in einer Geschwindigkeit, als gäbe es kein Morgen, als wäre dies seine Henkersmahlzeit. So fix wie sonst wohl zum Einlochen drang er nun zum blanken Teller vor.

Jetzt aß er sogar die Deko!

Er wollte alles. Direkt. Komplexere Gedankengänge wie jene, die für den Mord im Regierungsbunker nötig waren, traute Julius ihm nicht zu. Der junge Golfspieler war in der Eichendorffschen Charakterskala:

Typ 37: Der herzlose Völler

Susanne Sonner saß in einem schwarz paillettierten Kostüm neben ihm. Sie lächelte unentwegt, wenn sie nicht gerade aß. Wirkte sie ansonsten charmant und freundlich, so zeigte sich in ihrem Essstil tiefe Unsicherheit, ja geradezu ein Misstrauen gegenüber der Welt. Sie schaute sich jeden Bissen lange an, bevor er in ihren Mund wanderte. Nach Gräten, Schrotkugeln, Glassplittern oder Gift Ausschau haltend. Julius fragte sich, woher diese Unsicherheit bei der sonst so selbstbewussten Frau kam. Sie schien sich geradezu manisch auf ihr Essen zu konzentrieren. Den vor ihr stehenden Wein rührte sie nicht an, nur das Wasser schien ihr sicher genug zu sein.

Sie benötigte einen Vorkoster. Sie war:

Typ 7: Der Chirurg

Ihr Mann war das genaue Gegenteil. Der modisch gekleidete Mittfünfziger konzentrierte sich beim Essen klar auf die flüssigen Bestandteile. Julius wusste nicht viel über den Immobilienhändler, außer dass er wohlhabend war und mit Vorliebe Schlösser und Burgen an den Mann brachte. Seine Miene war aalglatt. Julius beobachtete, wie Sonner alles in die Soße tunkte, bevor er es zum Mund führte, wie er sich dabei hinunterbeugte, als würde er am liebsten mit der Zunge über den Teller fahren.

Für einen wohlhabenden Mann, der sich in den so genannten besten Kreisen bewegte, hatte er bemerkenswert schlechte Manieren. Jetzt nahm er sich ein Stück Brot, stellte den Teller leicht schräg und sog den letzten Rest Soße auf. Eine kleine Stimme in Julius rief stolz »Es scheint ihm doch prima zu schmecken!«, aber sie wurde nicht erhört. Woher rührte Sonners Fixierung auf alles Nasse? Wein ließ er sich gerade wieder nachschenken. Und warum sah er seine Frau so merkwürdig an, den Kopf leicht schräg gelegt, die Zähne fletschend, es aber wie ein Lächeln aussehen lassend?

Typ 24: Der Ausgedörrte

Für den nächsten Verdächtigen fand Julius schnell eine Schublade. Auf dieser stand:

Typ 1: Arroganter Fatzke

Volker Vollrad, der Marketingchef von Cassianus, einer berühmten Mineralwasserquelle im Tal, aß mit langen Zähnen und ließ die Hälfte liegen. Nur das Fleisch wurde verzehrt, alles andere schien ihm nicht gut genug. Was für ein Ignorant! Jemandem, der ein gutes Essen nicht zu schätzen wusste, war alles zuzutrauen. Solche Menschen schätzten auch die anderen schönen Künste nicht, öffneten ihr Herz weder den Freuden noch den Leiden der Welt! Für sie war dies pure Zeitverschwendung. Volker Vollrad war einer von ihnen.

Und Julius hatte ihn schon vorher nicht leiden können.

Beim Vereinsvorsitzenden Jochen Hessland führte Julius keine Essanalyse durch. Die Fakten reichten völlig. Er lief in einer Gruppierung, die mit normalen Maßstäben nicht zu fassen war.

Sondertyp: Der Westfale

Obwohl im Ahrtal geboren war Hessland ein steifer Westfale. Seine Eltern stammten aus Münster und waren im Tal dafür bekannt gewesen, dass sie ihre »niedere Abstammung« zugaben und sogar pflegten! Aber Hessland verstand etwas vom Essen. Er nahm stets von allem etwas auf die Gabel, die Gesamtkreation honorierend, alles unterzog er einem Geschmackstest, sehr kritisch und doch vergnügt. Julius konnte sich eine NS-Vergangenheit bei dem solide wirkenden älteren Mann nicht vorstellen, aber er würde der Sache nachgehen.

Die Letzte am Tisch, dekorativ neben Hessland sitzend, war Sandra Böckser. Über sie wusste jeder im Tal alles. Oder dachte zumindest, er täte es. Sie thronte wie eine Kronprinzessin, ihr Augenaufschlag elegant, ihr Lächeln zauberhaft. Sie war schön, ohne Frage. Schön wie ein Porzellanpüppchen – meinten die Kritiker. Schön wie ein Engel – meinten die Fans. »Engel im Herzen« hieß denn auch ihr erstes Album. Schlagermusik, nicht Julius' Welt. Über Sandra Böckser, die sich mit Künstlernamen Sandra Silva nannte, kursierten mehr Gerüchte im Tal als über das englische Königshaus. Dass sie sich habe operieren lassen, um einen solch perfekten Busen zu bekommen, dass sie nur in den Golfclub eingetreten wäre, um Drafi Martino einmal »zufällig« zu begegnen, dass sie Affären mit – ja, mit welchem hochrangigen Talbewohner eigentlich nicht? – hatte. Nichts war bewiesen, deswegen wurde so viel darüber gesprochen.

Sandra Böckser saß, die Brust gereckt, neben Hessland und lachte, stets Haltung bewahrend, über seine leidlich komischen Witze. Ihre helle Stimme hallte wie Weihnachtsglöckchen durch den Blauen Salon.

Als Julius bei der hübschen Schlagersängerin angekommen war, wurde die »Canard à la Brillet-Savarin« serviert – auf molekulargastronomische Art zubereitet.

In der Mikrowelle.

Dieser Gang war Julius' gewagteste Kreation. Voller Spannung wartete er auf die Reaktionen der Anwesenden. This-Benckhard schwor auf die Mikrowelle, weil sie neue Gartechniken ermöglichte. So war die Ente von innen gedünstet worden, was verbunden mit einem vorherigen scharfen Anbraten eine reizvolle Kombination ergab. Julius wollte das unromantische Gerät zwar am liebsten aus der Küche verbannen, aber im molekulargastronomischen Menü hatte es seinen Platz. Auch in einem Sternerestaurant.

Sandra Böckser schnitt alles ganz klein und bemühte sich, elegant zu essen. Was in ihrem Fall bedeutete, die vollen Lippen nicht weit zu öffnen. Nach jedem Bissen tupfte sie sich den Mund ab. Der kleine Finger blieb stets gespreizt.

Typ 41: Cleopatra

Es wäre leicht gewesen, sie zu unterschätzen, zu deutlich haftete das Schild »Schlagersternchen« an ihrer makellosen Stirn. Aber Julius hatte gelernt, schöne Frauen ebenso wenig wie junge zu verkennen. Beides sagte nichts über die Intelligenz aus, auch wenn einige seiner Geschlechtsgenossen das gern gehabt hätten. Doch was könnte eine Frau wie sie mit Klaus Grad zu tun gehabt haben? Welche Vorteile hätte ihr ein Elektriker im Ruhestand bieten können? Welchen Nutzen hatte sie von seinem Tod?

Überhaupt: Wer profitierte von Klaus Grads Tod?

Julius wollte der Frage gerade nachgehen, als Franz-Xaver ihn höflich darauf hinwies, dass er zurück in die Küche müsse. Schon längst.

Er hatte nun alle Verdächtigen gesehen. Alle, außer Stefan Dopen. Dem Einzigen, von dem er nichts wusste.

Vielleicht hatte er keinen Mord in den vielen Augenpaaren gefunden, weil keines einen gesehen hatte.

Am nächsten Nachmittag kratzte die Schippe metallisch über den Bürgersteig. Julius schaufelte den Schnee vor seiner Haustür weg. Schon seit einer vollen Stunde. Unter der dicken Daunenjacke, dem dicken Schal, dem dicken Pullover und den dicken, gefütterten Handschuhen schwitzte er wie in einer Sauna. Trotzdem machte es ihm Spaß, an der frischen Luft und nicht in der heißen Küche zu arbeiten. Der Bürgersteig wurde immer freier, die Chancen immer geringer, dass hier jemand ausrutschte. Zu Beginn hatte Julius wahllos geschaufelt, mal eine Bahn gezogen, mal einfach nur etwas zur Seite gedrückt. Aber das Muster auf dem Bürgersteig war chaotisch gewesen und hatte seinem ästhetischen Gefühl widersprochen. Mit anderen Worten: Es war unordentlich.

Jetzt zog Julius lange Bahnen, penibelst darauf bedacht, gerade Schlieren zu hinterlassen. Er hatte sogar begonnen, die alten Schleifspuren zu überarbeiten, um eine gleichmäßige Schraffur zu erlangen. Sein Werk glich den Kondenswolken einer Gruppe Kunstflieger.

Julius stützte sich stolz auf die Schippe. Jetzt musste er nur noch gleichmäßig Streusalz darauf verteilen, am besten in rechtwinklig kreuzenden Linien.

Plötzlich krachte ein Fellbüschel durch das am Rand angehäufte Schneegebirge, weiß gefrorenes Pulver in Kaskaden auf dem säuberlich frei gekratzten Weg verteilend. Es rappelte sich, leckte kurz eine Hinterpfote, blickte sich furchtsam um und rannte an Julius vorbei auf die gegenüberliegende Straßenseite. Erst als sich der Schnee beim Laufen von der Katze gelöst hatte, konnte Julius das Haustier seines neuen Nachbarn erkennen: Loreley. Sekundenbruchteile später erkannte Julius, dass die schmächtige Katze nur geringe Verwüstungen in seinem weißen Kunstwerk angerichtet hatte.

Der befellte Supergau folgte nun.

Herr Bimmel brach durch die Schneedüne. Er blieb nicht stehen. Er leckte sich nicht die Hinterpfote. Er schaute sich nicht furchtsam um. Er rannte einfach weiter, einen gehörigen Batzen Schnee mit sich reißend, schlitterte auf dem glatten Boden, donnerte in den Schnee auf der anderen Seite und rannte weiter, als wäre nichts gewesen. Wie ein Stier in der Arena kannte er nur ein Ziel. Loreley. Und tatsächlich schaffte es der kugelige Rambo, sein Opfer zu stellen, über es herzufallen. Im wahrsten Sinne des Wortes. Loreley war stehen geblieben, und Herr Bimmel hatte nicht mehr genug Zeit zum Stoppen gehabt. Jetzt rollten sie übereinander, bissen sich dabei in Nacken und Ohren, bis Loreley wieder losrannte und an einem verdutzten Spaziergänger vorbeiraste.

Rolf Sonner.

Herr Bimmel riss ihn beinahe um, als er dem Objekt seiner Begierde hinterhersprintete.

»Sollte man alle kastrieren!«, brüllte Rolf Sonner und ging auf Julius zu. »Haben Sie diesen fetten schwarz-weißen Kater gesehen? Dem Besitzer sollte man mal ordentlich die Meinung sagen!«

Julius rührte sich nicht. Er lächelte nur freundlich. »Machen Sie das. Der Besitzer steht vor Ihnen.«

Sonner hob die Augenbrauen. »Dann handeln Sie, Herr Eichendorff. Sie tun sich und dem Tier keinen Gefallen.«

»Ich glaube, es gefällt ihm eigentlich ganz gut so, wie es ist.«

»Es ist nur eine Katze. Und davon gibt es mehr als genug. Das Essen gestern Abend bei Ihnen hat mir übrigens gut gefallen.«

»Danke.« Julius schabte mit der Schaufel den Schnee vom Bürgersteig, den die beiden Katzen dort während ihrer Verfolgungsjagd verteilt hatten.

»Wobei ich die Idee mit der Mikrowelle doch ein wenig fehl am Platze fand. Experimentierfreude gut und schön, aber wenn ich Mikrowellenfraß will, dann kann ich auch gleich zu Hause essen.«

»Sie bekommen zu Hause Mikrowellenfraß? Das tut mir Leid für Sie.«

Julius wartete auf die Explosion – aber nichts passierte. Sonner schien die Beleidigung nicht wahrzunehmen, sie drang nicht zu ihm durch, so wenig wie Wasser durch eine Öljacke.

»Manchmal hat man halt nicht die Zeit, richtig zu kochen. Seltsam, dass wir beide uns noch nie getroffen haben, wo wir doch relativ nah beieinander wohnen.«

»Es sollte einfach nicht sein.«

Sonner blickte verächtlich auf den Bürgersteig. »Sie müssen auf jeden Fall streuen. Den Schnee nur wegschippen reicht nicht.«

»Danke für Ihren Rat. Ich werde gleich losfahren und Streusalz kaufen.« Julius legte allen Zynismus, den er aufbringen konnte, in die Worte.

»Tun Sie das. Da kann schnell was passieren.«

»Ich wette, *Sie* haben Ihren Bürgersteig schon längst gestreut.«

»Ach was. Wer geht bei uns schon vorbei? Das tritt sich von allein fest.«

»Da haben Sie *bestimmt* Recht. Im Westen Heppingens ist spazieren gehen ja nicht en vogue.«

»So ist es. – Wen haben Sie übrigens im Verdacht?«

»Wie meinen Sie?« Das bisher so unerfreuliche Gespräch schien eine erfreuliche Wendung zu machen.

»Stellen Sie sich nicht dümmer, als Sie sind, Herr Eichendorff. Als würden Sie sich nicht Ihre Gedanken machen. Ich kenne die Geschichten über Sie!«

Vielleicht ließen sich aus Sonner Informationen herauskitzeln? Julius beschloss, ihn an seiner empfindlichsten Stelle zu reizen – der Eitelkeit. »Mich würde viel mehr interessieren, was *Sie* denken. Sie kennen die Gruppe doch viel besser als jeder andere.«

Sonner lächelte wie eine Hyäne. »Das ist wohl wahr, ja, das kann man so sagen. Leider habe ich keinen gesehen, der sich von der Gruppe abgesondert hat. Ich meine, wir waren über dreißig, da kann schnell mal einer um die Ecke biegen, ohne dass es bemerkt wird.«

»Da haben Sie vollkommen Recht.«

»Deshalb habe ich mich gefragt, wer ein Motiv haben könnte. Und da fiel mir direkt unser junger Stargolfer ein. Der ach so harmlose, ach so freundliche Steve Reifferscheidt. Der Einzige, der bei uns den Bunkerschlag mit dem Fairwayholz beherrscht. Er drängt sich geradezu auf. Wegen dieser unglaublichen Geschichte. – Sie wissen doch, wovon ich rede?«

»Nein. Aber Sie werden mich hoffentlich nicht dumm sterben lassen.«

Sonner lachte. Plötzlich bog ein Wagen in die Martinus-Straße ein und hielt so vor Julius' Haus, dass er mit der Stoßstange den gesamten Schneewall umwarf. Auf den frisch frei geschaufelten Gehweg.

Eine Pelzkugel auf zwei Beinen stieg aus.

»Julius, dich bekommt man ja gar nicht mehr zu sehen! Könntest dich auch mal wieder bei uns blicken lassen. Die Annemarie hat mir erzählt, sie hätte schon mit dir geredet.« Erst jetzt bemerkte Gertrud, eine von Julius' unzähligen Kusinen, Rolf Sonner. Sie schüttelte ihm übertrieben kraftvoll die Hand, flankiert von ihrem Mann Willi, der sich mittlerweile aus dem Auto geschält hatte und wie immer stumm blieb, wenn kein Alkohol die Aktivierungsenergie bereitstellte. Sonner war die ganze Situation merklich unangenehm. Gertrud wandte sich wieder an Julius.

»Sie haben ein Namenbuch gekauft!« Sie sagte dies, als läge alles Unheil der Erde darin, und sprach mit einer Abscheu, die früher Pestkranken vorbehalten war.

»Können wir später darüber reden?«

»Da haben sie jetzt zwei schreckliche Namen draus genommen! Traudchen und Jupp sind am Ende mit ihren Nerven. So haben sie sich ihre Großelternschaft nicht vorgestellt.«

Sonner blickte auf seine Max-Bill-Uhr.

»Gertrud, wollt ihr zwei nicht schon mal zu mir reingehen? Ich komm dann gleich nach, wenn ich hier fertig bin, und wir trinken schön einen Kaffee zusammen?«

»*Janpeter* und *Eliette*!«

Willi grunzte.

»Ich bin dann weg«, sagte Sonner.

»Zusammengeschrieben! Ein Name, Janpeter!«

»Das Kind wird eine lustige Kindheit haben«, sagte Julius, dem mittlerweile durch die fehlende Bewegung kalt wurde.

»Wie ist denn der Nachname?«, fragte Sonner plötzlich.

Gertrud sah den Fremden mit großen Augen an. Damit, dass er sie ansprach, hatte sie offensichtlich nicht gerechnet. Eingeschüchtert erwiderte sie »Burbach«.

»Das ist keine gute Idee. Jan allein wäre viel besser. Die Regel heißt: Lange Nachnamen kurze Vornamen, kurze Nachnamen lange Vornamen.« Stille. »Mit Eliette verhält es sich natürlich ebenso – ganz abgesehen davon, dass keiner der Vokale des Nachnamens darin vorkommt. Viel zu kunterbunt, was für verantwortungslose Eltern.«

Gertrud lächelte. Gequält. »Ja, Julius, ich muss dann auch schon wieder weg. Du redest dann mal mit Anke, ja?« und zu Sonner gewandt: »War nett, Sie kennen gelernt zu haben.«

Willi grunzte zum Abschied noch einmal. Es konnte auch ein Wort gewesen sein.

Verblüfft blieben Julius, Sonner und die Schneeschaufel zurück, als der Wagen um die Ecke bog.

»Ich wollte meinen Sohn immer Silko nennen. Silko Sonner. Alliterationen sind eine der feinsten Spielformen der Sprache.«

Julius war eisig. Außerdem wollte er noch mal alles sauber schaufeln, und zwar schnell. Der Weg sollte endlich ordentlich sein. »Was war denn nun mit Steve Reifferscheidt?«

»Ganz schön neugierig, der Herr Eichendorff! Aber gut. Reifferscheidt hatte was mit Grads Tochter Barbara – übrigens ein schöner Name. Aber die Tochter hält nicht ganz, was der Name verspricht. Grad hatte etwas gegen die Verbindung, weil Reifferscheidt Maurer ist, und Grad meinte, Maurer seien nicht gut genug für sein Töchterlein. Irgendwann hat der Maurer sie dann wohl sehr«, Sonner zwinkerte Julius zu, »spät nach Hause gebracht. Grad kam rausgerannt und hat Reifferscheidt verprügelt. Ihm richtig ein paar reingedonnert. Die Sache ist höchstens zwei, drei Wochen her, kurz bevor die Tochter in Urlaub flog. Der Reifferscheidt hat ihm als Dankeschön in den Garten gekotzt. Tja, das war wohl nur der erste Vorgeschmack auf seine Rache. Ein blöder Hund.«

»Die Dummen sterben nicht aus.«

»So ist es.«

»Kannten Sie Grad eigentlich gut?«

»Nein. Der Mann war nicht mein Fall. Auf dem Golfplatz sind wir uns, wofür ich dankbar bin, selten begegnet.«

»Und Ihre Frau, kannte die Grad vielleicht besser?«

Sonners Gesicht erstarrte. »Was wollen Sie damit andeuten?«

»Gar nichts.«

»Ich muss weiter.« Sonner drehte sich um und ging schnell die Straße hinunter.

»Auf Wiedersehen, Herr Sonner. Rutschen Sie nicht aus!«

»Das werde ich grad noch schaffen.«

Und weg war er. Und schnell war Julius am Telefon.

Noch mit Handschuhen versuchte er Annas Telefonnummer zu wählen. Aber er musste bald einsehen, dass er so vielleicht den nigerianischen Staatspräsidenten, nicht aber die Koblenzer Kommissarin ans Rohr bekam. Schließlich ertönte ein Freizeichen, und Anna nahm ab. Sie klang geradezu erbost.

»Von Reuschenberg.«

»Hallo, hier ist Julius.«

»Schalt den Fernseher ein!«

Klicken.

Besetztzeichen.

Julius griff sich, immer noch in voller Schneeschaufler-Montur, die Fernbedienung vom Wohnzimmertisch und zappte sich, bei der ARD anfangend, durch die Programme. ZDF: nichts. Pro7: nichts. Sat1: nichts. RTL, RTL II, SuperRTL: nichts. SWR Rheinland-Pfalz: Volltreffer.

Versenkt.

Es war exakt 16:02 Uhr, die Sendung »Aktuell« lief seit zwei Minuten. Die brünette Nachrichtensprecherin las unbeteiligt die aktuelle Meldung. Im Hintergrund war ein Bild des oberhalb Marienthals gelegenen Eingangskomplexes BT3 zu sehen. Julius stellte den Ton lauter.

»... Ungewöhnliche des Verbrechens ist, dass der Raum, in dem der Tote gefunden wurde, von innen verschlossen war. Bisher ist ungeklärt, wie der Mörder den Raum verlassen konnte. Das Opfer gehörte dem hiesigen Golfclub an. Vermutet wird, dass auch der Täter in diesem Kreis zu suchen ist. Dahin gehende Überlegungen bezeichnete der Vereinsvorsitzende Jochen Hessland in einer ersten Reaktion als Phantasterei. Geschockt vom Verbrechen zeigte sich die bekannte Schlagersängerin Sandra Silva, die ebenfalls an der Führung durch den Regierungsbunker teilgenommen hatte. – Trier. Der Rat der Stadt hat in einer Sondersitzung beschlossen ...«

Julius schaltete den Fernseher aus und drückte beim Telefon auf Wahlwiederholung.

»Von Reuschenberg.«

»Hast *du* das durchsickern lassen?« Ihm fiel das »du« noch schwer, es jagte einen kleinen Schauer über seinen Rücken. Einen wohligen Schauer.

»Klar. Ich will meine Karriere ja an den Nagel hängen. Wenn das der Polizeipräsident erfährt! Aber irgendwann musste es ja passieren. Es wissen einfach zu viele Leute von der Geschichte.«

»Wer kann denn ein Interesse daran gehabt haben, dass die Medien Wind von den Details bekommen?«

»Das Fernsehen wird jetzt einen bösen, polizeilichen Anruf erhalten. Ich melde mich gleich wieder bei dir.«

Die nächsten Minuten waren quälend. Julius schaute in den Videotext und zappte auf andere Kanäle, um zu erfahren, ob die Nachricht sich schon auf andere Sender ausgebreitet hatte. Aber er bekam nur Uninteressantes übers Gartenjahr, inszenierte Gerichtsfälle und einen talkenden Pfarrer zu Gesicht.

Er durfte Anna jetzt nicht anrufen, sie hatte gesagt, sie rufe zurück.

Er rief sie an.

Besetzt.

Julius schaltete den Fernseher aus. Wer hatte das gestreut? Wer wollte dem Image des Golfclubs Schaden zufügen? Auf der Tour waren doch nur Mitglieder gewesen, alle vierunddreißig profitierten vom guten Ruf des Vereins. Julius fiel nur ein Grund ein, während er, das Telefon im Blick, auf dem Sofa Platz nahm, die schwere Daunenjacke auszog und ordentlich neben sich legte. Die einzige Motivation konnte sein, den Vereinsvorsitzenden in Misskredit zu bringen, ihm schlechtes Krisenmanagement zu unterstellen. Hessland musste gewusst haben, was es für ihn bedeuten würde, wenn der Mord bekannt wurde. Deshalb hatte er bei Julius so insistiert, alles vor der Öffentlichkeit geheim zu halten. Wollte jemand Hessland stürzen und selbst großer Vorsitzender anstelle des großen Vorsitzenden werden? Nur zwei Vorstandsmitglieder hatten Macht und Status dazu. Rolf Sonner kam in Frage, so viel wusste Julius. Oder der noch unsympathischere Volker Vollrad. Einer von beiden.

Das Telefon klingelte. Julius hielt es nicht für nötig, sich mit Namen zu melden.

»Ja?«

»Zuerst wollten sie nicht, von wegen Informantenschutz und so ein Blödsinn. Denen hab ich vielleicht die Hölle heiß gemacht!«

»Und?«

»Musste zwar bis zum Programmdirektor gehen, aber dann zeigten sie sich endlich kooperativ.«

»*Wer* hat's verbockt?«

»Dann bekam ich endlich die zuständige Redakteurin an den Apparat. Sie hätte mich eh anrufen wollen, meinte sie, um nachzurecherchieren, aber das wäre ja alles so plötzlich gekommen, blablabla. Mit *solchen Leuten* muss man sich rumschlagen!«

»Kannst du jetzt endlich sagen, wer es denen gesteckt hat?«

»Immer ruhig mit den jungen Pferden!«

»Ich höre.«

»Also, Herr Hauptkommissar, es war der liebe Stefan Dopen.«

»Wie bitte?«

Julius' Verdächtigungsgerüst brach scheppernd zusammen.

»Ein ganz schön ausgekochtes Bürschchen. Bevor ich's vergesse: Von Grads Tochter fehlt weiterhin jede Spur. Wenn du mir noch irgendwas sagen willst, sprich's mir auf den AB, ich muss jetzt weg, mir den Dopen vornehmen.«

»Wer ist denn dieser Dopen überhaupt?«

»Schau ins Internet. Tschüss!«

Julius sprach die Infos über Reifferscheidts Streit mit Grad und dessen mögliche Affäre mit Susanne Sonner auf den Anrufbeantworter, bevor er sich an den Computer setzte und einen Versuch startete, ins Internet zu gehen. Sein südafrikanischer Sommelier François van de Merwe hatte ihm vor Monaten ein Modem installiert, weil er meinte, ein Mann von Welt brauche das. Er würde schon sehen.

Nun sah er es.

Er sah, dass er nichts sah.

Irgendetwas, so zeigte der Computer an, war nicht installiert. Julius schlug mit der flachen Hand auf den Tisch, dass es knallte. Heute ging auch alles schief. Seine Sippe unterbrach ihn bei den Ermittlungen, sein Kater blamierte ihn vor einem eitlen Fatzke, und nun war auch noch die Technik gegen ihn. Mensch, Natur, Technik – gemeinsam waren sie stark, gemeinsam gegen Julius Eichendorff. Er rief François an, der gerade im Keller des Restaurants einige Tagesweine aussuchte. Wie sich herausstellte, hatte Julius nur das falsche Icon angeklickt. Er fuhr mit dem Mauszeiger auf das richtige und gab sein Codewort ein. Er hatte es so gewählt, dass nie jemand darauf kommen würde: McDonald's.

Es klappte.

»Ich bin drin!«

Nach einem weiteren Hilfeanruf im Weinkeller und kaum verhohlenem Kichern am anderen Ende der Leitung ging Julius auf die Suchmaschine »Google« und gab »Stefan Dopen« ein. Er wählte den ersten Treffer.

Plötzlich gaben Julius' Computerboxen Laute von sich. Das hatten sie noch nie getan! Eine verzerrte Gitarre war zu hören, ein scheppperndes Schlagzeug, ein monoton stampfender Bass.

Auf den Bildschirm kam ein Schriftzug geflogen: »Stefan Dopen – Music & More«. Dann ploppten überall Kästchen hervor. Auf ihnen stand »Über mich«, »Meine Künstler«, »Aktuelle Projekte«, »Presse«, »Downloads« und »Kontakt«. Julius wählte »Über mich«. Stefan Dopen, so machte der erscheinende Text deutlich, war ein Tausendsassa, ein musikalisches Genie und überhaupt ein prima Kerl. Er produzierte Musik, von Schlager über Volkstümliches bis hin zu Hardrock und HipHop, er spielte sämtliche Instrumente, die denkbar waren, hatte natürlich eine klassische Musikausbildung und jahrelange Erfahrung in unzähligen Bands. Er komponierte, sang und war auch noch ein Topmanager. Julius verstand nicht, warum jemand, der alles so gut konnte, so viel Verschiedenes tun musste, um davon leben zu können.

Die Antwort auf die Frage, die Julius wirklich beschäftigte, fand er auf der Seite »Meine Künstler«. Dort stand nur ein einziger Name »Sandra Silva«. Der Text darunter verriet:

»Sandra Silva - Der kommende Star des deutschen Schlagers. Seit einem Jahr habe ich dieses Riesentalent unter Vertrag, das bereits für großes Aufsehen in der deutschen und internationalen Musikszene gesorgt hat. Ihre Hits »Auf immer und ewig«, »Sonnenblumenträume« und »Eine Nacht wie diese« stiegen alle hoch in die deutschen Charts ein. Zurzeit arbeitet die 28-jährige Remagenerin an ihrem neuen Album »Zeit für Gefühle«, das bald erscheinen soll. Enthalten sein wird auch ein Duett mit Schlagerkönig Drafi Martino - ein hundertprozentiger Sommerhit.«

In diesem Duktus ging es weiter. Der tollste Musikproduzent aller Zeiten hatte also das größte Schlagertalent aller Zeiten unter seine mega-erfolgreiche Fittiche genommen. Jetzt war Julius klar, warum Dopen die Polizeiarbeit torpediert hatte. Er wollte Publicity für sein Schlagersternchen, er wollte Sandra Silva in allen Zeitungen und Talkshows. Er wollte sie als Berühmtheit, die das Grauen live erlebt hat. Vielleicht würde er ihr sogar einen kleinen psychischen Schock andichten.

Julius konnte das nicht gutheißen, aber er musste eins zugeben: Dopen machte seinen Job gut.

Um kurz nach zehn stahl sich Julius abends aus der Küche, in der die Arbeit nun stetig weniger wurde. Sein Sous-Chef würde übernehmen. Julius ließ seinen Herd ungern allein, aber er hatte einen Termin im Kalender stehen, den er sich nicht entgehen lassen wollte. Ein wenig Entspannung nach all dem Trubel.

Ein wenig den Mond anheulen.

Sein Weg führte über die Landskroner Straße, und er führte zu einem wohl bekannten Ort, zu einem wohl bekannten Freund. August Herold vom Weingut Porzermühle lud zur Mondscheinprobe – und alle kamen. Das merkte Julius schon beim Einparken. Der neu gebaute Parkplatz war voll, und er musste mit dem Feldweg vorlieb nehmen.

Als Julius ausstieg, konnte er es schon riechen. Wein und Kräuter lagen in der Luft. Die unwiderstehliche Mischung wehte vom Wintergarten des Weingutes herüber. Julius stiefelte durch den Schnee und fühlte sich wohlig.

Er versank in einer Pfütze.

Wie sie dahingekommen war und wie er sie hatte übersehen können, da ihre Ausmaße doch an das Rote Meer erinnerten, war Julius völlig unklar. Klar war nur, dass er nun bis zu den Knien nass war. Durchtränkt von eiskaltem, schmutzigem Wasser. Sollte er zurückfahren? Das dauerte zu lange. Sollte er einfach so reingehen? Konnte peinlich werden.

Und es wurde peinlich.

Eine junge blonde Frau in einem eleganten, dunkelgrünen Abendkleid kam aus dem Wintergarten, ein Glas Wein in der Hand, es immer wieder zum Mund führend. Sie zog ihre wärmende Stola enger um die Schultern und ging langsam zu dem kleinen Bächlein, das neben dem Weg entlang sprudelte, streckte die Arme aus und holte hörbar Luft, dann steckte sie ihre kleine Stupsnase wieder ins Glas und sog den Duft so kräftig ein, dass Julius schon annahm, sie würde den Wein durch die Nüstern zu sich nehmen.

»Aaaahhh!«, sagte die Frau, die nun einen Schluck nahm. Sie schien es wirklich zu genießen. Im Umdrehen sah sie Julius. »Oh, ich habe Sie gar nicht gesehen. Wie peinlich.«

Es war Sandra Böckser.

Cleopatra.

Julius konnte es nicht glauben.

Er versuchte, die Situation zu retten. »Würde es Ihnen besser gehen, wenn es mir auch peinlich wäre?«

»Ich verstehe nicht.«

Er deutete auf die Hose.

»Oh.« Sie kam ein paar Schritte näher. »Aber Sie sind nicht der Erste.«

Aus dem Wintergarten kam nun eine zweite Person. »Ich dachte doch, dass ich da wen gehört hätte! Julius, wir haben uns ja Ewigkeiten nicht mehr gesehen. Komm rein, Junge!« Zu Sandra Böckser gewandt sagte er: »Ich muss ihn dir jetzt leider entführen.«

Der Wintergarten war erleuchtet von Kerzen, deren Flammen sich stetig bewegten und der Szenerie ein warmes, loderndes Licht gaben. Die gläserne Decke des achteckigen Raumes reflektierte die Lichtpunkte, so dass es aussah, als sei der Himmel mit Kometen übersät. Die Würdenträger knubbelten sich an den Bistrotischen. Jede Gruppe versuchte lauter als die neben ihr stehende zu lachen, jede wollte die mit der besten Laune sein.

Es war wahnsinnig laut.

Herold drückte Julius ein Glas seines Rieslingsektes zur Begrüßung in die Hand.

»Prost! Die Sandra kanntest du doch schon, oder? Bildhübsch, und eine wirklich kluge Frau. Jetzt darf ich dich aber erst mal ein paar Leuten vorstellen, mein Lieber!«

»Ich würde eigentlich zuerst ...« gern eine andere Hose anziehen, wollte Julius sagen. Aber nach dem ersten Halbsatz stand er bereits vor dem Chef des Nürburgrings, gefolgt von einem progressiven Landwirt, der in Heimbach Moorschnucken züchtete, eine alte deutsche Landschafrasse, wie Julius umgehend erfuhr. Es folgten weitere Persönlichkeiten von nah und fern, unbekannte wie bekannte, darunter Herolds Frau Christine, die wie immer alles im Blick hatte, der Landrat, befreundete Restaurateure aus dem Tal und natürlich Winzer.

Julius kam der große Erfolg des Abends zupass. Da alle dicht beieinander stehen mussten, bemerkte niemand seine dreckige Hose. Er hätte genauso gut nackt sein können. Auch Antoine Carême, der Koch des Frais Löhndorf und wie Julius im Ahrtaler Restaurateursstammtisch, der im Januar Winterschlaf hielt, hatte keine Augen dafür. Kein Wunder, war er doch an diesem Abend für die Bewirtung zuständig und hatte alle Hände voll zu tun. Eine war aber wie immer frei, um Julius zu begrüßen.

»Ist das nicht toll, was den August hier gemacht hat? Ein Mondscheinweinprobe, weil bei Vollmond den Wein am besten schmeckt. Immer gute Ideen, den August.« Antoine Carême nickte anerkennend. Der kleine Normanne war, Franz-Xavers Wortschatz folgend, die Kräuterhexe der Region. Alles, was irgendwo an der Ahr wuchs, rankte oder wurzelte, fand sich auf seiner Karte. Und das Erstaunliche war: Es schmeckte.

August Herold legte seine Arme um die beiden Köche. »Das mit der Mondscheinprobe ist kein Quatsch, Julius! Ich hab das oft genug getestet. Bei abnehmendem Mond probieren sich die Fassweine ü-ber-haupt nicht. Frag mich nicht, warum, aber es ist so. – Ich muss euch zwei jetzt leider allein lassen, ein neuer Gast ist gerade eingetroffen.« Und weg war er.

Antoine Carême gab Julius einen Teller mit Petit Fours. »Du musst unbedingt mal in mein Restaurant vorbeikommen. Ich hab ein klein Geheimnis, das ich dir zeigen will.«

»Geheimnisse hab ich zurzeit genug, Antoine.«

»Du wirst begeistert sein. So ein Sache hast du hier bestimmt noch nie gesehen. Aber du darfst die Geheimnis keinen sagen. Versprochen?«

»Du kennst mich lang genug.«

Antoine klopfte ihm auf die Schulter und kümmerte sich wieder um die Bewirtung. Julius begann durch die Menge zu flanieren und viele der angebotenen Weine zu verkosten.

Er hörte Gespräche über die unglaubliche Qualität der Südpfälzer Weine, über den skandalösen Umgang mit einem der angesehensten und talentiertesten deutschen Kellermeister in einem Haardter Weingut und viele über die unumgängliche und längst überfällige längere Lagerung von hiesigen Rotweinen in Barriques, welche die Ahrweine haltbarer und international konkurrenzfähiger machen würde.

»In einem so kleinen Tal kann man viel erreichen, wenn man zusammenhält«, hörte er Herold sagen.

Schließlich kam er in den Fasskeller, der ebenfalls von hunderten kleiner Teelichter erleuchtet war. Die Kühle hier schien niemanden zu stören. Fröhlich wurde Wein aus einem großen Glasballon gezapft. In einer Ecke standen Herolds Kollegen aus der »Gemeinschaft deutscher Spitzenweingüter« hinter ihren Weinständen. Und ein Winzer, den Julius hier nicht erwartet hatte: Gerard Depardieu. Oder zumindest sein Eifeler Double Paul Ninnat. Der hünenhafte Winzer war fraglos eine der imposantesten Gestalten des Tals. So kräftig wie er waren auch seine Weine. Was er an starken Knochen in sich hatte, waren bei jenen die Gerbstoffe. Ninnat war dafür bekannt, dass er keine Kompromisse einging. Er wollte in die GDS, aber wollte sich nicht verbiegen. Entweder auf seine Art oder auf keine. Herold hatte mit dieser Einladung wohl die Friedenspfeife gereicht. Julius nahm einen von Ninnats beeindruckenden Weinen und ging die Treppe wieder hinauf und hinaus in den kleinen Vorgarten des Weingutes. Er wollte den Mond sehen, der wie eine reife Orange am Sternenhimmel über dem Mönchsberg hing. Es wirkte, als müsse ihn nur jemand anstupsen, und er käme bis ins Weingut Porzermühle gekugelt. Julius trank den Burgunder in seinem Glas, bewunderte die reife Frucht, die feinkörnigen Tannine, den langen Abgang und war sich mit einem Mal sicher, dass eine solche Probe etwas Feines war. Ob der Wein wirklich besser schmeckte, konnte er nicht sagen, aber mit diesem Ausblick bildete er ein unschlagbares Team.

»Schön, nicht? Wie bestellt.« August Herold war zu ihm gekommen. Er stieß mit ihm an.

»Kann ich dich was fragen, August?«

»Ich hab leider keinen Wein mehr, den ich dir noch verkaufen könnte.«

»Es geht um die Weinbruderschaft.«

»Lass uns doch heute Abend nur über die wichtigen Sachen im Leben reden. Wein zum Beispiel.«

Die Weinbruderschaft des Ahrtals zählte allerdings zu den wichtigen Sachen im Leben. Julius hatte lernen müssen, dass sie mehr war als nur ein Verein. Die Bruderschaft zog im Hintergrund die Strippen, sie bestimmte, wohin die Reise ging. Julius war zwar Mitglied, aber nur der innerste Zirkel wusste wirklich alles. Herold war drin.

»Was wisst ihr über den Mord im Rosengarten?«

»Ach, Julius. Meinst du wieder, wir ...?«

»Sag mir einfach, was ich meinen soll.«

»Das weißt du doch sonst immer ganz gut allein.«

»Muss ich mich erst zum Hänneschen machen, oder erzählst du mir, was ihr wisst?«

»Wie kommst du nur darauf, dass wir überhaupt etwas wissen?«

Julius ging Herold scherzhaft an die Kehle.

»Gnade!«

Julius ließ los, und August Herold rückte endlich mit der Sprache heraus. »Alles, was wir wissen, ist, dass sich eine Person von der Gruppe gelöst hat. Unser Informant hat es der Polizei nicht gesteckt, weil er sich nicht unbeliebt machen wollte.«

»Er hat es vorgezogen, sich bei euch lieb Kind zu machen.«

»So spricht aber kein Mitglied.«

»Wer war es, der sich abgesetzt hat?«

»Du weißt es nicht von mir.«

»Was weiß ich nicht von dir?«

Herold trank sein Glas leer und strich Julius über den spärlichen Haarkranz.

»Derjenige, mit dem du ein Wörtchen über seinen Ausflug reden solltest, ist leider schon gegangen. Derjenige, der sich von der Führung abgesetzt hat, war kein anderer als ...«

»August, nun komm mal wieder rein, du bist hier der Gastgeber!« Herolds Frau stand in der offenen Tür des Wintergartens.

»Tut mir Leid, Julius, ich muss.«

»Dann sag es mir eben nicht. Und ich dachte, wir sind Freunde. Na ja, das Leben geht schon seltsame Wege.«

»Und Hessland auch, Julius. Hessland ist im Regierungsbunker Wege gegangen, weg von der Gruppe. Ich hab nichts gesagt.«

Aber Julius hatte genug gehört.

IV

»Schall und Rauch«

Der nächste Tag begann mit einem Wellness-Programmpunkt. Julius wollte wieder einen kühlen Kopf bekommen, denn die heißen Fährten brannten hinter seiner Schädeldecke. Als er oberhalb Rechs in die weißen Weinberge stieg, zog der Wind eisig über seinen Kopf, den schütteren, wie ein Hufeisen um den Schädel liegenden Haarkranz ohne Mühe durchdringend.

Das tat gut.

Auch die kalte Luft einzuatmen. Es roch nach frischem Schnee. Julius war extra einen Weg gegangen, auf den sich keine Wanderer oder schlittenfahrende Kinder verirrten. Er wollte allein sein. Die einzige Spur menschlichen Lebens, die sich in den Weinbergen fand, war ein Schneemann, dem ein frühreifer Zögling die Möhre an die falsche Stelle gesetzt hatte. Moralisch, nicht anatomisch.

Es waren keine Fußspuren im Schnee zu sehen, in der Nacht hatte es geschneit und neue weiße Laken über das Tal gelegt. Während Julius das Knirschen des Schnees unter seinen Wanderschuhen vernahm, ging er die Verdächtigen durch. Steve Reifferscheidt stand auf der Liste. Ganz oben. Das junge Golftalent, das dem zukünftigen Schwiegervater nicht gefiel. Liebe war ein gutes Motiv, dachte Julius. Verbotene Liebe erst recht. Grads Tochter war weg, und Julius zweifelte keinen Augenblick daran, dass dies mit Reifferscheidt zusammenhing. Vielleicht hatte sie mit ihrem Vater gebrochen? Vielleicht brauchte sie auch nur Abstand.

Aber wie passte der Tresor mit seinem güldenen Inhalt zu Reifferscheidt? Konnte er davon gewusst haben, dass Grad daraus etwas stehlen wollte? Hatte es ihm vielleicht dessen Tochter gesteckt? Anna hatte ihm im Telefongespräch am frühen Morgen erzählt, dass in den Bunkerplänen kein Tresor an dieser Stelle verzeichnet war und dass noch immer niemand wusste, was sich in ihm befunden haben konnte. Sie hatte aber auch gesagt, dass Grad nach dem Zweiten Weltkrieg einen Großteil der Elektrik im Rosengarten installiert hatte, ein Riesenauftrag, über den er reich geworden war. Er hatte die Möglichkeit gehabt, einen Tresor einzubauen. Aber warum? Hatte er vielleicht gar nichts aus dem Tresor gestohlen, sondern etwas geholt, das ihm gehörte?

Julius blieb stehen und fuhr mit der Hand über einen der Rebstöcke, die am Weg standen. Kaum vorstellbar, dass aus ihnen innerhalb weniger Monate Trauben sprießen würden. Sie wirkten abgestorben, wie verkrüppelte alte Männer, die man im Schnee vergessen hatte. Wie Schimmel lag dieser auf dem knorrigen Holz. Julius strich mit dem Finger darüber, dem weißen Pulver beim Herunterrieseln zusehend. Es wurde eins mit dem Schnee am Boden.

Auch Inge Bäder war verdächtig. Nicht, weil sie Grad verachtete und sein Golfspiel für miserabel hielt. Was immer Goldenes im Tresor gelegen hatte, die Kunsthändlerin Bäder würde seinen Wert schätzen können. Sie würde auch einen Käufer finden können. Hatte sie vielleicht einen Gegenstand besessen, den sie sicher, ja hochsicher, untergebracht haben wollte? Hatte Grad sich vor rund fünfzig Jahren angeboten, ein Versteck im streng geheimen Bunker anzulegen? Vielleicht war es bei der Öffnung des Tresors zum Streit gekommen.

Es blieb das Problem mit der verschlossenen Tür.

Wenn Inge Bäder im Affekt gehandelt hatte, konnte sie vorher keinen Plan entwickeln, um aus dem verschlossenen Raum zu entkommen.

Warum überhaupt dieser Aufwand?

Was änderte es, ob der Raum von innen verschlossen war oder nicht? Was wollte der Mörder beweisen? Dass er durch Türen, durch Wände gehen konnte? Dass niemand vor ihm sicher war? Vielleicht war es das, dachte Julius, während er etwas Schnee mit beiden Händen aufhob und einen Ball daraus formte, den er in Richtung eines Rebstocks warf. Daneben.

Der Mörder hatte zweifellos ein Zeichen gesetzt. Seht her, ich kann euch alle holen, ihr könnt euch einschließen, wo ihr wollt, nichts stellt für mich ein Hindernis dar. Wenn ich euch will, dann bekomme ich euch. Auch der nächste Schneeball traf sein Ziel nicht.

Eine solche Warnung hätte aber nur Sinn, wenn es noch mindestens einen Mitwisser gab, jemanden, der plaudern konnte. Wer mochte dies sein? Wer war der Adressat der verschlossenen Tür?

Und wie, verdammt noch mal, hatte der Mörder es angestellt?

Julius hob wieder weiße Munition vom Boden auf, diesmal mehr, und versuchte abermals, einen der mit Schneewehen bedeckten Rebstöcke zu treffen. Der Ball wurde vom Drahtrahmen zerschnitten.

Hessland, fuhr Julius in seinen Gedanken fort und merkte gar nicht, wie er den Namen mit den Lippen formte. Auch Hessland stand im Zentrum des Verdachts. Seine mögliche Rolle während der NS-Zeit, seine aufdringliche Bitte, die Presse rauszuhalten, und natürlich Herolds Aussage, er hätte sich von der Gruppe abgesetzt. Hessland hatte davon weder Julius noch der Polizei erzählt. Andererseits: Warum sollte er? Auch Julius hätte es verschwiegen. Warum sich verdächtig machen, wenn niemand einen dafür hält?

Julius wandte sich Hesslands Motiv zu. Der Golfclub war sein Leben. Und so schützte er ihn und seinen Vorsitz auch. Wenn jemand an seinem Stuhl sägte, wäre der freundliche Herr Hessland dann zu allem fähig? War der Mann mit der Säge vielleicht Grad gewesen? Hatte Hessland sich einfach nur seines ärgsten Rivalen entledigt?

Auch der nächste Schneeball, den Julius auf einen der wehrlosen Rebstöcke warf, verfehlte sein Ziel. Allmählich wurde er wütend. Zwar war er nie gut im Schulsport gewesen, aber wenigstens beim Kugelstoßen hatte er den Großteil der Klasse hinter sich gelassen. Das war zwar Jahrzehnte her, die Technik war eine völlig andere, das Gewicht des Wurfgeschosses auch, aber trotzdem dachte Julius, es wäre nur gerecht, wenn ihm der Gott des Zufalls endlich einen Volltreffer schenkte.

Der Nächste in der Liste der dringend Tatverdächtigen war Rolf Sonner. Ein Neuzugang in den Reihen der potenziellen Mörder. Er war in den erlauchten Kreis aufgenommen worden, als Anna heute Morgen angerufen hatte:

»Ach, Hessland ist gesehen worden, wie er sich von der Gruppe abgesetzt hat? Dann haben wir jetzt schon zwei. Rolf Sonner war auch unterwegs.«

Als Anna dies sagte, hatte Julius gemerkt, dass er sich wünschte, Sonner sei der Täter. Das Motiv: Eifersucht. Wenn seine Frau ein Verhältnis mit Grad gehabt hatte, vielleicht sogar ein neues Leben mit ihm beginnen wollte, könnte Sonner Mord für eine Lösung des Problems gehalten haben. Allerdings hatte er dann nicht bedacht, dass keine Frau bei einem Mann bleiben würde, der ihren Geliebten getötet hatte. Höchstens aus Angst. Julius musste sich Susanne Sonner genauer anschauen.

Endlich traf er mit einem Schneeball einen Rebstock, der beim Aufprall kurz vibrierte, als fließe Strom durch ihn. Julius' Lederhandschuhe waren mittlerweile an einigen Stellen dunkel gefärbt, vom Schnee, der auf ihnen geschmolzen war. Er konnte nicht anders, als ein klein wenig des Schnees zu probieren, der vom Schneeballbau noch am Handschuh klebte. Er war erfrischend und hatte eine ganz andere Konsistenz als Kücheneis. Damit müsste sich doch etwas machen lassen …

Julius ging die Liste der Verdächtigen weiter durch, während er noch etwas Schnee vom Boden klaubte. Susanne Sonner hätte Grad natürlich auch töten können, weil der die Affäre publik machen wollte, sie erpresste. Volker Vollrad traute er alles zu, auch wenn zurzeit noch ein Motiv bei ihm fehlte. Ob Stefan Dopen und Sandra Böckser den Mord für eine gute PR begangen hatten? Das erschien Julius zu weit hergeholt. Da gab es einfachere Wege. Eine Liaison mit einem erfolgreichen Sänger wie Martino wäre viel effektiver. Leichter wäre wahrscheinlich ein Stelldichein mit Dieter Bohlen zu haben – das war aber auch nur eine Spur weniger grausam als Mord.

Das Handy klingelte. Julius brauchte einige Zeit, bis er mit dem Handschuh den richtigen Knopf gedrückt hatte. Schnell schluckte er das Eis herunter, das er gerade probierte.

Es war Volker Vollrad. Ausgerechnet. Julius' Stimmung sank unter den Gefrierpunkt.

»Herr Eichendorff, ich plane einen Überfall auf Sie.«

»Für Überfälle bin ich nie zu haben.«

»Haben Sie Sonntag schon was vor?«

»Ausspannen.«

»Den ganzen Tag?«

»Und die Nacht auch noch.«

»Sie werden Ihre Meinung ändern, wenn Sie hören, was ich vorschlage.«

»Das glaube ich nicht. Außerdem bin ich gerade am Arbeiten und möchte nicht gestört werden.«

»Ich mach's kurz. Wir von Cassianus werden am Sonntag unsere neueste Linie vorstellen. Der Name: Great Grapefruit – ein Wahnsinnsprodukt, das den Markt so richtig aufwühlen wird. Sechzig Prozent reiner Grapefruitsaft, vierzig Prozent bestes Cassianus Mineralwasser, ohne Zucker oder Süßstoff. ›Back to Basics‹ sag ich nur. Leider ist uns die dafür eingeplante Location weggebrochen, und wir bräuchten dringendst eine repräsentative Räumlichkeit.«

»Hören Sie ...«

»Sekunde noch. Wir mieten Ihr ganzes Restaurant, mit voller Belegschaft, Sonntagszulage oder was immer Sie nehmen inklusive, und legen für jeden noch was drauf. Geld spielt keine Rolle. Sie kochen dann nett ein bisschen Fingerfood, je teurer, desto besser. Also Kaviar, Foie gras, Hummer, was es da so alles gibt, Sie wissen schon, Schweinereien halt.«

»Also wirklich ...«

»Da wird viel Presse dabei sein, das gibt auch super Werbung für Ihren Laden.«

Julius war nahe dran, einfach aufzulegen oder besser: den roten Auflegknopf zu drücken. Die »Alte Eiche« als Laden zu bezeichnen, Gänsestopflebern als Schweinereien – was schon biologisch total falsch war – und zu meinen, für Geld bekäme man alles, stank ihm gewaltig. Außerdem war ihm der Sonntag heilig, den hatte er sich jede Woche redlich verdient. Also auflegen. Aber bevor die behandschuhte Hand den Weg zum Knopf zurückgelegt hatte, meldete sich der Kriminalist in Julius. Eine bessere Gelegenheit, mit Vollrad in Kontakt zu kommen, dem Unsympathen mal kräftig auf den Zahn zu fühlen, würde er nicht bekommen.

»Das wird richtig teuer.«

»Sie sind mit im Boot?«

»Faxen Sie mir die Details noch heute durch.«

»Schon unterwegs. Ich schneie dann die Tage noch mal bei Ihnen rein!« Er lachte unterkühlt.

»Ach, Herr Vollrad. Wo ich Sie gerade spreche: Was glauben Sie, wer es war?«

»Wieso fragen Sie mich das?«

»Ich frag das eigentlich jeden, der dabei war. Reine Neugier.«

»Das ist Sache der Polizei.«

»Aber Sie werden doch bestimmt einen Verdacht haben.«

»Nicht mein Job.«

»Also, *ich* soll Ihnen sonntags die Tür aufmachen, was ich sonst nur für meine besten Kunden und Freunde mache. Aber *Sie* wollen nicht einmal die gesunde Neugier eines Kochs befriedigen? Vielleicht suchen Sie sich doch besser einen anderen Ort zum Präsentieren.« Wenn Vollrad nicht über den Mord reden wollte, konnte Julius sich die Arbeit sparen.

Nach einigen Sekunden sprach Vollrad wieder. Er klang mürrisch. »Haben Sie sich nicht auch gewundert, dass dieser Herr Dopen so viel über die Kapelle wissen wollte? Wie Sie verschlossen wird, wann die Kontrollgänge sind und so.«

Stimmt, dachte Julius. Das war ihm auch aufgefallen. Er hatte noch einen Witz darüber gemacht, ob Dopen in der Bunkerkapelle heiraten wolle.

»Aber ich habe nichts gesagt. Bleibt es bei Sonntag?«

»Es bleibt bei Sonntag.«

»Sie sind schon eine komische Type.«

Und stolz darauf, dachte Julius, drehte sich um und versuchte, den Weg zurück zum Auto zu schliddern.

Er hätte besser noch ein paar Schneebälle auf Rebstöcke werfen sollen.

Als Julius sich auf den Weg zum Milsteinhof machte, dankte er im Stillen dem Schicksal für seinen Sous-Chef. Alle kriminalistische Schnüffelei wäre zeitlich unmöglich gewesen, wenn ihn am Herd niemand würdig vertreten hätte. Viele Gäste dachten nicht über die Küchen-Hierarchie nach. Obwohl sie Fernsehköche wie Johann Lafer oder Vincent Klink ständig im Fernsehen sahen, gingen sie davon aus, dass diese trotzdem jeden Tag am Herd standen. Kochgötter in Weiß – überall zu jeder Zeit. Dabei bestand die Arbeit des Chefkochs in Wirklichkeit zum Großteil aus Organisation und Kontrolle. Julius bemühte sich aber, so häufig wie möglich selbst zu kreieren, denn er liebte das Kochen, liebte seine Küche. Aber wenn es mal nicht anders ging, hatte er mit seinem Sous-Chef jemanden, dem er die Küche guten Gewissens überlassen konnte, der wusste, worauf es ankam.

Und der mit Franz-Xaver umgehen konnte.

Bei der Einfahrt zum Milsteinhof, dem Mekka des Golfsports im Tal, sah Julius, dass der Schnee nicht nur einige Straßen lahm gelegt hatte. Es fanden sich kaum Autos auf dem Parkplatz. Die Person, die er suchte, würde aber da sein. Denn sie arbeitete hier, seit der Besitzer des Milsteinhofs die hoch gewachsene Brünette Julius abgeworben hatte. Uli musste ihn schon von weitem gesehen haben, denn sie stand in der Eingangstür.

»Hurra, ein Gast! Sekunde, ich hole den roten Teppich!« Sie reichte ihm lachend die Hand.

»So mau?«

»Mauer. Bei der Schneehöhe helfen auch farbige Bälle nichts mehr, die versinken einfach. Aber kommen Sie doch rein, ich will nicht, dass Sie hier draußen erfrieren.«

»Wie fürsorglich von dir!«

»Das ist schlecht für den Ruf des Hauses …«

Sie setzten sich an einen der eingedeckten Tische im leeren Speisesaal. Uli holte eine Kanne Tee, zwei Tassen und ein wenig Gebäck. »Ich weiß doch, was Sie trinken – und ich weiß auch, warum Sie hier sind.«

»Nur um zu schauen, wie es meiner besten Auszubildenden geht, meiner besten ehemaligen natürlich.«

»Werden Sie mir das je verzeihen?«

»Niemals.«

»Gut so! Also, was wollen Sie wissen?« Uli nahm einen Schluck Tee.

»Alles. Was glaubst du, wer es war?«

»Ist Ihnen eigentlich klar, wie viel kriminelle Energie hier in der Luft ist?«

»Ich dachte, ihr seid eine Oase der Glückseligkeit.«

»Hier herrscht Krieg.«

Julius biss in ein gefülltes Mürbeteilchen. »Erzähl!«

»Wussten Sie, dass rund fünfundneunzig Prozent aller Golfer richtig schlecht sind? Bei achtzehn Löchern trifft jeder im Viererflight einmal einen Baum, benötigt drei Schläge für einen Bunker oder zum Einlochen vier – und alle anderen schauen dabei zu. Das ist die pure Demütigung. Und wer wird schon gern gedemütigt?«

»Da heißt es üben.«

»Da heißt es psychologisch Krieg führen. Reden, wenn der andere abschlägt, die Vorzüge der eigenen Ausrüstung oder Bälle hervorheben, kichern, wenn dem anderen ein Schlag misslingt, er Out-of-Bounds landet, ausschweifende Erzählungen über eigene Erfolge auf dem Platz und daneben zum Besten geben. Kurz: Es geht darum, das Selbstvertrauen des anderen zu erschüttern.«

»Ego-Schlachten auf dem Grün«, sagte Julius und nahm sich ein weiteres Teilchen. Sie waren wirklich lecker, mit abgeriebener Zitronenschale aromatisiert, ein wenig Rum fand sich darin, der Pfiff waren aber die klein gehackten Mandeln und gerösteten Haselnüsse.

»Der liebe Herr Grad war zwar ein herzensguter Mensch, freigiebig mit Trinkgeld und Höflichkeit – aber auf dem Platz wurde er zu einem richtigen Aas. Volker Vollrad hat er besonders zugesetzt. Nach außen wirkt der ja sehr selbstsicher, und früher war er auch mal ein guter Spieler, aber Grad hat ihn fertig gemacht. Eine Zeit lang spielten die zwei immer gegeneinander, und Vollrads Stimmung wurde von Mal zu Mal düsterer, sein Spiel immer schlechter. Irgendwann war er plötzlich krank, so was Vorgeschobenes, und danach hat er nie wieder mit Grad gespielt.«

»Warum gerade Vollrad? Hatte Grad was gegen ihn?«

»Wer weiß.«

Julius goss sich Tee nach und blickte zur Driving Range, auf der ein einsamer, dick eingepackter Golfer Bälle abschlug. Uli fuhr mit ihrem Bericht fort.

»Das war kurz nachdem Vollrad sein ganzes Geld verloren hat. Diese Korkgeschichte.«

»Vollrad ist doch bei Cassianus. Seit wann wird Mineralwasser verkorkt? Merkwürdige Marketingidee ...«

Uli holte aus einer Hosentasche ein zerknicktes Päckchen Lucky Strikes und zündete sich eine an.

»Seit wann rauchst du?«, fragte Julius.

»Seit ich hier arbeite. Auch eine?«

»Nein, ich hab keine Laster.«

Uli lachte. »Das sagt der Richtige! Pralinen zählen auch!« Sie lehnte sich vor: »Also, Vollrad muss sich wohl mit einem der Flaschenzulieferer zusammengetan haben. Irgendein Italiener, der ein Patent auf einen Kunststoffkorken erworben hatte, der den Naturkork endgültig ablösen sollte. Sie kennen ja das Problem, ständig Korkschmecker, jede siebte Flasche. Gott sei Dank merken es viele Gäste nicht ...«

»Ich verfluche die stinkigen Dinger.«

»Dieser Kunststoffkorken sah wohl haargenau aus wie ein natürlicher. Vollrad steckte sein ganzes Geld in das Projekt, er soll sogar Kredite aufgenommen haben.«

»Woher weißt du das eigentlich alles?«

»Von Sandra Böckser, die war mal mit ihm liiert. Wir sind zusammen zur Schule gegangen.«

»Was hältst du von Stefan Dopen?«

»Sandra meint, er würde sie groß rausbringen. Mein Fall ist er nicht.« Sie lächelte. »Komisch, Ihnen so was zu erzählen.« Uli berappelte sich wieder und nahm einen langen Zug an ihrer Zigarette, der die Spitze erglimmen ließ. »Also zurück zu Vollrad. Er riskiert alles, und dann stellt sich heraus, dass der Korken bei längerer Lagerung geschmacklich abfärbt. Mit anderen Worten: Der Wein schmeckt nach Plastik. Die Produktionsanlagen waren längst gekauft, etliche hunderttausend Korken produziert. Und als hätte dieser Schlag ins Kontor noch nicht gereicht, starb in derselben Zeit auch noch Vollrads Vater.«

»Bisschen viel auf einmal.«

»Das wünscht man keinem. Deshalb fand ich's vom Grad auch so fies, dass er ihn fertig gemacht hat. Die sind hier zwar alle nicht viel netter auf dem Platz, aber er war so schlimm, dass nachher kaum noch einer mit ihm spielen wollte.«

Julius wurde klar, dass er für eine Frage die ideale Informationsquelle vor sich hatte. »Hat Grad eigentlich getrunken?«

»Komische Frage. Nein, keinen Tropfen.«

»Weißt du was von einer Liaison mit Susanne Sonner?«

»Da war wohl was. Die hatten einen festen Tag, an dem er sie hier am Club abgeholt hat. Wartete aber immer draußen im Auto, so dass ihn ja keiner sah.«

Plötzlich trat eine junge Frau in den Raum.

»Hallo, Uli, hallo, Herr Eichendorff, schön, Sie wieder zu sehen!«

Sandra Böckser reichte ihm die langgliedrige Hand. Sie hatte einen überraschend festen Händedruck.

»Die Freude ist ganz auf meiner Seite.«

»Uli, könntest du mich vielleicht bei unserem Geschäftsführer anmelden, es geht um eine Veranstaltung nächsten Monat. Das will alles gut geplant sein.«

Eine Frau, die um die Bedeutung guter Organisation wusste, dachte Julius. Das bewunderte er – unabhängig vom Geschlecht.

»Ich bring dich hin«, sagte Uli und zog Sandra Böckser leicht am Oberarm.

»Ich hoffe, Sie kommen mal zu einem meiner Konzerte. Ich würde mich freuen.«

»Nichts täte ich lieber.« Was hatte er da gerade gesagt?

»Die Ordner lassen Sie aber nur mit sauberer Hose rein!«, sagte Sandra Böckser lachend und verschwand mit Uli in den Nebenraum. Sekunden später erschien deren Kopf in der Tür.

»Schauen Sie sich doch mal unseren Wintergolfer genauer an. Der könnte Ihnen weiterhelfen. Tschüss!« Nach einigen Sekunden tauchte der brünette Kopf noch einmal auf »Tee und Gebäck gehen auf meine Kosten – dafür bekomme ich bei Ihnen mal das große Abendmenü. Fair ist fair!«

Julius schmunzelte. Er hatte Uli wieder abwerben wollen, aber irgendwie war ihm das im letzten Jahr durchgegangen. Wie so viele andere Dinge auch. Der Alltag, gerade nach dem ersten Stern, war so anstrengend geworden, dass er zu nichts gekommen war.

Vor der Tür den eisigen Wind verfluchend, näherte sich Julius dem vermummten Golfspieler. Der schien ihn nicht zu bemerken und beförderte einen Neonball nach dem anderen ins Nichts. So viel war Julius klar: Bis zur Schneeschmelze sah man diese Bällchen nicht wieder. Was Julius auch klar war, obwohl er keine Ahnung vom Golfsport hatte: Der Spieler drosch die kleinen Bälle mehr, als dass er sie schlug. Sie flogen kreuz und quer, zogen nach links und rechts oder titschten in rasender Geschwindigkeit über den Schnee.

Julius stellte sich neben den Golfer, der ihn beim nächsten Ausschwingen bemerkte. Vom Gesicht waren einzig die Augen zu sehen, die gerötet hervorstachen wie Hummerfleisch. Der Golfer löste den Schal.

»Ich bin gleich fertig, Herr Eichendorff.« Susanne Sonner holte wieder aus.

»Was? Ach so, nein, ich möchte nicht spielen. Ich wollte nur guten Tag sagen.«

»Guten Tag. Gehen Sie bitte ein wenig zur Seite, sonst könnte ich Sie treffen.«

»Auch auf die Gefahr hin, indiskret zu sein, Sie sehen nicht gut aus.«

»Das müssen Sie mir nicht sagen. Und ja, Sie sind indiskret.«

»Der Tod von Klaus Grad scheint Sie sehr mitzunehmen.«

Der nächste Ball landete nirgendwo. Susanne Sonner hatte ihn verfehlt. »Ich weiß, was Sie denken, ich weiß, was *alle* denken. Lassen Sie mich in Ruhe!«

Julius fühlte sich schlecht. Susanne Sonner ging es augenscheinlich nicht gut, und er versuchte, Informationen aus ihr herauszubekommen, einen Blick in ihr Privatleben zu werfen. Aber ohne Aufklärung konnte es keine Heilung geben für die Wunde, die der Mord in den Club gerissen hatte. Heilung schmerzte.

»Sie scheinen nicht für Klärung sorgen zu wollen.«

Sie stoppte ihr Spiel. »Ich bin niemandem Rechenschaft schuldig. Und was die Leute denken, ist mir egal.«

»Führen Sie eine glückliche Ehe?«

Sie ohrfeigte ihn.

»Es tut mir Leid«, sagte Julius.

Susanne Sonner begann zu weinen. »Gehen Sie, bitte. Es muss Ihnen nicht Leid tun, Sie sagen wenigstens offen, was Sie denken. Andere reden gar nicht, andere lassen mich allein.« Sie wandte sich ab. »Es gab keine Affäre. Wir waren Freunde. Gute Freunde. Die sind selten, Herr Eichendorff, die sind sehr, sehr selten.«

Julius nickte, er wusste, dass meist eine Hand reichte, um sie aufzuzählen.

»Ich weiß noch, als wir mal vor Klaus' Haus standen. Da hat er gesagt, die Zahl der guten Bekannten in seinem *ganzen Leben* sei noch nicht einmal so groß wie seine Hausnummer.«

126, dachte Julius, das war Grads Hausnummer gewesen. Was für eine merkwürdige Aussage.

»Er war mein einziger ...« Sie rannte davon, und Julius verfluchte sich selbst.

Dann begann sein Hirn zu arbeiten. Hatte er 126 gute Bekannte? Sicher nicht, wer hatte schon so viele? Und Freunde erst recht nicht. 126 Freunde, 126 wirkliche Freunde ... Julius sprach ein Eichendorff-Zitat vor sich her, das zu seinen liebsten gehörte: »Unsichtbar geschwungne Brücken / Halten Lieb und Lieb vereint / Und in allen hellen Lebensblicken / Grüß ich fern den lieben Freund.«

Einen von 126 ...

Wieso kaute sein Hirn diese Zahl so wieder?

Es fiel ihm ein.

Zurück am Herd war Julius froh, dass es schneite. Der Schall der Landskroner Straße wurde von den dicken Flocken verschluckt, die Küche war das stille Auge des Orkans. Er hätte Anna anrufen müssen, um ihr zu sagen, was er herausgefunden hatte. Er hätte zu Steve Reifferscheidt fahren müssen, um ein paar Antworten zu bekommen. Was dieser über Barbara Grad wusste, was zwischen ihm und deren Vater wirklich vorgefallen war.

Aber zuerst musste er etwas Wichtiges erledigen.

Zuerst musste er kochen.

Die Utensilien für das Abenteuer lagen und standen bereit. Die meisten waren Gewürze. Julius erklärte gern jedem, der es hören wollte – aber auch allen anderen –, dass sich hinter dem Begriff Rinde, Blätter, Blüten, Knospen, Früchte, Wurzeln oder auch Samen verbargen. Er betrachtete die Auswahl: Ingwer, Kalmus, Knoblauch, Dill, Salbei, Thymian, Majoran, Nelken, Pfeffer unterschiedlichster Art und Schärfe, Kapern, Mohn, Sesam, Kardamom, aber auch Süßes wie Zimt und Vanille. Selbst teurer Safran stand bereit. Frische Kräuter waren ebenfalls zu finden, wie auch Öle, Essige und Alkoholika unterschiedlichster Herkunft, allen voran der unverzichtbare Noilly Prat. Auch für Senf war Platz, ebenso für Meerrettich, Sahne, Crème fraîche, Crème double.

All das stand wild durcheinander vor Julius.

Plus eine Augenbinde.

Eine provisorische. Es war ein dunkler Schal, den Julius nach einigem Ausprobieren für brauchbar erklärt hatte. Er holte sich eine hohe Edelstahlschüssel und einen großen Schneebesen.

Dann legte er die Binde um.

Er hatte beschlossen, einfach zuzugreifen und das Erstbeste zu nehmen. Für gewöhnlich kreierte Julius neue Gerichte mit Hilfe von Musik, ließ sich von klassischen Komponisten inspirieren, reiste mit ihnen in imaginäre Küchenwelten. Aber er hatte bemerkt, dass ihm dies die Möglichkeiten des Zufalls versperrte. Wie viele große Gerichte, hatte er sich gefragt, waren durch ihn entstanden? Weil etwas zu lange auf dem Herd gestanden hatte oder zu kurz, weil jemand das »Falsche« untergemengt hatte, weil alles in einen Topf geschmissen wurde, was da war – egal, ob es passte oder nicht –, um die Mägen der Liebsten füllen zu können. Ein Zufall war es schließlich auch gewesen, der den Weinbau in Deutschland revolutioniert hatte. Julius liebte diese Geschichte, und er liebte es deshalb, Schloss Johannisberg im Rheingau zu besuchen, wo sie sich zugetragen haben sollte. Er musste auch jetzt an sie denken, während er versuchte, sich auf das kommende Experiment einzustimmen. Die Spätlese, das Aushängeschild deutscher Weinkultur, war tatsächlich per Zufall entdeckt worden. Es war im 18. Jahrhundert gewesen. Zu dieser Zeit wurde die Leseerlaubnis für den Rheingauer Wein vom Fürstbischof zu Fulda verfasst und durch einen Kurier, den so genannten Herbstkurier, in schriftlicher Form überbracht. 1775 kam er zwei Wochen zu spät. Der Kurier war wohl von Räubern aufgehalten worden. Inzwischen waren die Trauben in Fäulnis übergegangen und eingeschrumpft. Sie wurden trotzdem gelesen und auf Grund des unerwarteten ausgezeichneten Ergebnisses ab diesem Zeitpunkt zum Standard.

Julius bekam Durst.

Aber er wollte die Binde nicht mehr abziehen, er wollte anfangen. Er wollte per Zufall die »Spätlese« der »Alten Eiche« finden.

Alles war genau geplant.

Julius' rechte Hand schoss nach vorn und ergriff ein Schälchen, leerte es in die Edelstahlschüssel. Seine linke Hand war derweil auf Wanderschaft und landete auf einem kleinen Fläschchen, dessen Inhalt er großzügig eingoss. Die rechte hatte nun ein Glas mit Löffel gefunden und tat ein ... zwei ... Nein!, dachte Julius, warum so sparsam? ... drei Löffel hinein. Einfach vom Instinkt leiten lassen.

Es begann, ihm Spaß zu machen.

Jemand klopfte an der Tür.

»Jetzt nicht!«, rief Julius.

Sie wurde geöffnet.

»Des ist wirklich wichtig, Maestro!«, sagte Franz-Xaver, die Stimme ungewohnt zurückhaltend.

»Raus!«

»Bin schon weg ...«

Julius griff nun zweimal hintereinander nach rechts, beugte sich vor, um an die hinteren Ingredienzien zu kommen, tanzte mit den Fingerspitzen über die Phiolen, bis ihm sein Gefühl befahl zuzupacken.

Die Tür öffnete sich wieder.

»Maestro, dringend! Was machst da eigentlich für einen Schmarrn?«

»Wenn du nicht *sofort* weg bist!«

»Aber es gibt hier ein Problem. Und des wird größer.«

»Jetzt nicht!«

»Wie der Herr wünschen.«

Julius entschied sich, einen ersten Versuch zu machen und den Zufall zu verkosten. Er griff blind in eine Schublade mit Besteck und holte einen Löffel hervor. Er tauchte ihn in die Flüssigkeit, führte sie zum Mund, probierte.

Und spie aus.

Es war höllisch scharf, elend sauer, total versalzen und vor allem fast staubtrocken.

Es war widerlich.

Es war das Ekelhafteste, was Julius jemals gegessen hatte.

Die Tür ging auf.

»Du musst rauskommen, sonst passiert baldigst ein Unglück. Die Bar ist gleich leer.«

Julius riss die Augenbinde ab, rannte zum Wasserhahn und ließ sich den Mund voll laufen, gurgelte und spülte, bis der Schmerz nachließ.

»Ich bin wirklich schlecht gelaunt«, ließ er Franz-Xaver wissen.

»Des ist prima, dann sind wir zwei. Da ist Besuch für dich, der sich langsam in Alkohol auflöst.«

Julius ging ins Restaurant, das zu dieser Zeit eigentlich noch geschlossen war. Wie sich herausstellte, hatte Franz-Xaver jedoch einen Gast hereingelassen, weil der damit gedroht hatte, ansonsten die Eingangstür einzuschlagen.

Es war Jochen Hessland.

Er hielt sich an einer Flasche Trester fest.

»Geht es Ihnen gut?«, fragte Julius.

»Fabelhaft, ganz fabelhaft, mein Lieber!«

Julius nahm ihm die Flasche ab. Plötzlich ging es Hessland gar nicht mehr fabelhaft. Er schluchzte.

»Was ist nur los mit der Welt? Ich will doch nur das Beste für alle. Bin ich ein guter Präsident, sagen Sie's, Eichendorff, bin ich einer?«

»Der Beste.«

»Genau das sagt meine Frau auch immer. Der Beste! Und sogar noch besser. Wo stünde der Verein ohne mich? Sagen Sie's, Eichendorff!«

»Nirgendwo.« Julius erinnerte sich daran, dass es nicht ratsam war, mit Betrunkenen zu streiten. Betrunkene hatten immer Recht. Es sei denn, sie hielten die asiatischen Zierpflanzen für das Urinal.

»Nirgendwo, genau!« Hessland machten die Antworten des gemeinen Volkes in Form von Julius wieder etwas fröhlicher. »Der Verein bin ich! Und jetzt will der Sonner mich stürzen! Gerade der Sonner! Der kennt ja noch nicht mal den Unterschied zwischen Holz und Eisen. Außerdem spricht er immer laut, wenn sein Flightpartner abschlägt!«

Hessland schien auf Julius' Zustimmung zu warten. Sie kam postwendend.

»Eine echte Pfeife, dieser Sonner.«

»Genau so ist es, Sie sprechen wahr, mein Freund. Ich heiße übrigens Jochen.«

»Schön für Sie.«

»Ja. Der Schnaps ist großartig! Davon brauch ich gleich noch einen.«

»Wie kommen Sie eigentlich hierher?«

»Der Taxifahrer hat mich vor der Tür abgesetzt. Wollt mich nicht mehr nach Hause fahren, nachdem ich ihm den Vordersitz voll ...« Hessland schüttelte sich. »Fragte, ob ich wen in Heppingen kenne. Natürlich!, hab ich gesagt. Den größten Koch des Tals, ach, der ganzen Welt! Sagen Sie's, Eichendorff!«

»Das kann ich nicht oft genug hören.«

»Der Sonner erzählt überall, ich hätte was mit dem KZ zu tun gehabt. Nunc ego verum illud verbum esse experior vetus: Aliquid mali esse propter vicinum malum. Hatte ich auch, aber nicht so, wie er glaubt. Die haben mich, als fast schon alles zu Ende war ... der Trester ist wirklich fabelhaft! ... da haben sie mich eingebunkert. Und ich säß heut nicht so nett mit Ihnen zusammen, lieber Eichendorff, wenn die Alliierten uns nicht befreit hätten. Und der Sonner erzählt noch mehr Blödsinn, dass ich die Situation seit dem Mord nicht mehr im Griff hätte. Wer könnte die Situation besser im Griff haben als ich, na?«

»Nur der liebe Gott.«

»Nur ich, genau. Gute Nacht!« Hesslands Kopf sank auf die Tischplatte.

Julius hatte ihn gar nicht fragen können, warum er die Gruppe während der Bunkerführung verlassen hatte. Mist! Er räumte den Trester wieder an seinen Platz, rief die Frau des leise Schnarchenden an und ging ins Büro.

Jetzt hatte er einen Grund mehr, Anna anzurufen.

Das Telefonat war kurz. Anna wollte die neuesten Entwicklungen lieber persönlich besprechen. Sie schlug einen Treffpunkt vor, der Julius mehr als merkwürdig vorkam. Aber er willigte ein.

Er musste aus Heppingen kommend nur der Hemmessener Straße, dann der Ahrtalstraße folgen und einmal links abbiegen auf die Rheinbacher – der riesige Komplex war in dem kleinen Örtchen unmöglich zu verfehlen. Julius war noch nie hier gewesen. Er hatte gehört, dass man sich in der Anlage schneller kennen lernte, als ihm lieb war. Die Wagen auf dem großen Parkplatz waren Zeichen für die Beliebtheit der Einrichtung, sie kamen aus Trier, Luxemburg, ein paar sogar aus den Niederlanden.

Julius hielt seinen Körper für gewöhnlich lieber bedeckt, hier würde dies nur in Maßen gehen. Denn vor ihm lag, vom Schnee umschlungen wie von einem großen weißen Handtuch, die Ausblick-Sauna im Grafschafter Ortsteil Vettelhoven – eine der größten Anlagen ihrer Art in Deutschland.

Hier liefen alle nackig rum.

Aber Anna hatte es so gewollt.

Warum auch immer.

Julius bezahlte an der Rezeption den Eintritt und erhielt gegen Pfand ein Armband mit Spind- und Wertfachschlüssel sowie eine Verzehrkarte. Er verstaute Portemonnaie und Uhr in den Fächern gleich neben der Rezeption und begab sich in den Unisex-Umkleidebereich.

Es waren Gott sei Dank nur Männer anwesend.

Schnell zog Julius sich aus und einen Bademantel an.

Auf dem Weg zum Caldarium – der neuesten Attraktion der Sauna, wie er in der Rhein-Zeitung gelesen hatte – kamen Julius viele Saunagäste entgegen. Aber er sah sie nicht wirklich, denn sein Blick war fest auf den Boden geheftet. Sollten sich Kommissarinnen nicht auf dem Revier mit Informanten treffen? Oder wenigstens in schmierigen Spelunken? Seit wann waren Saunen in solchen Fällen angesagt?

Plötzlich grüßte ihn eine Gruppe gut gelaunter Männer. Die Tischtennismannschaft des TTC Dernau zwang Julius aufzuschauen. Ihre Gesichter waren gerötet, aber glücklich. Julius erinnerte sich daran, dass die Sauna ihre Trikots sponserte.

»Ist es Ihnen in Ihrer Küche noch nicht heiß genug?«, fragte einer und tätschelte ihm den Rücken. Ohne eine Antwort abzuwarten, zogen sie weiter Richtung Ausgang.

Die meisten Besucher, stellte Julius fest, nachdem er aus Sicherheitsgründen das Kinn ein wenig höher trug, waren über fünfzig. So frivol, wie er sich das Ganze vorgestellt hatte, war es offenbar doch nicht.

Er war ein wenig enttäuscht.

Ab und an riskierte er einen Blick in die Saunen, in denen der Rauch aufstieg, als sei der Abzug verstopft. Warum badeten die Menschen im Rauch, wo frische Luft doch kostenlos und in bester Qualität zur Verfügung stand? Überall dampfte, brodelte und zischte es, die Hitze war allgegenwärtig. Es war, als stünde der ganze Saunakomplex auf einer vulkanischen Öffnung – bei der geologischen Geschichte der Eifel gar nicht so abwegig. Julius konnte sich des Gefühls nicht erwehren, im Höllenschlund zu wandeln.

Endlich teilten sich die Dämpfe, und er kam im glasüberdachten Caldarium an.

Dort saß eine schwarzgemoderte Leiche, die mit einer gehörigen Portion Vorstellungskraft Anna von Reuschenberg sein konnte. Es war schwer, die warme Luft zu atmen. Julius musste an Dampfgaren denken.

Die Leiche sprach. Ihre Augäpfel wirkten im dunklen Gesicht wie strahlendweißer Marmor.

»Das musst du unbedingt probieren. Hier«, sie reichte ihm eine Packung Schlamm, »reib dich ein und warte, bis es trocknet. Ich hab's schon ein paar Minuten drauf.«

Sie hatte sich am ganzen Körper eingerieben, und Julius kam nicht umhin, ihre exakten Köpermaße zu ermitteln. En detail.

»Warum müssen wir uns hier treffen?«

»Ich muss gleich zurück nach Koblenz. Es ging nur hier oder gar nicht. Außerdem lieb ich es zu saunen. Eine tolle Anlage ist das! Ich werde hier noch einiges ausprobieren. Bin schon ganz gespannt auf die Brunnen-Sauna.«

»Ist bestimmt ein Hit.«

»Willst du deinen ›Black Mud‹ nicht auftragen? Der kommt aus dem Toten Meer.«

»Da wird er sicher schon vermisst.«

»Spielverderber!«

»Ich hab was rausgefunden.«

»Ja?« Anna lehnte sich leicht vor, wodurch der Schlamm an einigen Stellen Risse bekam und nackte Haut freigab. Julius erzählte von Hesslands Bericht über seine Kriegsvergangenheit, was sie wenig beeindruckte.

»Diese These fand ich eh zu weit hergeholt.«

»Ich hab noch was. Das hab ich mir bis zum Schluss aufgespart. Als Höhepunkt.«

»Ich zittere vor Spannung.«

Der Schlamm machte es Julius möglich zu sehen, dass dem nicht so war. Er blickte zurück in Annas Augen. »Der Tresorcode besteht aus sechs Ziffern.«

»Ich möchte dich nicht enttäuschen, aber das weiß ich längst. Habe ich dir das nicht sogar gesagt?«

»Die ersten drei Ziffern stimmen mit Grads Hausnummer überein: Eins-Zwei-Sechs.«

Annas Lippen bewegten sich, als sie die Zahlen leise vor sich hin sprach.

Dann sprang sie auf und umarmte Julius. Jetzt brach der Schlamm in großen Stücken ab, besonders an hervorstehenden Körperteilen. Wie abblätternde Schokolade. Er konnte nicht glauben, dass dies gerade passierte. Kaum hatten sie mit dem Duzen begonnen, lag sie schon nackt in seinen Armen.

Na gut, mit Schlamm bedeckt.

Aber das würde er bei Nacherzählungen in einer Männerrunde besser weglassen.

»Und wie ist er auf die anderen drei Ziffern gekommen?«

»Vielleicht wusste er die gar nicht. Vielleicht stammten sie vom Mörder. Das könnte der Grund gewesen sein, warum sie sich zu zweit zum Tresor aufmachten.«

Der Schlamm trocknete einige Sekunden weiter.

»Du bist genial! Es gehen also zwei Personen in die Kapelle …«

»… beide kennen je eine Hälfte des Codes …«

»… deshalb können sie nur zusammen den Tresor öffnen …«

»… Grad wählt die Nummern nach seiner Hausnummer …«

»… und mit etwas Glück der andere auch! 515, da kann es ja nicht so viele im Ahrtal geben.«

»Wenn ich das nicht gut ausgekocht habe.«

»Ganz schön abgebrüht.«

»Du musst immer noch einen draufsetzen, nicht wahr?«

»Ich hab noch einen«, sagte Anna, während sie sich wieder in ihrer Sitznische niederließ. »Grads Tochter ist unauffindbar. Wir haben die Schweizer Kollegen informiert, die haben es übers Radio versucht, setzen da ganze Mannschaften in Bewegung. Nichts.«

»Handy?«

»Hältst du uns für blöd?«

»Nur eine Frage.«

»Ist ausgeschaltet. Oh, es ist Zeit, mein Peeling zu machen! Wir sehen uns im Restaurant, ja?«

»Gute Idee.«

Als Julius aufstand, bemerkte er, dass direkt neben ihm jemand eine Sitznische mit temperiertem Wasser abspülte und sich niederließ. Der Anblick dieser Person erfreute ihn immer wieder. Selbst an diesem Ort.

»Das hätte ich dir altem Normannen gar nicht zugetraut. *Du* saunst!? Und vor allem, dass du so viel Geld dafür ausgibst!«

»Den Spaß muss sein«, sagte Antoine Carême und setzte sich wohlig ausatmend hin. »Tut gut!«

»Du siehst aus, als hättest du es wirklich nötig.«

»Den Stress, den Stress, das macht mich kaputt.«

»Dann hättest du nicht Koch werden dürfen«, sagte Julius, der langsam das Gefühl bekam, gleich durch zu sein. In der Küche vertrug er die Hitze, aber wenn sie nicht vom Essen kam, war sie ihm unheimlich.

»Ich hab übrigens dein Katz gesehen, als ich zuletzt durch Heppingen gefahren bin. Mit ein anderen Katze.«

»Wahrscheinlich die schwarz-weiße von meinem Nachbarn. Auf die hat Herr Bimmel ein Auge geworfen.«

Antoine Carême schüttelte den Kopf. »Nein, diesen war orange, ein wenig gestreift, den Fell. Schönes Tier, und dein Katze rannte hinterher, als würde sie den anderen Katze jagen. Hat gar nicht auf den Verkehr geachtet.«

»Manchmal spinnt er, der Dicke.«

»Du denkst an mein Geheimnis? Halt dir nächste Woche ein Vormittag frei. Ich muss noch den Ausnahme-Genehmigung beantragen. Ihr Deutschen seid manchmal so kompliziert.«

»Willst du mir nicht sagen, worum es geht?«

»Wir Normannen hätten im 11. Jahrhundert nicht den Königreich England erobert, wenn wir kleine Plappermäuler wären!«

»Das mag sein. Ihr Normannen benutzt eure Münder lieber zum essen. Eine sympathische Angewohnheit.«

»Gestern war übrigens einer von der Golfer bei mir im Restaurant.«

»Welcher?«

»Ich hab noch mal den Weihnachtsmenü gemacht. Als Aperitif ein Hagebutten-Cocktail, dann Kaninchenrücken mit Ahrtal-Gemüsesalat und Kürbis-Chutney, danach Rehpastete mit Löwenzahnblüten-Chutney und als Hauptspeise ein Weihnachtspute mit Sesamkruste und Ingwer-Topinambur. Ich hatte Lammkeule im Kräuterheu vorgeschlagen, aber den wollt er nicht. Die gare ich mit grünen Bohnen.«

»Wer war es denn nun? Manchmal kannst du ein ganz schön zäher kleiner Franzose sein ...«

»Es war den Reifferscheidt. Der soll doch so begabt sein?«

»Er ist der Bernhard Langer des Tals.«

»Hat ganz groß gefeiert.«

Julius wurde hellhörig. »Weißt du, warum?«

»Aber sicher. Ein guten Koch weiß alles über sein Gäste.«

Was konnte Reifferscheidt gefeiert haben? In der Zeitung stand nichts von einem Turnier, das er gewonnen hatte.

»Den Reifferscheidt war doch so lange auf Jobsuche. Und weil den Grad ihn wohl überall angeschwärzt haben soll – sagt man sich so –, hat das lang gedauert.«

»Und wo ist er untergekommen?«

»War sehr spendabel mit Trinkgeld, weiß, was sich gehört, den jungen Mann!«

»Nu lass die Katze schon aus dem Sack!«

»Seit vorgestern ist den Reifferscheidt bei sein neuen Arbeitgeber. Und der heißt Jochen Hessland.«

Plötzlich wurde es Julius heiß.

Viel heißer, als von den Betreibern der Sauna geplant.

V

»In drei Teufels Namen!«

Es war Sonntag. »Great Grapefruit«, das neue Wahnsinnsprodukt von Cassianus, hatte das Licht der Welt und das Innere vieler Kehlen erblickt. Das Klirren der Gläser beruhigte Julius. Das Geräusch der Gespräche, die in der Küche nur als gedämpftes Murmeln ankamen, hatte eine Bedeutung: Es gefiel. Seine Gäste fühlten sich wohl. Julius konnte es genau erkennen. Der Ton, der durch die Türen drang, musste eine gewisse Lautstärke und Höhe haben. Ein hohes Murmeln verriet Hektik, ein zu leises Schläfrigkeit, was an einem langweiligen Redner oder an zu schweren Speisen liegen konnte. Schweigen, so sagten manche Köche gern, war das beste Zeichen. Dann schmeckte es allen. Julius hatte andere Erfahrungen gemacht. Vielleicht war es nur in der Eifel so, aber hier *sprachen* die Leute darüber, wenn es ihnen schmeckte. Der echte Ahrtaler hielt es nicht aus, etwas Köstliches zu essen, ohne es kundzutun. Wenn er etwas Gutes auf dem Teller hatte, dann sollten es auch bitte alle wissen!

Ein solches Murmeln drang nun aus dem Restaurant.

Häufig kam er im Stress nicht dazu, dieser »Musik« zu lauschen, auf die ein Großteil seiner Arbeit zielte, häufig vernahm er nur das Scheppern von Pfannen und Töpfen. Doch jetzt herrschte in der Küche Stille. Das Buffet war längst abserviert, das Geschirr gespült, der Tag neigte sich dem Ende entgegen. Die Sonne hatte sich aus dem Ahrtal verabschiedet und schickte nur noch letzte träge Strahlen über die Weinbergkuppen hinunter zum Fluss.

Julius musste nur noch in der Menge baden, seine Gastgeberpflichten erfüllen. Dies war sowohl lästige Pflicht wie Krönung des Tages. Er hatte gelernt, diesen Teil des Berufes zu genießen, auch wenn er nicht seiner Mentalität entsprach. Julius konnte Lob schlecht vertragen, obwohl er es sich wünschte. Er wusste bis heute nicht, wie er darauf reagieren sollte, also lächelte er zumeist nur. Er schämte sich fast, Anerkennung für etwas zu bekommen, das ihm so viel Freude bereitete. Aber eben nur fast. Denn hinter wirklich gutem Essen steckten immer auch harte Arbeit, Zeit und Geduld.

Julius trat vor den Eingang der »Alten Eiche«. Er wollte noch einmal tief Luft holen, bevor er sich unter die Gästeschar aus Journalisten, Honoratioren und anderen sehr, sehr wichtigen Menschen mischte.

Er hörte ein Schnurren. In seiner persönlichen Hitparade stand dies sogar noch vor dem Murmeln zufriedener Gäste.

Schnurren war auf Platz eins.

Und dies war Schnurren höchster Wohligkeit, das Herr Bimmel erst dann zum Besten gab, wenn man ihn schon einige Zeit an seinen Lieblingsstellen gekrault hatte. Dieses Schnurren war schwer verdient. Julius erwartete Loreley, die schwarz-weiße Katze seines Nachbarn, neben seinem Kater zu sehen. Denn auch die zärtliche Fellpflege einer anderen Katze vermochte es, Julius' gefräßigen Untermieter in diese Hochstimmung zu versetzen. Vielleicht war es aber auch die mysteriöse orangefarbene Katze, von der Antoine Carême berichtet hatte?

Es war keine von beiden.

Es war der Unsympath.

Volker Vollrad kniete neben dem Kater, der auf dem Rücken lag, die Vorderpfoten wie ein kleiner Hase angelegt, die Augen genüsslich geschlossen.

»Ich habe noch nie eine so verschmuste Katze erlebt«, sagte Vollrad. »Ein wahnsinnig liebes Tier.«

»Ein Engelchen mit einem B davor.«

»Kennen Sie die Katze?«

»Die Katze ist ein Kater, heißt Herr Bimmel und hat bei mir freie Kost und Logis.«

Der Kater ließ sich von dem Gespräch nicht beeindrucken. Als wollte er die Stimmen übertönen, schnurrte er sogar noch lauter.

»Bei einem Spitzenkoch hat man als Katze wahrscheinlich ein feines Leben.«

»Solange dieser Spitzenkoch nicht aus Asien stammt.«

Vollrad kraulte den Kater nun unterm Kinn und auf der Brust, wo das Fell besonders weich war.

»Warum ›Herr Bimmel‹?«

»Er ist früher als kleiner Kater viel rumgestreunt. Ich wusste nie, wo er war. Da hat er ein kleines Glöckchen umbekommen. Die Kinder in der Nachbarschaft riefen immer ›Da kommt der Bimmel!‹, wenn er angetrabt kam. Und so wurde aus Yquem – so hieß er ursprünglich – Herr Bimmel.«

»Den Namen hat er sich also redlich verdient.« Vollrad kraulte unbeirrt weiter, als warte drinnen niemand auf ihn.

»Wollen Sie nicht wieder zu Ihren Gästen?«

»Müsste ich, aber wer kann so einen kleinen Kater schon allein lassen?«

»Klein ist nett gesagt für den dicken Pummel.«

Julius besah sich Vollrad und entschied, dass der Moment gekommen war, ihn auszuquetschen.

»Haben Sie eigentlich auch Angst?«

»Angst? Wovor?« Vollrad stand auf.

»Vor dem Mörder.«

Herr Bimmel strich um Vollrads Bein und hinterließ einige weiße Haare auf der schwarzen Hose. Das schien dessen Besitzer wenig zu stören. Er strich dem Kater über den gereckten Kopf. »Das beschäftigt Sie ja sehr.«

»Nicht nur mich. Viele haben Angst«, bluffte Julius.

»Wieso sollte der Mörder noch jemanden umbringen?«

»Mitwisser.«

»Wovon?«

Julius nahm Herrn Bimmel nun auf den Arm. Es reichte. Sein Kater ließ sich schließlich nicht von jedem streicheln! »Wussten Sie schon, dass Steve Reifferscheidt einen neuen Job hat?«

»Sie wechseln die Themen schneller als Boris Becker seine Gespielinnen.«

»Eigentlich nicht ...«

»Wundert mich, dass er wieder einen Dummen gefunden hat. Er ist ein netter Kerl und ein verdammt guter Golfspieler, ein echtes Naturtalent. Aber als Maurer muss er eine absolute Lusche sein. Wer immer ihn eingestellt hat, kennt ihn entweder nicht oder hat einen guten Grund, ihm trotz seiner Fähigkeiten einen Vertrag zu geben.«

Der Kater sprang wie ein Karnickel aus Julius' Armen in Richtung Vollrads Bein, die Flanke an dessen Unterschenkel reibend.

»Streicheln Sie ihn nicht genug?«

»Es ist *nie* genug. – Hessland ist der neue Arbeitgeber.«

»Da schau her.« Vollrad spitzte fast unmerklich die Lippen. »Ich muss, glaub ich, wieder rein. Das Buffet war übrigens phantastisch! Ich denke, wir werden in Zukunft häufiger zusammenarbeiten. Danke noch mal, dass Sie ...«

»Schon gut.«

»Darf ich Sie noch einigen meiner Gäste vorstellen?«

»Sie dürfen.«

Julius konnte ihn immer noch nicht leiden.

Herr Bimmel sah dies definitiv anders.

Auf einer langen Autofahrt kommen die Gedanken wie von allein. Julius wurde von einer ganzen Schar Fragen begleitet, seit er die »Alte Eiche« nach der Präsentation abgeschlossen und sich in den Wagen gesetzt hatte. Während Ahrbrück, Hönningen, Liers und Dümpelfeld an ihm vorbeizogen, versuchte er eine nach der anderen zu beantworten.

Viele drehten sich um die große Unbekannte. Barbara Grad.

Warum war Grads Tochter nicht zu erreichen? Warum kam sie nicht zurück? War sie tot? War sie geflohen, nachdem sie den Mord an ihrem Vater organisiert hatte? Wen hätte sie dazu anheuern können? Steve Reifferscheidt? Welchen Grund hatte Hessland, ihn einzustellen? Handelte es sich um ein Mordkomplott?

Die Straße war gestreut, sie wirkte wie gepökelt. Ein glänzender Teerstrom im weißen Schnee. Die Reifen knirschten unentwegt.

Ein Mordkomplott. Daran hatte Julius noch gar nicht gedacht. Da beim bisher einzigen Kriminalfall seines Lebens ein Einzeltäter hinter allem steckte, war er auch diesmal davon ausgegangen. Was, wenn im Golfclub viele etwas gegen Grad hatten, den sadistischen Golfspieler und Fremdgänger? Wenn sie zusammenhielten, wäre es unmöglich, den eigentlichen Mörder dingfest zu machen. Warum hatten dann aber zwei Personen ausgeplaudert, dass Hessland und Sonner sich von der Gruppe abgesetzt hatten? Zerbrach die Verschwörung? Wer hatte ein Interesse daran?

Der Fall im letzten Jahr, das wurde Julius nun klar, war nichts im Vergleich zu diesem Gestrüpp von Missgunst und Eitelkeit. Dieser Fall war unheimlich. Ein Toter mit einem Jahrzehnte alten Geheimnis. Ein Mörder, der durch Wände gehen konnte.

Julius musste sich eingestehen, während er mit Insul den letzten Ort vor seinem Ziel passierte, dass er noch gar nichts wusste. Er hatte einen Haufen Hypothesen und einen Haufen Verdächtige. Aber der Schlüssel zur Lösung fehlte ihm. Hoffentlich kam die Polizei besser voran als er. Die wurde immerhin dafür bezahlt.

Beim Treffen mit dem Golfclubvorstand, das übermorgen stattfinden würde, hätte er zumindest Gelegenheit, die dazugehörigen Schlösser noch einmal in Augenschein zu nehmen. Sie würden alle da sein.

Julius hatte einen Plan.

Er würde alle unter Druck setzen. Einer würde anspringen. Und wenn der Mörder durch Wände gehen konnte, sollte er es ruhig machen! Julius würde bereit sein. Ein Messer in jeder Hand.

Schuld tauchte vor ihm auf. Es war das erste Mal, dass Julius den auf einer Landzunge liegenden Ort besuchte. Für gewöhnlich kam er nicht über die rebstockgesäumten Hänge der unteren Ahr hinaus.

Er spazierte zur schneebedeckten Kirche von St. Gertrud, ging die Treppe hinunter, an der Post vorbei, dann zur Bogenbrücke, wo er sich die Ahr beschaute, wie sie langsam dahinfloss, in einem weichen Bett aus Daunen.

Jemand tippte ihm auf die Schulter. Anna.

»Enttäuscht, dass wir uns diesmal nicht in der Sauna treffen?«

»Ach was«, sagte Julius und war sich dabei nicht ganz sicher. »Unsere Treffen sind für mich«, er suchte nach den richtigen Worten, »wie eine Entdeckungsreise durchs Ahrtal.«

»Lass mich raten: Du bist hier noch nie gewesen. Obwohl es so nah ist.«

»Und so schön. Nein. Das Ahrtaler Oberammergau sieht mich heute zum ersten Mal. Ich bin auch noch nie zu den Passionsspielen gekommen.«

»Heide ...«

Julius ging nicht darauf ein. »Ich weiß natürlich, dass Orte westlich von Altenahr *existieren*, sogar, dass es sich lohnt, mal hinzufahren, aber ich mache es dann doch nie. Eher fahr ich weiter weg, nach Köln, Aachen.«

»Kenn ich. Die Koblenzer Sehenswürdigkeiten hätte ich nie gesehen, wenn nicht ab und an Besuch gekommen wäre, der herumgeführt werden wollte.«

»Der Prophet im eigenen Land.«

Anna blickte über den Fluss. Beobachtete das träge fließende, von der Kälte grünliche Wasser. »Beruhigend.«

»Wenn kein Mörder frei herumlaufen würde.«

»Genau.« Anna schüttelte den Kopf, um die Flausen herauszubekommen. »Zurück zur Arbeit!«

Stimmt, dachte Julius. Die war schließlich der Grund, warum er hier war. Eben hatte in Schuld ein Verhör stattgefunden. Im Haus des Präsidenten.

»Wie gesprächig war Hessland?«

»Er sagt, er hätte die Toilette gesucht – auf eigene Faust und ohne Erfolg. Glaub ich ihm nicht. Werde ihn später noch mal ein wenig in die Zange nehmen. Sonner hat übrigens dasselbe erzählt.«

»Sextanerblasen.«

»Zum zweiten Punkt meinte Hessland, er hätte Reifferscheidt eingestellt, weil der ein guter Maurer sei. Die Gerüchte über dessen unterirdische Qualitäten hält er für dummes Geschwätz. Unsere Ermittlungen sagen da anderes. Dreimal hat er den Job schon verloren. Wegen einer Prügelei am Arbeitsplatz, wiederholtem unentschuldigtem Fehlen und einmal wegen ausuferndem Diebstahl auf dem Bau. Alle ehemaligen Vorgesetzten meinten, die Qualität der Arbeit hätte sich nach seinem Weggang deutlich gebessert.«

»Hältst du Hessland für den Mörder?«

Anna schien überrascht von der Direktheit der Frage. Sie fuhr sich mit der Zungenspitze über die Oberlippe. »Ich glaube nicht. Er könnte etwas damit zu tun haben, aber er ist nicht der Typ für einen Mord.«

»Wer ist der Typ dafür?«

Anna lächelte. »Erwischt. Natürlich jeder. Aber in solchen Fällen muss man sich auf seinen Bauch verlassen. Das müsstest du doch besonders gut können.«

»Du bist ja bloß neidisch. Hessland, Vollrad und Sonner traue ich es zu. Susanne Sonner wirkt zu verzweifelt, ich glaube, sie trauert wirklich. Inge Bäder dagegen traue ich es zu. Böckser und Dopen sind an Karriere und nicht an Mord interessiert.«

»Wir kennen noch nicht alle Fakten. – Einer fehlt noch.«

»Über Nummer acht, den sportiven Herrn Reifferscheidt, weiß ich zu wenig. Ich hatte noch keine Gelegenheit, mit ihm zu sprechen.«

Anna warf ihm einen Blick zu, der besagte, ein solches Gespräch würde auch nicht viel bringen. Dann schaute sie wieder auf die Ahr. Der Fluss trug einen Ast mit sich, schneebestrichen. »Ich habe interessante Neuigkeiten. Wir wissen jetzt etwas über die Mordwaffe.« Sie holte einen, wie Julius bemerkte, unsymmetrisch zusammengefalteten Brief hervor. »Es handelt sich um eine frühe österreichische Perkussionspistole von Carl Pirko aus Wien. Eine sehr fein gearbeitete Ausführung, mit stark gestauchtem, bräuniertem und gezogenem Achtkantlauf im Kaliber 10 Millimeter, mit angesenkter Mündung, Kimme und Korn.«

»Habt ihr die Waffe gefunden?«

»Nein. Die Spurensicherung hat ordentlich gearbeitet und alles aus der Munition abgeleitet. Das muss ihnen einen Heidenspaß gemacht haben. So was bekommen die nicht alle Tage zu sehen. Sie haben sogar rausgefunden, dass der Pistolenmacher, dieser Carl Pirko – Augenblick, ich schau noch mal nach –, in Wien von 1831 bis 1867 erwähnt wurde. Da er 1831 Meister wurde und diese Pistole noch die früheste Form des Perkussionshahns aufweist, dürfte sie in der ersten Hälfte der 1830er

Jahre entstanden sein. Dieser Pirko war übrigens für seine Qualität bekannt und lieferte 1849 sogar Pistolen an die Hofgewehrkammer.«

»Ich bin beeindruckt.«

»Und du weißt natürlich nicht, was Perkussionspistolen sind?«

»Doch, doch. Ich höre es aber immer wieder gern, wenn es jemand erklärt ...«

»Dann will ich das mal machen!« Anna schlug ihm leicht mit dem Brief der Spurensicherung auf den Oberarm. »Es sind historische Waffen oder originalgetreue Nachbildungen. Sie haben ihren Ursprung in der Zeit, als es noch keine Patronen gab. Pulver und Geschoss werden von vorn in den Lauf oder die Trommel eingebracht. Die Zündung erfolgt über ein Steinschloss mit eingespanntem Feuerstein oder über den Schlag des Hahns auf ein Zündhütchen. Steinschloss- und Perkussionspistolen werden für jeden Schuss einzeln geladen.«

»Das heißt ...« Julius löste seinen Blick von der milchig grünen Ahr.

»Das heißt, er hatte nur einen Schuss, und der musste sitzen.«

»Wie ist er mit dem Ding rein- und wieder rausgekommen?«

»Darüber sollten wir lieber einen dicken Mantel des Schweigens legen. Am Anfang der Führung ist nicht nach Waffen gesucht worden, warum auch? Und nach der Entdeckung der Leiche hat die Bunkerverwaltung direkt alle ins Freie gebracht, ohne irgendjemanden abzutasten. Draußen gab es dann genug Möglichkeiten, die Waffe zu entsorgen. Wir haben natürlich das gesamte Gelände durchkämmt, genauso wie den Bunker selbst. Nichts!«

»Ich verstehe nicht, dass ich keine Erinnerung an ein Schussgeräusch habe. Das ist bei so einer alten Pistole sicher laut.«

»Ist es. Vielleicht erinnerst du dich dafür an die lauten Abrissarbeiten im Bunker?«

»Die waren die ganze Zeit zu hören.«

Anna nickte. »Ohne Pause.«

»Also keine Hilfe von dieser Seite. Aber viele Waffen dieses Typs wird es ja wohl nicht geben.«

»So ist es. Doch alle registrierten befinden sich außerhalb des Tals. Wir werden noch prüfen, ob eine davon in letzter Zeit abgefeuert worden ist, aber aus dieser Richtung wird nichts kommen. Garantiert. Der Mörder hat diese Waffe gewählt, weil sie *nicht* registriert ist. Nirgendwo.«

»Ein guter Schütze und cleverer Killer. Ein eiskalt geplanter Mord.«

»Eine solche Waffe hat niemand zufällig bei sich.«

»So ein Prachtstück wirft man doch selbst nach einem Mord nicht weg, oder?«

»Zurzeit werden acht Häuser auf den Kopf gestellt. Wenn irgendjemand der Verdächtigen irgendwo Waffen hat, werden wir es bald wissen.«

»Das ist doch schon mal was.«

»Das ist noch gar nichts. Und auch von anderer Seite gibt es nichts oder besser: nichts Neues. Grads Tochter ist immer noch verschwunden, obwohl sie längst wieder arbeiten müsste. Die Hausnummerspur hat bisher ebenfalls nichts ergeben. 515 ist erwartungsgemäß extrem selten. Und keines der Häuser hat mit einem der Verdächtigen zu tun. Wir versuchen jetzt andere Abgleiche mit der Zahl. Geburtsdatum 15.5., Autokennzeichen aktuell und ehemals, egal was.«

»Klingt nach der Nadel im Heuhaufen.«

»Es ist ein wenig wie Lotto.«

»Pech im Spiel, Glück in der Liebe.«

»Hab ich die Wahl?« Anna blickte lange auf die Ahr, dann sah sie Julius an. »Am liebsten wäre mir Glück in beidem.«

Der nächste Morgen begann mit Schlägen gegen das geschlossene Schlafzimmerfenster. Hagelkörner klackerten stürmisch aufs Haus. Julius stellte sich vor, wie Petrus einen großen Salzstreuer über dem Tal leerte. Dies animierte ihn nach einem ausgiebigen Bad noch ausgiebiger zu frühstücken. Natürlich Ei mit Worcestershiresoße, genau vier Tropfen, und natürlich etwas Schinken für Herrn Bimmel, der wie immer geduldig darauf wartete. Sprungbereit. Julius freute sich, den pelzigen Mitbewohner wieder einmal bei sich zu haben. In den letzten Tagen waren seine Ausflüge immer länger geworden, und wenn er zurückkam, war er selbst für seine tägliche Kuscheleinheit zu müde gewesen. Julius sah Herrn Bimmel eigentlich nur noch zum Fressen und Schlafen.

Jetzt schnurrte der Herumtreiber, als ginge es darum, den größten nur denkbaren Käse-Rolli zu bekommen.

Es klingelte an der Tür. Das heißt: Es musizierte an der Tür. Julius hatte die alte Klingel durch eine neue ersetzen lassen, die den ersten Satz der Pastorale spielte. Aber nicht als synthetisches Geplänkel, sondern in der Aufnahme von Günther Wand mit dem NDR-Symphonieorchester. Er konnte es nicht oft genug hören. Hatte er sich früher geärgert, wenn es klingelte, so ging er nun stets erfreut zur Tür.

Unerwarteter Besuch stand dort, das Haar von Hagelkörnern durchsetzt. Kusine Anke. Der gewölbte Bauch verriet, dass sie eigentlich in freudiger Erwartung sein sollte. Das Gesicht verriet anderes.

»Was hast du dich da einzumischen?«

Sie schien nicht vorzuhaben hereinzukommen. Sie blieb einfach stehen, während hinter ihr die Hagelkörner einschlugen.

»Ich weiß nicht, wovon du redest, aber schwangere Frauen sollten nicht zu lange in der Kälte stehen.«

»Schwangere Frauen sollten sich vor allem nicht aufregen!«, sagte sie und stieß Julius jetzt zur Seite, die Haare schüttelnd, um die eisigen Schuppen loszuwerden. Im Wohnzimmer baute sie sich wieder auf, mit einer Hand etwas vom Schinken in ihren Mund befördernd, der eigentlich für den Kater gedacht gewesen war. »Warum hetzt du bitteschön meine Mutter auf? Was geht es dich überhaupt an, wie ich mein Kind nenne? Hast du nicht genug zu tun?«

Etwas maunzte.

Julius beschloss, neuen Schinken für den Kater zu holen und sich wieder zurück an den Frühstückstisch zu setzen. Nachdem das erledigt war, wandte er sich wieder Anke zu, die den Raum nach Essbarem zu scannen schien. »Ich habe sehr wohl viel zu tun. Und ich habe niemanden aufgehetzt, und es geht mich herzlich wenig an, wie du dein Kind nennst. Möchtest du auch etwas essen?«

»Erzähl mir doch nichts vom Pferd! Seit Tagen hör ich nur ›Julius meint aber dies, Julius denkt aber das, Julius findet es überhaupt nicht gut, Julius sagt, du blamierst dich.‹ – Ich hätte gern ein Brötchen mit Honig.« Sie setzte sich.

»Akazien-, Linden-, Orangenblüten-, Klee- oder Rosenhonig?«

»Was bitte schön hast du gegen Janpeter und Eliette? Das sind doch wunderbare Namen! – Egal welcher. Akazien.«

Julius holte alles wie bestellt. »Sehr schöne Namen sind das. Vor allem, weil Janpeter ohne Bindestrich geschrieben wird. Bei späterer Heirat vermeidet der Junge so zwei Bindestriche im Namen. Das sähe aus wie eine mathematische Gleichung. – Ich schmier's dir, Sekunde noch.«

»Du kannst dir deinen Zynismus sparen! Außerdem haben wir uns gestern für Marcel-Ernesto und Theda-Henriette entschieden. *Mit* Bindestrich. Weil das nämlich edler aussieht.« Julius gab ihr das geschmierte Brötchen. »Danke.«

»So, wo du jetzt mal für ein paar Sekunden den Schnabel halten wirst. Ich hab mit deiner Mutter überhaupt nicht gesprochen. Dafür beschwatzt mich der Rest der Familie wegen deines Nachwuchses. Aber denen habe ich überhaupt nichts gesagt. Natürlich habe ich eine Meinung zu euren Planungen, und was du mir da eben gesagt hast, halte ich für Spökes, aber im Endeffekt ist das eure Sache. Solange ihr mich nicht um Rat fragt, behalte ich meine Meinung für mich. – Wann ist es eigentlich so weit?«

»Kann jetzt jeden Tag kommen.« Anke schlang das Brötchen hinunter. »Hast du was zu trinken?«

»Ich hole dir etwas Tee.«

In der Küche hörte er plötzlich ein Weinen aus Richtung Wohnzimmer. Julius kam schnell zurück, stellte den Tee ab und strich seiner Kusine über den Rücken. »So schlimm?«

»Die machen mich fertig! Ich hätte ihnen besser nie was davon erzählt.«

»Dann hör doch einfach auf damit.«

Sie nahm einen Schluck, stellte die Tasse dann angewidert auf den Unterteller und warf sechs Stücke Zucker hinein. »Zu spät. Jetzt wollen sie alle mitreden. – Kannst du nicht mal mit ihnen sprechen?«

»Nein. Wirklich nicht. Das müsst ihr schon miteinander ausmachen, ich will da nicht zwischen den Fronten stehen. Am Ende ist man nur der Depp.«

»Aber du bist doch so was wie unser«, Anke suchte nach dem richtigen Wort, »Familienoberhaupt.« Sie zog etwas aus der Tasche. »Ich hab was für deinen Kater mitgebracht.« Sie warf Herrn Bimmel eine bunte Maus zu, die sich sofort wieder von allein aufrichtete. Julius wusste, was passieren würde. Der Kater würde einmal dagegen schlagen und sie dann nie wieder beachten. Je teurer das Katzenspielzeug, desto größer die Chance, dass es ihn kalt ließ. Verpackungspapier, Schnüre und leere Kartons hatte die pelzige Kugel dagegen als Lieblingsspielzeug auserkoren. Auch jetzt trollte er sich nach einem kurzen, lustlosen Schnüffeln an der Maus wieder in seinen zerbeulten Postkarton.

Familienoberhaupt, dachte Julius, wie war er nur zu dem undankbaren Job gekommen? Seit der Sache mit Gisela, seit er den Mord an Siggi Schultze-Nögel aufgeklärt hatte, war sein Ansehen in der Familie sprunghaft gestiegen. Er war also jetzt derjenige, der Probleme löste. Er war plötzlich der, an den man sich zuerst wandte.

Und dessen Wort zählte.

Es schmeichelte Julius, dass Anke ihn als Familienoberhaupt bezeichnete.

Er fuhr sich durchs schüttere Haar.

Er würde ein gütiger Patriarch sein.

»Der spielt ja gar nicht damit!«, sagte Anke.

»Kommt noch«, log Julius.

»Dein Herr Bimmel wird in letzter Zeit überall gesichtet. Der kleine Räuber soll jüngere Katzen jagen.« Sie ging zum Kater und struwelte ihm über den Kopf.

»Midlife-Crisis.«

»Sprichst du jetzt mit meiner Mutter?«

»Nein.«

»*Warum* nicht?«

»Hab ich dir doch schon gesagt. Das ist eure Sache.«

»Es ist wegen diesem Mord, oder? Von dem die Zeitungen voll sind? Der Mann, der durch Wände gehen kann?«

»Das eine hat doch mit dem ...«

»Da liest man ja jetzt überall von. Hätte ich mir ja denken können, dass du da mit drinsteckst.«

»Noch einen Tee?«

»Bitte!« Anke meinte nicht den Tee.

»Nein.«

»Ich sag ihr, du wärst auf meiner Seite.«

»Du sagst überhaupt nichts!«

»Willst du einer schwangeren Frau widersprechen?«

»Ich will ... ach Mensch, Anke!«

»Sei nicht so!«

»Nein. Basta. Kann ich dir sonst noch irgendwie nicht helfen? Ich muss nämlich langsam mal in die Gänge kommen.« Sein Dasein als Familienoberhaupt wurde Julius schneller lästig, als er gedacht hatte. Er hasste es, um etwas gebeten zu werden, was er nicht erfüllen konnte. Er war nicht gut darin, anderen Wünsche abzuschlagen. Gott sei Dank stand Anke nun aber auf.

»Eine Sache noch. Mein Mann isst doch so gern Rosenkohl.« Sie tat, als müsse sie würgen. »*Ich* kann das Zeug aber nicht mehr sehen. Hast du einen Tipp, was ich damit Ungewöhnliches kochen könnte?«

»Rosenkohl, du mysteriöses Gemüse, der erste Frost ist dir geschmacklich zuträglich, weil dein Zuckeranteil dann in die Höhe schießt.«

»Genau der. Hättest du da eine Idee?«

»Rosenkohl, den es dich erst seit rund hundert Jahren gibt, dank den einfallsreichen Belgiern und römischen Kohlhinterlassenschaften.«

»Hallo? Erde an Julius? Ein Rezept!«

Julius verlor den glasigen Blick und wurde wieder sachlich. Doch das Lächeln in seinem Gesicht verschwand nicht. »Hast du ihn schon mit Speck und Maronen gemacht?«

»Als Allererstes.«

»Glasiert?«

»Ja.«

»Als Rosenkohlauflauf oder Rosenkohlsuppe?«

»Das hätte jetzt auch von meiner Mutter kommen können.«

Julius hielt einen Augenblick inne. Dann fasste er einen Entschluss. »Okay. Das ist jetzt aus dem Nähkästchen. Dieses Rezept wird *nicht* weitergegeben!«

»Jetzt mach schon.«

»Das ist wirklich wichtig! Es steht zurzeit auf der Karte. Das geht eigentlich gar nicht.«

»Ich gehöre doch zur Familie.«

Als wäre das etwas, worauf man stolz sein könnte, dachte Julius. »Hast du was zum Schreiben?«

»Sekunde.« Sie holte einen ungeöffneten Briefumschlag und einen Stift hervor. »Bin so weit.«

»Das Rezept heißt: Lauwarmer Schwarzwurzel-Rosenkohl-Salat.«

»Klingt schon mal gut.«

»Für zwei Personen brauchst du – lass mich rechnen – so ungefähr zweihundertfünfzig Gramm Schwarzwurzeln, etwas weniger, sagen wir zweihundert Gramm Rosenkohl, achtzig Gramm Feldsalat, sechs Kirschtomaten, einige Walnüsse, einen halben Bund Petersilie, einen halben Bund Schnittlauch – beides natürlich fein geschnitten.«

»Notiert.«

»Zitronensaft, Essig, Salz, Pfeffer, Zucker, Aceto Balsamico und Walnussöl hast du ja wahrscheinlich in der Küche.«

»Nö. Aber kann ich mir ja kaufen. Soll ich mich setzen, dauert das länger?«

»Will die werdende Mutter ein pfiffiges Rezept oder nicht?«

»Sie will, und sie setzt sich jetzt auch ganz brav.«

»Schwarzwurzeln bürsten und schälen, danach sofort in Zitronenwasser geben, damit sie ihre schöne Farbe behalten. Du schneidest sie dann in vier Zentimeter große Stücke und kochst sie ein Viertelstündchen in Salzwasser mit etwas Zitronensaft. Danach kurz abschrecken.«

»Für das Rezept braucht man ja ein Kochdiplom!«

»Es ist etwas Aufwand, aber eigentlich ganz einfach.«

»Solang es sich lohnt ...«

»Den Rosenkohl putzt du. Die großen Röschen halbierst du, die kleinen kannst du am Stieleinsatz über Kreuz einschneiden. Dann kochst du ihn genau wie die Schwarzwurzeln, allerdings kürzer, höchstens zehn Minuten. Danach abschrecken. So, was kommt als Nächstes ...?«

»Und was mache ich mit den Walnüssen?«

»Nu wart's doch ab, die kommen ja noch. Jetzt kommt erst mal die Vinaigrette. Die machst du aus vier Esslöffeln Aceto Balsamico und sechs Esslöffeln Walsnussöl – und natürlich Pfeffer, Salz und Zucker. Die Petersilie und Schnittlauchröllchen dann darunter mischen – ein tolles Rezept!«

Der Kater war während des Vortrags immer näher gekommen und blickte nun erwartungsvoll nach oben in Richtung Julius. Ging es hier vielleicht um Essen?

»Das war es eigentlich auch schon. Die lauwarmen Schwarzwurzeln mit dem Rosenkohl in eine Schüssel geben und die Vinaigrette darunter mischen. Den Feldsalat gründlich waschen und gut abtropfen lassen. Die Kirschtomaten vierteln. Den Feldsalat auf Tellern verteilen, den Schwarzwurzel-Rosenkohl-Salat darauf geben und mit den Tomaten und den zuvor gehackten Walnüssen garnieren. Fertig.«

Anke machte deutlich vernehmbar einen Punkt. »Uff.«

»Ist gar nicht so schwer.«

»Das werde ich heute Abend sehen. Und ich verlasse mich darauf, dass du mit meiner Mutter sprichst. Sonst posaune ich das Rezept überall herum.«

»Schön, dich in der Familie zu haben!«

»Schön, dich in der Hand zu haben.«

Am nächsten Tag fand das Vorstandstreffen des Golfclubs statt, dessen einziger Tagesordnungspunkt die Vorbereitung des fünfundzwanzigjährigen Vereinsjubiläums war. Es war ein regelrechtes Event. Samt Begrüßungstrunk, Essen und Übernachtung auf der Burg Einöllen, die sich im historischen Stadtkern Ahrweilers befand, nur wenige Schritte vom Nordtor entfernt.

Als Julius zu dem Gebäude, einer spielerischen Kombination von Bruchstein, Fachwerk und Rundturm, durch die Gassen Ahrweilers spazierte, kam ihm unwillkürlich das Sprichwort über die Doppelstadt in den Sinn. »In Ahrweiler sind sie im Wohnzimmer, in Bad Neuenahr im Badezimmer.« Im Zentrum dieses Wohnzimmers stand die Burg, wobei der Begriff Julius ein wenig zu hoch gegriffen schien. Bürgchen hätte es auch getan. Das Gebäude hatte nichts Ehrfurchtgebietendes, nichts Düsteres oder gar Blutiges. Es wirkte wie die Verkörperung der netten Seite des Mittelalters.

Etliche Stunden nach seiner Ankunft saß Julius im Zimmer und ließ den Abend noch einmal Revue passieren.

Dieser hatte tatsächlich einer Nummernshow geglichen. Alles hatte mit dem Aufmarsch der Artisten begonnen. Einer nach dem anderen war auf die Spitze des Kalwenturms gekommen, um dort mit einem Hefeschnaps den Abend zu beginnen und die Open-Air-Aussicht zu genießen. Danach war die Truppe ins Kaminzimmer umgezogen.

Der Abend war lang geworden.

Und obwohl Julius gegen fast jeden der Gruppe die ein oder andere Abneigung hegte, hatten sie ihn an diesem Abend mit ihren positiven Seiten eingenommen. Geselligkeit, Witz und das besondere Zusammenspiel einer Gruppe, die sich schon lange kennt. Alle vergaßen die Kälte außerhalb der Burgmauern, vergaßen den Mord, vergaßen alles außer dem Spätburgunder in ihren Gläsern.

Trotzdem hatte Julius seinen Plan durchgeführt.

Er hatte die Gelegenheit genutzt, die ihm die gelösten Zungen boten. Er hatte jeden provoziert – obwohl es völlig gegen sein Naturell war. Er hatte sich jeden einzelnen Satz genau überlegt. Nach den Angriffen hatte er die Ergebnisse Wort für Wort in sein Notizbuch übertragen. Jede Bemerkung konnte wichtig sein.

Jetzt wartete Julius auf den Mörder, den Kopf stetig drehend, um alle Wände des Zimmers im Blick zu haben. Er konnte von überall kommen.

Wem würde er gleich gegenüberstehen?

Der erste Angriff hatte Inge Bäder gegolten.

Julius las die säuberlichen Notizen. Obwohl das Blatt keine Linien hatte, war die Schrift perfekt ausgerichtet und Zeile für Zeile im gleichen Absatz.

1. Inge Bäder

»Wie geht's Ihren Kunstschätzen?«

»Wie soll's denen schon gehen? Gut.« (irritiert)

»Auch Ihrer Sammlung antiker Waffen? Ich würde mir ja gern mal die österreichische Perkussionspistole von Carl Pirko anschauen.«

»Was reden Sie für ein blödes Zeug? Wer hat denn behauptet, dass ich Waffen sammle? Kunst ist es, die mich interessiert. Waffen sind keine Kunst. Waffen sind Männerspielzeug. Sollen andere damit Geld verdienen.« (trinkt weiter)

Inge Bäder hatte überrascht und hochnäsig geklungen. Beides überzeugend. Sie hatte ihn nach diesem Gespräch geschnitten. Julius hatte auch beobachtet, mit wem sie nach dem Angriff länger gesprochen hatte: Sandra Böckser, Volker Vollrad, Rolf Sonner und Jochen Hessland.

War das nicht gerade ein Kratzen an der Tür gewesen? Vielleicht arbeitete ja auch nur das Holz …

2. Susanne Sonner

»Es ist schlimm, wenn man Schuld auf sich lädt.«

»Was?« (entgeistert)

»Oder wenn eine Liebe plötzlich endet.«

»Fangen Sie nicht schon wieder an! Ich schieb das jetzt auf Ihren Alkoholpegel.« (schaut bedrohlich)

»Traurig, wenn man in der Ehe nicht glücklich ist. Ich verstehe, dass es da manchmal nur einen Ausweg gibt …«

Der nächste Gesprächsbeitrag von Susanne Sonner war nicht in Worte gesetzt. Sie hatte ihm ihren Wein ins Gesicht geschüttet. Da das Gespräch jedoch an der Theke stattgefunden hatte und der Barmann es geflissentlich überhörte, hatte dieser Gefühlsausbruch keine weiteren Auswirkungen gehabt.

Außer, dass Julius jetzt ein Hemd für die Reinigung hatte.

Das Fenster klapperte. Julius zuckte zusammen.

3. Rolf Sonner

»Ich habe Sie weggehen sehen. Von der Gruppe. Im Bunker.«

»Na und? Andere sind auch weggegangen.« (wendet sich ab)

»Nicht kurz vor dem Mord.«
»Woher wollen Sie denn wissen, wann der Mord geschehen ist?«
»Sie müssen mir nichts vormachen.«
»Ich hatte etwas verloren und hab's gesucht.« (geht weg)
»Was denn?«
»Lassen Sie mich in Ruhe!«
»Die Nachtruhe kostet Geld.«
»Sie spinnen ja!«

Das musste gereicht haben, dachte Julius, während er in die Stille horchte. Der Raum wirkte plötzlich, als habe jemand das Licht gedimmt.

Beim Nachtisch hatte er sich Steve Reifferscheidt geschnappt, der, wie sich herausgestellt hatte, nicht nur im Golfen, sondern auch im Trinken Klassenprimus war.

4. Steve Reifferscheidt
»Für einige Jobs würde man töten, nicht wahr?«
»Da sagen Sie was!« (lacht)
»Glückwunsch zum Einstand bei Hessland!«
»Danke, danke. Das wird bestimmt prima werden.« (prostet mir zu)
»In Ihrem Gesicht sind gar keine Spuren zu sehen.«
»Spuren? Was für Spuren?«
»Von der Prügelei mit Klaus Grad.«
»Hat sich das schon bis zu Ihnen rumgesprochen?«
»Worum ging es damals?«
»Damals? Das ist doch kaum drei Wochen her. Der Alte ist total ausgerastet, weil wir vor der Haustür rumgeknutscht haben. Hat mir verboten, ihm je wieder unter die Augen zu treten. Ich hab dann gesagt, das kann er total vergessen. Da hat der Depp zugeschlagen.«
»Die Tochter hat es Ihnen wohl wirklich angetan?«
»Barbara ist eine tolle Frau und jede Prügel wert.«
»Da steht Ihrer Liebe jetzt ja nichts mehr im Weg.«
»Das hoffe ich mal.«
»Sie scheinen nicht sonderlich um Klaus Grad zu trauern?«
»Da bin ich nicht der Einzige.« (zeigt mit der Hand auf alle ringsum) »Ich erzähle ihnen mal einen Witz. Bill und Joe, alte Freunde,

spielen Golf. Als sie das erste Fairway hinuntergehen, bemerken sie einen Leichenzug, der sich langsam auf einer nahe gelegenen Straße bewegt. Joe hält an, blickt auf den Zug, nimmt seinen Hut ab und bleibt schweigend stehen, bis der letzte Wagen vorbeigezogen ist. Bill kann es kaum fassen: ›Joe, ich wusste gar nicht, dass du so pietätvoll bist.‹ Joe antwortet: ›Bin ich auch nicht. Aber wenn man fünfunddreißig Jahre mit einer Frau verheiratet war, verdient sie einen gewissen Respekt.‹ – Und so sieht's aus bei Leuten, die man leiden *kann.«*

»Wie geht Barbara mit dem Tod ihres Vaters um?«

»Gut.« (Pause) »Nehme ich an.«

»Gibt es eigentlich viele Maurer, die golfen?«

»Ich kenne keinen.«

»Wie kam's?«

»Meine Ex-Freundin hat mir zum Geburtstag mal einen Schnupperkurs geschenkt. War mehr ein Scherz. Wollte mich auf den Arm nehmen.«

»Ist das denn Ihre Welt?«

»Nu kommen Sie mir nicht so! Soll das heißen, dass ich zu blöd dazu bin?«

»Darf ich Ihnen einen ausgeben?«

Reifferscheidt hatte eingewilligt. Er war nicht nachtragend gewesen. Er war die gute Stimmung in Person. Julius' Andeutungen hatten ihn nicht im Geringsten tangiert. Er trank danach im selben Tempo weiter.

5. Volker Vollrad

»Finanzielle Probleme können einen Menschen zu verzweifelten Schritten verleiten.«

»Keine Frage.«

»Ein großes Stück Gold hilft da weiter.«

»Bestimmt.« (lächelt)

»Damit lassen sich selbst Verschluss-Sachen in Ordnung bringen. Und alles, was man dazu braucht, ist eine antike Waffe.«

»Jetzt kann ich Ihnen nicht mehr folgen. Ich muss mal für kleine Königstiger.«

Auf das Wortspiel war Julius besonders stolz gewesen. Vollrad hatte es nicht mitbekommen. Oder bewusst überhört.

Etwas bewegte sich an der Wand.

Als Julius versuchte, es ausfindig zu machen, war es plötzlich nicht mehr zu erkennen. Erst als er wieder auf seine Notizen blickte, konnte er es aus den Augenwinkeln sehen. Groß und bedrohlich beherrschte sein eigener Schatten die Wand.

Als er das nächste Gespräch durchlas, lief Julius eine Gänsehaut über den Rücken.

Und sein Herz schlug schneller.

6. Sandra Böckser

»Wie läuft die Karriere?«

»Super. Danke der Nachfrage. Der Stefan macht ein sehr professionelles Management! Und wie geht's Ihrer?«

»Ich kann nicht klagen. Noch hängt der Stern am Eingang.«

»Das passt ja richtig. Ich bin ein Schlagersternchen, und Sie haben einen Stern.« (lächelt bezaubernd)

»Die beiden Sterne müssten wir eigentlich mal zusammenbringen. – Anderes Thema. Die Sache im Bunker war sicher nicht zu Ihrem Nachteil. Die Presse überschlägt sich ja.«

»Ein bisschen komisch finde ich das schon. Der arme Klaus Grad.« (streicht sich durchs Haar)

»Frau Böckser, ich muss Ihnen etwas gestehen.«

»Ja?« (beugt sich vor, Dekolleté!)

»Ich habe Sie gesehen. Im Bunker.«

»Wie meinen Sie das?«

»Sie wissen schon.«

»Wieso gesehen? Sie können mich gar nicht gesehen haben, ich hab extra aufgepasst. Ich glaub Ihnen kein Wort.«

*»*Was *sagen Sie da?«*

»Mir ist ganz schlecht.« (rennt davon Richtung Toilette)

Dieses Gespräch würde er sich noch ein paarmal durchlesen müssen. Sandra Böckser war ihm danach aus dem Weg gegangen. So sehr, dass andere sogar Scherze darüber machten. Es schrie nach weiteren Ermittlungen in Richtung Böckser/Dopen. Er würde die Sängerin noch mal eingehender befragen müssen.

Der letzte Angriff hatte Hessland gegolten. Er hatte die frontalste Attacke erlebt. Julius wollte dessen Schale aus Höflichkeit mit dem groben Meißel durchschlagen.

7. Jochen Hessland

»Machen Sie eigentlich gern Ausflüge im Regierungsbunker?«

»Wir werden wohl nie wieder die Chance dazu bekommen.«

»Ich meine Ihren Soloausflug.« (lange Pause)

»Das geht Sie nichts an.«

»Mord geht jeden etwas an.«

»Ich muss doch sehr bitten: Was reden Sie, Eichendorff?« (reißt Augen auf)

»Und dann die Einstellung von Reifferscheidt. Dem war Grad auch im Weg. Wegen seiner Maurerqualitäten können Sie ihn ja wohl kaum eingestellt haben. Da kommen einem so Gedanken.«

»Sie haben ja keine Ahnung!«

»Die Leute reden schon drüber.«

»Dann sollen sie. Ich gehe jetzt auf mein Zimmer.«

Der Mond schien wie eine kalte Klinge ins Zimmer.

Julius wartete.

Und er hasste sich selbst.

Wie konnte er sich nur an einem Abend so viele Feinde machen? Das war nicht seine Art. Julius wollte Harmonie. Er wollte fröhliche Gesichter.

Aber er wollte noch viel mehr den Mörder.

Sein liebstes Filettier-Messer lag neben ihm, unter dem Kopfkissen hatte er zur Sicherheit den Ausbeiner versteckt.

Er war vorbereitet.

Er konnte warten.

Er würde bereit sein.

Um sechs Uhr weckte ihn ein Schrei.

Ein schriller Schrei. Von einer Frau. Oder hatte er das nur geträumt? Julius lauschte in die Stille. Er hörte seinen Atem, der so laut war, dass er alles andere übertönte.

Also hielt er die Luft an.

Schritte waren zu hören, über ihm, im zweiten Stock, wo die Zimmer mit den griechischen Götternamen lagen. Julius musste sich nicht anziehen. Kein Hemd, keine Hose, keine Schuhe. Er war bereits ausgehfein. Als er im zweiten Stock ankam, sah er eine Menschentraube. Nicht alle hatten auf korrekte Kleidung geachtet. Rolf Sonner und Volker Vollrad waren noch im Schlafanzug, Sandra Böckser hatte etwas an, das man für gewöhnlich als einen Hauch von Nichts bezeichnete. Aber niemand hatte Augen dafür. Oder für das, was es nicht verdeckte.

Die Situation war unwirklich. Die Gruppe bewegte sich nicht. Sie war wie gefroren.

Von keinem wahrgenommen stellte sich Julius dazu. Dank seiner Größe konnte er über alle hinwegblicken, auf das Bett des Zimmers mit dem schönen Namen »Aphrodite«.

»Und wieder war die Tür von innen verschlossen«, flüsterte Sonner. Angst schwang mit.

»Sie sieht so friedlich aus«, sagte Sandra Böckser weinend.

Das konnte Julius nicht finden. Wie sollte es friedlich wirken, wenn Inge Bäders Hinterkopf eine Delle hatte, in der eine Blutorange Platz fand? Wenn das weiße Bettlaken aussah, als wäre ein Schwein darauf geschlachtet worden? Wenn in der Ecke ein Golfbag stand, dessen Schatten bedrohlich wie ein angreifender Octopus an die Wand fiel? Und von dessen Holz 3 noch Blut tropfte?

»Gute Wahl«, hörte er Rolf Sonner sagen.

»Hätte ich auch genommen«, erwiderte Volker Vollrad.

VI

»Wo zwei oder drei in meinem Namen versammelt sind«

»Es gab keine Spuren im Schnee.« Anna von Reuschenberg schlürfte im Kaminzimmer etwas des heißen Glühweins, den die Besitzer der Burg Einöllen gegen den Schock serviert hatten. Sie bleckte die Zähne. »Autsch!«

»Was soll das heißen?«

»Dass der Glühwein wirklich glüht.«

»Das *davor.*«

»Um Mitternacht hat es kurz und heftig geschneit. Der Mord passierte gegen sechs Uhr früh. In der Schneedecke um die Burg befanden sich keine Fußabdrücke. Auch Inge Bäders Fenstersims war unangetastet.«

»Mit anderen Worten, der Mörder war schon im Haus.«

»Der Mörder ist eine der neun Personen, die über Nacht hier waren – zwei davon sind die Besitzer.«

»Die wir ausschließen können, schließlich waren sie beim ersten Mord nicht zugegen. Bleiben sieben. Davon bin ich eine …«

»Wie schaffst du das nur immer wieder?« Sie pustete kräftig in ihren Glühwein.

Julius zuckte mit den Schultern. »Geht man davon aus, dass der Mörder von Inge Bäder derselbe ist, der auch Klaus Grad umgebracht hat, bleiben sechs Verdächtige.«

»Genau. Der gute Herr Dopen ist raus. Übrig sind Jochen Hessland, Rolf und Susanne Sonner, Steve Reifferscheidt, Volker Vollrad und Sandra Böckser.«

Ebendiese kam nun zur Tür herein und goss sich großzügig Glühwein in eine Tasse. Sie zitterte. Eigentlich müsste Julius wegen ihrer merkwürdigen Aussage am gestrigen Abend nachhaken, aber jetzt war der falsche Zeitpunkt.

»Alles in Ordnung bei Ihnen?«, fragte er und erntete ein zaghaftes Nicken.

»Scheint wirklich geschockt zu sein, das arme Ding«, flüsterte Anna und seufzte. »Diesmal gab es übrigens keine Überwachungskameras. Wie es passiert ist, können wir uns trotzdem vorstellen. Es gibt keine Hinweise auf einen Streit oder Kampf. Alle Einrichtungsgegenstände sind säuberlich an ihrem Platz. Inge Bäder muss den Mörder – oder die Mörderin – arglos reingelassen haben. Vielleicht wusste sie nicht einmal, dass es sich um den Mörder Klaus Grads handelte.«

»Das glaube ich nicht«, sagte Julius und begann mit den Füßen zu wippen. »Jeder vom Vorstand ist seit dem Mord vorsichtiger geworden. Einem Klopfenden um sechs in der Frühe würde nicht einfach geöffnet werden. Ich glaube, Inge Bäder wusste sehr genau, wer draußen stand.«

»Wieso bist du dir da so sicher?«

»Wegen der Goldreste im Tresor. Gehen wir mal davon aus, dass es keine Goldbarren waren, sondern Kunstgegenstände, Schmuck zum Beispiel. Wenn ich Grad umgebracht hätte und diese besäße, wäre ich zu einem Hehler gegangen, den ich persönlich kenne und dessen menschliche Kühle mich vermuten lässt, dass er die Polizei nicht benachrichtigen würde.«

»Tja, Inge Bäder war zu Lebzeiten fast schon so kühl, wie sie jetzt ist«, sagte Anna und blies wieder in den Glühwein.

Im Hintergrund holte sich Sandra Böckser Nachschub. Wie Julius bemerkte, hatte ihr Zittern noch nicht aufgehört. Er wandte sich wieder an Anna. »Der Mörder könnte ihr den Tresorinhalt in dieser Nacht gebracht haben, dann stellte Inge Bäder unerfüllbare Forderungen, drohte vielleicht zur Polizei zu gehen, und er schlug zu, mit dem nächstbesten, was zur Hand war.«

Anna schüttelte den Kopf. »Glaube ich nicht. Wer immer auf heißer Ware sitzt, versucht sie so schnell wie möglich loszuwerden. Die Gefahr ist zu groß, dass sie entdeckt wird. Nein, der Mörder hat sie ihr gestern Nacht bestimmt nicht gebracht. Das muss früher passiert sein.«

Julius dachte darüber nach. »Dann wollte der Mörder seinen Erlös abholen. Er steckt ihn ein, greift nach dem Holz 3, zack, der einzige Belastungszeuge lebt nicht mehr.«

»Der einzige, von dem *wir* wissen«, warf Anna ein. »Klingt gut. Ist aber nur eines von vielen denkbaren Szenarien. Vielleicht wollte der Mörder von Klaus Grad eine falsche Spur legen, vielleicht hat Inge Bäder durch Zufall etwas über den Täter erfahren und ihn erpresst, vielleicht hat der Mord an ihr etwas mit Golfen zu tun, schließlich wurde sie mit einem Golfschläger getötet, vielleicht war der Eindringling ihr abgelegter Liebhaber.« Anna versteckte ihr Gesicht hinter der Glühweintasse. »Vielleicht, vielleicht, vielleicht. Das Wort macht mich rasend.«

»Aber der Mörder hat sein Markenzeichen hinterlassen. Eine von innen verschlossene Tür.«

»Hör mir bloß damit auf! Wir wissen immer noch nicht, wie er aus dem Raum im Bunker entkommen ist. Hier im Aphrodite-Zimmer ist es das Gleiche. Kein Kamin. Das Fenster elektronisch gesichert. Keine Spuren im Schnee. Auch keine Geheimgänge oder sonstigen Burgüberraschungen. Der Mörder ist wieder durch eine geschlossene Tür rausmarschiert. Kurz danach ruhte er schon in seinem Bett.«

Julius legte einen Finger an die Schläfe. »Komisch, dass er da nicht durchgefallen ist …«

Anna setzte ihren Glühwein ab. »Wieso *das*?«

»Na, feste Materie scheint ihm ja keinen Widerstand zu leisten. Eigentlich müsste er durch das Bettgestell fallen.«

»*Der Geist von Burg Einöllen*. Wunderbar! Toller Titel für ein Schauermärchen. Schlechter Titel für einen polizeilichen Bericht.«

Sandra Böckser holte sich die dritte Tasse Glühwein. Während Julius sie beobachtete, begann er mit einem der quadratischen Zuckersäckchen zu spielen, die auf einem Unterteller fürs Frühstück bereitlagen. »Die Tatwaffe wundert mich. Selbst wenn er nicht das Risiko eingehen wollte, wieder die antike Waffe einzusetzen. Habt ihr die eigentlich gefunden?«

»Säße ich dann hier? Keine Spur. Wie erwartet.«

»Was ich mich frage, ist Folgendes: Unser Mörder scheint sehr genau zu planen, überlässt nichts dem Zufall, mit Sicherheit nicht etwas so Wichtiges wie die Mordwaffe. Woher konnte er wissen, dass Inge Bäder Golfschläger dabei hatte? Der Vorstand ist einzeln angereist. Niemand wusste um das Gepäck der anderen.«

Julius und Anna schwiegen sich an.

»Weil sie ihren Golfsack immer und überall dabei hatte.« Sandra Böckser stand auf und kam mit ihrem Glühwein herüber. »Er war ihr Glücksbringer.« Die Schlagersängerin war leichenblass, als hätte es sie und nicht Inge Bäder erwischt. Die verquollenen Augen deuteten auf viele Tränen hin. Ohne Schminke wirkte sie wie eine normale junge Frau, dachte Julius. Eine attraktive junge Frau.

»Ein toller Glücksbringer«, sagte Anna.

»Inge war eine verrückte, alte Frau. Eine wunderbare, verrückte, alte Frau …«

»Haben Sie vielleicht etwas Verdächtiges in der Nacht gehört?«, fragte Julius.

»Hat sie«, schaltete sich Anna ein. »Aber ansonsten hat mal wieder keiner was mitbekommen.«

»Es waren ganz komische Geräusche«, sagte Sandra Böckser. »Irgendwie schleifend und metallisch. Inges Zimmer liegt genau neben meinem. So was hab ich noch nie gehört. Es war unheimlich.« Sie trank ihren Glühwein in einem Schluck aus.

»Sie waren also als Erste bei der Toten?« Julius stand auf und füllte ihre Tasse nach. Dann war sie es gewesen, die geschrien hatte. Nicht Inge Bäder.

»Ja. Nachdem ich einen der Besitzer geholt hatte, um die Tür aufzumachen.«

Julius stellte den neuen Glühwein vor sie hin. Sandra Böckser blickte glasig auf ihre Finger, die sie ineinander verknotet hielt. »Gestern Abend war sie noch gut gelaunt gewesen. So hatte ich sie schon lange nicht mehr erlebt. Ihr Leben war doch eine einzige Lüge. Die ganzen Liebhaber ... sie hat sich doch nur was vorgemacht. Und sie *wusste* es.« Sandra Böckser trocknete sich eine Träne mit dem Ärmel ihres durchscheinenden Nachthemds.

»Ich hoffe, es ist nicht zu privat, wenn ich Sie frage, warum Sie so um Inge Bäder trauern. Sonderlich beliebt war sie im Club ja wohl nicht.«

Aber Julius war zu privat gewesen.

Sandra Böckser stand schluchzend auf und verließ das Zimmer.

»Voll in den Fettnapf«, sagte Anna.

»Wieso?«

»Hab ich dir das noch nicht gesagt?«

»Was?«

»Sie war ihre Tante.«

Inge Bäders Tod sollte nicht die einzige Überraschung an diesem Tag bleiben. Die nächste kam in Form von Antoine Carême, der mit einem amtlichen Schreiben in der Hand Julius' Haus erstürmte, als dieser gerade aus Ahrweiler zurückkehrte.

»Ich habe den Genehmigung! Hat mich zweihundert Euro gekostet! Wir können los!«

Julius war nicht in der Stimmung für Überraschungen. »Was immer es ist, es muss warten.«

»Nein. Wir müssen *jetzt* los! Den Genehmigung gilt nur für heute. Außerdem ist den Schneedecke ein bisschen eingesackt.« Antoine wirkte ganz kribbelig, rumpelstilzchengleich tanzte er um Julius herum. Dieser blickte aus dem Fenster. Es war grau. Der Himmel war zugekleistert und die Sonne nicht einmal zu erahnen. Der Schnee war zerschrumpelt und entblößte unregelmäßig Straßenbelag, braune Grashalme oder einfach nur Dreck. Er hatte keine Lust, da rauszugehen.

»Komm schon!«, drängelte Antoine.

»Geht es nicht ein andermal?«

»Nein. Den Sache muss jetzt sein, jetzt oder nie!«

Julius zögerte. »Dann hab ich was bei dir gut.«

»Oh nein, *ich* habe was bei *dir* gut. Du wirst schon sehen!«

Beim Einsteigen in den Wagen des gut gelaunten Eifeler Normannen fand sich die nächste Überraschung. Eine Augenbinde. Wurde das zu einer weiteren skurrilen Angewohnheit, neben den Leichenfunden? Und vor allem: Musste das wirklich sein?

»Ja. Da führt kein Weg dran vorbei. Den Augenbinde ist Pflicht.«

Also saß Julius wenige Augenblicke später mit Augenbinde in Antoines Wagen und fuhr nach … wohin auch immer.

Sie kamen zum Glück relativ schnell dort an.

Julius durfte die Augenbinde abnehmen.

Es sah aus wie ein Waldstück nahe Bad Bodendorf.

Das schwere Atmen, das Julius während der Fahrt gehört hatte, stammte nicht von einer Atemwegserkrankung des befreundeten Kochs, sondern von dessen Hund, der auf dem Rücksitz gelegen hatte. Rouen, eine – so wurde geschätzt – Foxterrier-Dackel-Mischung, sprang vergnügt in den Matsch und schüttelte sich erst einmal aus. Antoine legte ihm die Leine um, der Hund begann sofort daran zu zerren. Der Schnee im Waldstück war porös, der braune Boden schimmerte durch.

»Kannst du mir jetzt vielleicht verraten, worum es geht?«

»Rouen hat sie schon gewittert. Niemand weiß, wonach sie das Standort wählen – den Hund schon.«

Antoine lockerte die Leine. Rouen schoss wie ein Belgier auf der Suche nach der nächsten Frittenbude zwischen den Bäumen hindurch, sein Herrchen hinter sich herziehend.

»Ist es das, was ich glaube, dass es ist?«

»Den ist es!«, sagte Antoine begeistert.

Julius wusste Bescheid. Darum die Geheimniskrämerei. Aber das war doch unmöglich!

»Erzähl mir nicht, dass es im Ahrtal Trüffel gibt?!«

»Du darfst es niemand erzählen! In Marienthal über den Bunker hab ich schon welchen gefunden, sogar im Schlosspark Sinzig. An einigen Stellen ist Baumaterial, Putz und Zement im Boden, das liebt den Pilz.«

Julius lächelte. »Klar. Jetzt erzähl mir noch, du hättest einen Trüffelhund!«

»Kein Wort darüber, den Rouen ist jetzt richtig wertvoll. Er ist fabelhaft!«

Der fabelhafte Trüffelhund wuselte gerade um den Fuß eines Baumes und hob nach kurzer Schnüffelei das Bein.

»Schon beeindruckend, was dein Hund leistet. Da möchte man ihn dir direkt abkaufen.«

»Wart's nur ab!«

Julius tätschelte Rouen über den struppigen Kopf. »Du hast deinen Spaß gehabt, Antoine, nun lass uns wieder fahren. Ich hab wirklich anderes zu tun.«

»Was meinst du?«

»Wer hat dich angestiftet? Die Jungs vom Stammtisch? Ihr meint wohl, ich hätte es nötig, dass mir mal der Kopf gewaschen wird.«

»Was redest du da für ein blöd Zeug?«

»Ist schon klar. Du machst das prima, Antoine. Das mit der Augenbinde, dein Hund. Aber die Geschichte mit den Trüffeln im Ahrtal ist einfach zu weit hergeholt. Meerneunaugen in der Ahr – so was hätte ich dir eher geglaubt.«

»Den Fisch gibt es auch schon wieder.«

»Klar, und in Altenahr züchten sie Schweine, die pfeifen.«

»Davon weiß ich nichts …«

Julius hörte, wie der Schnee von den Bäumen rieselte. Ab und an traf es ihn kalt auf den unbedeckten Kopf.

»Viel zu tun im Januar?«, fragte Julius, der keine Lust hatte, sich weiter Antoines Darstellung eines Unschuldslamms anzusehen.

»Du weißt ja, ›Gourmet & Wein‹ fängt wieder an. Ich mach was im Weingut Schlosspark. Ansonsten ist ruhig. Und bei dir?«

»Dito. Heute lass ich nur meinen Sous-Chef neue Demiglace machen.«

»Kann man nie genug haben.«

»Velouté de veau, Velouté de volaille und Velouté de poisson soll er auch gleich zubereiten.«

Plötzlich zog Rouen an der Leine. Stärker als zuvor. Viel stärker.

»Ich glaub, er hat ein gefunden!«

»Natürlich. Nur hinterher. Wo hast du ihn verbuddelt, Antoine? Mann, ihr habt euch ja richtig Mühe gegeben! Selbst dein struppiger Vierbeiner ist mit von der Partie.«

Antoine schien Julius' Bemerkung nicht zu hören. Seine Füße knackten durch die Reste der dünnen Eisdecke. Julius trottete hinterher. Hund und Herrchen waren fast schon verschwunden, als sie am Horizont verharrten. Im Näherkommen konnte Julius erkennen, dass Antoine gebückt stand und Rouen Schnee zwischen seinen Hinterläufen hindurchschaufelte. Er war ganz aufgeregt.

»Lass mich raten, dein grandioser Eifeler Trüffelhund hat was gefunden!«

»Das glaub ich auch!« Antoine begann das Tier anzufeuern. »Guter Hund, guter Hund, den Rouen!«

»Die ganze Aufregung um einen Parasitärpilz, der am Wurzelwerk von Bäumen lebt.«

»Faszinierend, nicht wahr?«

»Nur eine Frage: Warum habt ihr die Show nicht im Sommer abgezogen? Muss das gerade jetzt sein? Es zieht wie Hechtsuppe.«

»Er hat ein!« Antoines Hand schnellte hervor und legte sich über den an der Spitze freigebuddelten Pilz. Mit der anderen schob er Rouen zurück. »Julius, kannst du aus mein Jackentasche ein Hundekuchen nehmen und Rouen geben?«

Julius tat, wie ihm geheißen. Rouen verschlang die Belohnung mit einem Biss.

»Das ist den Vorteil mit Hunden«, sagte Antoine, während er die schwarze Trüffel freilegte. »Den Schweine wollen den Trüffel immer selber fressen – Hunde geben sich auch mit ein Ersatz zufrieden.«

Es dauerte etwas, bis der Pilz in der harten Erde freigelegt war, dann hob Antoine ihn empor. Er strich über die mit vieleckigen Warzen bedeckte, ledrige Haut, holte ein kleines Messer aus der Tasche und schnitt die Trüffel auf, das pechschwarze Fruchtfleisch bloßlegend.

»Willst du den Trüffel probieren?« Er rieb sie mit Schnee ab.

Julius nickte zögerlich. »Du hast sie nicht wirklich ...?« Er nahm eine Trüffelscheibe von Antoine und biss darauf herum, bis sich ein Brei gebildet hatte.

Das war fraglos eine Trüffel.

Und sie schmeckte fraglos anders als die Trüffel, die er kannte.

Hatte Antoine sie vielleicht *tatsächlich* mit seiner Promenadenmischung gefunden?

War das Ganze doch kein Scherz?

Ach was! Blödsinn!

Nach vier Stunden sah die Sache anders aus.

Fünfundvierzig schwarze Trüffel, zusammen knapp achthundert Gramm schwer und über tausend Euro wert, lagen in einem kleinen Bastkorb. Die beiden schwersten waren groß wie Hühnereier.

»Wenn es weiße wären, würden wir für den das Fünffach bekommen!«, meinte Antoine, der aber keineswegs traurig über diesen Umstand zu sein schien.

Julius trug den Korb mit den Trüffeln so stolz vor sich her, als wäre er es gewesen, der sie errochen und mit den Pfoten freigelegt hätte.

»Es gibt nur zwei Arten von Menschen, die Trüffel essen, Antoine. Solche, die glauben, Trüffel seien so gut, weil sie so teuer sind, und solche, die wissen, dass sie so teuer sind, weil sie so gut sind.«

Antoine lachte und gab Rouen noch einen Hundekuchen. »Wir haben heute großen Glück gehabt. Den meisten Trüffel lagen nicht tiefer als zehn Zentimeter unter der Erde. Manchmal muss man viel tiefer buddeln. Manchmal braucht man viel, viel Zeit. Aber so etwas Wertvolles braucht ja auch Zeit zum Wachsen.« Antoine kam ins Schwärmen. »Wertvoll wie Gold sind die, ach was red ich da, das sind den Diamanten der Küche.«

»Die sind am leckersten, wenn sie frisch sind«, sagte Julius und schnitt sich noch eine Scheibe ab. Für ungefähr fünf Euro. Einkaufspreis.

»Du solltest nicht so viel von den essen!«

»Bezahl ich dir doch alles, keine Angst.«

»Darum geht es nicht. Darf ich eh nicht verkaufen, sondern nur für Lehrzwecke verwenden. Aber schon Alexandre Dumas hat gewusst, dass Trüffeln die stärkste natürliche Aphrodisiakum sind.«

»Oh.« Julius wollte sich gerade eine weitere Scheibe abschneiden, legte das kleine Messerchen nun aber brav zu den Trüffeln.

»Oder hast du heute Abend noch was vor?«

»Neugierig seid ihr Normannen auch noch.«

»Wir haben viele von den besten Eigenschaften!«

Das Gespräch hatte absolut nichts mit dem Mörder zu tun, der durch Türen ging.

Trotzdem war Julius gerade etwas eingefallen.

Und er ohrfeigte sich innerlich, dass er nicht früher darauf gekommen war.

Zurück im Restaurant war trotzdem anderes wichtig.

Alle Türen waren verschlossen.

Niemand sollte ihn stören.

Julius hatte den Geschmack noch auf der Zunge, würde ihn wahrscheinlich nie mehr verlieren.

Die Übeltäter standen wieder vor ihm. Keiner würde das Team verlassen müssen.

Aber diesmal standen sie ordentlich.

Der Fehler, war Julius klar geworden, hatte darin gelegen, dem Zufall vollkommen freie Hand zu lassen. Zufall war gut – aber nur in Maßen. Das erste Experiment war gastronomische Chaostheorie gewesen. Diesmal gab es Regeln. Diesmal sollte seiner Zunge ein traumatischer Schock erspart bleiben. Dank eines todsicheren Systems, das Julius beim Einschlafen eingefallen war. Die Gewürze standen in der Reihenfolge ihrer Intensität. Ganz rechts außen der Habanero Chili, die Bestie in Schotenform. In einer separaten Gruppe die Alkoholika. In einer anderen die Öle, wiederum separat die Essige, dahinter die Milchprodukte.

Eigentlich konnte nichts schief gehen.

Julius blickte noch einmal auf die Gewürzparade. Hier stand der Safran, dort der rosa Paprika – alles da.

Es konnte losgehen!

Er rieb sich die Hände, polierte unnötigerweise noch einmal die Edelstahlschüssel, vollführte mit dem Schneebesen einige Wirbel, die eines Revolverhelden würdig waren, und schnappte sich den bereitliegenden blickdichten Schal.

Julius begann links, mit einigen der weniger aromatischen Kräuter, griff danach vorsichtig zu einem der verhaltenen Öle, beim Alkohol war er bereits mutiger, tastete von rechts die Flaschen ab und nahm die dritte. Ruhig einen Schuss mehr, schließlich war Winter, den Gästen musste warm werden.

Er überlegte.

Das Ganze würde bestimmt fade schmecken.

Und nur nach Alkohol.

Beherzt griff er zu den Milchprodukten und löffelte etwas in die Edelstahlschüssel. Trau dich, Julius. Keine halben Sachen!

Seine Hand wanderte nach rechts. Immer weiter.

Ein klein wenig Schärfe half so manchem Gericht auf die Sprünge. Nicht viel, nicht so viel, dass man es merkte. Nur ein Hauch.

Er hauchte drei verschiedene Gewürze in die Schüssel. Alle hatten weit rechts gestanden.

War das jetzt schon zu viel gewesen?

Er würde es durch etwas aus der Milchreihe abmildern müssen. Julius griff zu.

Aber jetzt war der Alkohol bestimmt vollkommen verdünnt.

Also her damit.

Jetzt noch ein paar der Gewürze aus der Mitte. Davon konnte er ruhig mehr nehmen.

Das machte richtig Spaß!

Er war zweifellos auf dem richtigen Weg.

Er würde heute Großes kreieren.

Nach einer Viertelstunde war die Edelstahlschüssel voll.

Julius tastete nach dem Probierlöffel am linken Rand der Arbeitsplatte und tauchte ihn vorsichtig ein.

Er führte den Löffel zum Mund.

Dann hielt er inne.

Sein Mund war ... anders.

Er drehte sich um und ging, den Löffel fest in der Hand, Richtung Brotkorb. Ein großes Stück Baguette! Den Mund neutralisieren.

Er stieß mit dem Knie gegen den Herd.

Es tat fürchterlich weh.

Er ließ den Löffel fallen.

Er packte sich ans Knie.

Er ging einen Schritt vor, um das Gleichgewicht zu halten.

Er rutschte auf dem Löffel aus, fiel auf den Rücken.

Dabei stieß er gegen den Mülleimer, dessen Deckel sich löste und gegen die Edelstahlschüssel mit der neuen Spitzenkreation flog.

Ja.

So musste es gewesen sein. Anders konnte sich Julius das Durcheinander in seiner geliebten Küche nicht erklären, das er sah, nachdem er die Augenbinde abgenommen hatte. Alles war grünweiß gesprenkelt. An der Dunstabzugshaube klebte Rosmarin, während es sich der Dill an der Schwenkkasserolle bequem machte. Julius vermutete, dass es Sesam war, der überall am Kutter prangte.

Auf dem Boden bewegte sich, einem Kreisel gleich, die Edelstahlschüssel, in der noch ein kleiner Rest der Kreation mitschwappte. Julius holte einen Löffel und probierte noch einmal.

Es war nicht schade drum.

Aber es war deutlich besser als beim letzten Mal!

Julius begann zu lachen, holte einen der Kochweine, nahm einen gehörigen Schluck und lachte weiter, bis ihm die Tränen kamen.

Denn ihm war gerade eines klar geworden.
Große Erfindungen brauchten viel Zeit.
Und sie erforderten große Opfer.

Nachdem Julius aufgeräumt hatte, klingelte das Telefon. Zeitgleich kam Franz-Xaver hereingerauscht.

Julius nahm den Hörer ab. »Putzkommando Eichendorff.«

»Hätte der Herr mal einen Augenblick Zeit für seinen liebsten Angestellten?«, fragte Franz-Xaver.

»Kann ich dich auch privat mieten?«, fragte Anna von Reuschenberg.

»Nein«, sagte Julius zu Franz-Xaver. »Jederzeit«, sagte Julius zu Anna.

Leider hörten beide das Falsche.

»Schade«, sagte die Kommissarin.

»Des is nämlich so«, sagte der Maître d'hôtel.

»Nein, für *dich* bin ich immer da«, korrigierte Julius.

»Des hab ich auch genau so verstanden«, sagte Franz-Xaver.

»Dann werd ich bald mal darauf zurückkommen«, sagte Anna.

»Kannst du mich jetzt vielleicht endlich mal in Ruhe lassen?«, fragte Julius.

»Nein, jetzt sag ich auch des, was ich zu sagen habe«, meinte Franz-Xaver.

»Dann eben nicht«, sagte Anna.

»Nein!«, brüllte Julius.

»Das sind aber ganz schöne Stimmungsschwankungen. Hast du deine Tage?«, fragte Anna.

»Des sind aber ganz schöne Stimmungsschwankungen. Hast du deine Tage?«, fragte Franz-Xaver.

»Ruhe!«

»Ich ruf lieber ein andermal an«, sagte Anna.

»Anbrüllen lass ich mich net. Es sei denn, dafür gibt's Sonderzulage«, sagte Franz-Xaver.

In der Hörmuschel erklang ein Besetztzeichen.

Julius legte auf, ging hinüber zu Franz-Xaver und fragte mit seiner zuckersüßesten Stimme: »Womit kann ich dem Herrn dienen? Weshalb hat er mein ach so unwichtiges Gespräch mit Anna von Reuschenberg unterbrochen?«

»Aber du hast doch gesagt …«

»Ich habe nicht mit dir gesprochen, du Pfeife!«

Franz-Xaver schien wenig beeindruckt. Wer in der Gastronomie arbeitete, war Schreier gewohnt. »Mit der liebreizenden Kommissarin? Ich bitte *vielmals* um Entschuldigung! Dabei war es gar net so wichtig …«

Julius wusste nicht, wohin mit seinem Zorn. Er ging in den Kühlraum, ließ einen Schrei los und kam deutlich besser gelaunt – und ein paar Grad kälter – wieder zurück.

»Es ist wirklich net so wichtig«, sagte Franz-Xaver.

»Nun red schon.«

»Also gut, ich heiß ab jetzt FX. Ich möcht dich bitten, des einfach zu akzeptieren. Die Firma dankt. So, und jetzt muss ich telefonieren. Der Tilman hat sich krankgemeldet, und ich wollt heute Abend mal die Meike mitlaufen lassen. Es ist net viel los, und ich kann sie gut im Auge behalten.«

Julius bekam endlich den Mund auf. »Du heißt *wie*?«

»Also machst du doch Ärger, du kleinbürgerlicher Geist. FX, die Abkürzung von Franz-Xaver, weil des so altbackert klingt.«

Julius musste sich abstützen, sonst wäre er umgefallen. Er kicherte. »FX Pichler, das klingt ja …«

»Gut klingt des. Wirklich *gut*.«

»Dann nenn dich doch gleich FXP!«

»Saulustig, der Maestro, nein, was ist der wieder witzig. Da tut's mir ja jetzt richtig Leid, dass ich dein Gespräch eben unterbrochen hab.«

Julius hörte auf zu kichern. »Ist das wirklich dein Ernst?«

»Ja. Bitte respektiere des.«

»Des Menschen Wille ist sein Himmelreich.«

»Also?«

»Auf feur'gem Rosse kommt Bacchus daher / Den Becher hoch in der Hand / Sein Rösslein wird wild, sein Kopf ist ihm schwer / Er verschüttet den Wein auf das Land. / Den Dichter erbarmet der Rebensaft / In den Bügel er kühn sich stellt / Und trinkt mit dem Gotte Brüderschaft / Nun geht's erst, als ging's aus der Welt!«

»Was immer du sagst, Chefkoch.«

»Also gut … F … X«, Julius kämpfte gegen seine Gesichtsmuskulatur an, sie wollte einfach grienen, »dann machen wir das ab jetzt so.«

»Schön. Kommunikation ist doch was Feines.«

So war es, dachte Julius und rief sofort Anna von Reuschenberg an, nachdem FX die Küche verlassen und er zu lachen aufgehört hatte. Julius klärte das Missverständnis auf, aber Annas Stimmung wurde dadurch nicht besser.

»Wir kommen einfach nicht weiter. Die Sonderkommission dreht jeden Stein um, aber findet nichts drunter. Es ist zum Verrücktwerden.«

»Es muss doch irgendwelche Spuren geben.«

»Nein. Und wenn, versanden sie direkt wieder. Wie bei der Tatwaffe vom ersten Mord. Wir wissen zwar, um welches Modell es sich handelt, haben sie aber nicht gefunden. Um es deutlicher zu sagen: Wir haben bei keinem der Verdächtigen *irgendeine* Waffe gefunden.«

»Das ist ungewöhnlich.«

»Genauso ungewöhnlich wie Grads Tochter. Die ist immer noch nicht aufgetaucht. Ich befürchte das Schlimmste.«

»Aber es muss doch einer ...«

»Wir haben den gesamten Freundeskreis befragt. Keiner weiß was oder will was sagen.«

»Was wirst du als Nächstes machen?«, fragte Julius, der Anna am liebsten ein paar Pralinen vorbeigebracht hätte.

»Du bist nicht der Einzige, der das fragt. Ohne meinen letzten Ermittlungserfolg wäre ich wohl schon raus aus der Sache.«

»Und«, wiederholte Julius seine Frage, »*was* willst du als Nächstes machen?«

»Alle noch mal ins Verhör. Alle noch mal durchleuchten.« Sie holte Luft. Als sie wieder sprach, klang es gezwungen fröhlich, wie Prinz Karneval am Aschermittwoch. »Wenigstens spielt die Zeit für mich. Wenn's so weitergeht, bleibt irgendwann nur noch der Mörder übrig ...«

»Weil alle anderen Verdächtigen tot sind. Du kannst gar nicht verlieren.«

»Ich würde ja gern lachen«, kam es vom anderen Ende der Leitung, »aber mir ist grad nicht danach.«

»Du musst mal wieder saunen.«

»Das hat mir wirklich gut getan.«

»Es könnte sein, dass ich bald gute Neuigkeiten für dich habe.«

»Baust du dir etwa eine Sauna ins Restaurant? Saunen und Speisen in einem? Ich bin dabei!«

»Etwas den Fall betreffend.«

»Raus damit.«

»Ich muss erst noch nachforschen.«

»Hier sitzen etliche hoch motivierte Beamte, die nur darauf warten, nachzuforschen.«

»Das muss ich selber machen.« Er wollte ihr eine Lösung präsentieren, keine Vermutung. Wenn die Spur falsch war, sollte sie es nicht erfahren. Er wusste, dass es kindisch war, aber er wollte sie beeindrucken.

»Julius, das ist kein Spiel. Jede Minute zählt. Wir wissen nicht, wer als Nächster auf der Liste des Mörders steht. Und solange wir keine Ahnung haben, *warum* er mordet, müssen wir davon ausgehen, dass er weitermachen wird.«

»Ich beeile mich.«

Annas Atmen wurde schwerer, Julius konnte hören, wie sie ihre Wut unterdrückte, wie sie sich zwang, Haltung zu bewahren. »Das ist sehr *unprofessionell* von dir! Falls es einen weiteren Mord gibt, musst du das mit dir ausmachen!« Das Gespräch hatte eine Schärfe angenommen, die Julius gar nicht gefiel. Aber Anna hatte Recht. Dies war wirklich kein Spiel. Es ging um Menschenleben.

»Es tut mir Leid«, sagte er.

Anna sagte nichts.

»Vertrau mir«, sagte Julius.

Als Anna wieder sprach, hatte sich ihre Stimme verändert. Sie klang verletzlich, fast gebrochen. »Ich steh zurzeit massiv unter Druck. Das war unfair von mir. Ich bin sehr dankbar für deine Hilfe.«

Julius sah in diesem Moment ihr Gesicht, die Züge weich, die Augen müde.

»Danke.«

»Kann ich das wieder gutmachen?«, fragte sie.

»Brauchst du nicht.«

»Will ich aber. Ich hatte lange schon mal vor, dich einzuladen. Ich koch was. Nichts Großes, dazu hab ich im Moment nicht die Zeit. Ein altes Rezept von meiner Großmutter. Ich würd gern wissen, was du davon hältst.« Pause. »Außerdem wollte ich meine Kerzen mal wieder anmachen.«

Julius' Puls legte einen Gang zu. »Gerne.«

»Schön …«

Stille.

»Sollen wir schon einen Termin ausmachen?«, fragte Julius. Mist, das klang viel zu geschäftsmäßig!

»Lass uns noch mal telefonieren. Zurzeit hab ich den Kopf nicht frei. Sekunde …« Es dauerte länger als eine Sekunde. Erst drei Minuten später sagte Anna wieder etwas. In der Zwischenzeit hatte Julius mitbekommen, dass am anderen Ende heftig diskutiert wurde.

»Eine weitere Spur, die im Sand verlaufen ist. Auf Inge Bäders Konten ist kein Geld eingegangen. Vielleicht hatte sie eins der berühmten Schweizer Nummernkonten. Darüber müssen wir wohl mit der Alleinerbin reden.«

»Wer ist es?«, fragte Julius.

»Du kennst sie.« Hatte er da gerade etwas Zynismus in Annas Stimme gehört? »Sie heißt Sandra Böckser.«

Obwohl ihm das Gespräch immer noch durch den Kopf ging, fühlte Julius sich nun, kaum eine Viertelstunde später, wie kurz vor dem Elfmeter. Im Weltmeisterschaftsfinale. Er der letzte Schütze. Der entscheidende. Die Theorie, die ihm während der Trüffeljagd gekommen war, schrie nach Überprüfung. So laut, dass er die Küche verlassen und sich eiligst auf den Weg zu einem Mann gemacht hatte, dem nichts ferner lag als Eile.

Die St. Mauritius-Kirche in Heimersheim war Julius' Hauskirche. Eigentlich. Hier war er Messdiener gewesen, hatte mit den Eltern das Weihnachtsfest begangen und zum ersten Mal ein Mädchen geküsst.

Das war lange her.

Und würde doch immer hier und jetzt sein.

Julius stand fast ehrfürchtig vor der dreischiffigen Emporenbasilika aus der Mitte des 13. Jahrhunderts, deren Dächer und Turmspitze mit Schnee bedeckt waren. Das Rot der Pfeiler und Fenster war die einzige Farbe inmitten der weißen Welt. Julius wusste genau, wo er den Mann jetzt finden würde, den er suchte. In der Kirche betend. Vorn am Altar. Julius setzte sich in die hinterste Reihe und wartete. Die unordentlich am Eingang gestapelten Broschüren würde er beim Rausgehen sortieren müssen.

Es roch nach Kirche.

Diesen Duft verband er untrennbar mit dem Mann am Altar. Winand Lütgens zählte weit über achtzig Jahre, sein Körper war zusammengesunken wie eine baufällige Scheune, trotzdem stand er noch regelmäßig auf der Kanzel. Zwar war nun ein jüngerer Priester für die Gemeinde zuständig, aber dieser hatte noch andere Aufgaben, so dass Lütgens, mehr als den meisten lieb, war seiner bevorzugten Tätigkeit nachkam – dem Dozieren. Er nannte es Predigen. Lütgens war ein wandelndes Lexikon. Oder besser drei. Eines der Bibel, eines der Gemeinde und eines der Kirchengeschichte der Ahr.

Und das wollte Julius nun aufschlagen.

Der Geistliche beendete sein Gebet und drehte sich um.

»Julius Eichendorff!« Lütgens streckte ihm beide Hände entgegen. »Ich habe dich lange nicht gesehen. Man sagt, du gehst jetzt nach Bad Neuenahr in die Kirche?« Der Priester holte fast nach jedem Wort Luft und ließ keinen Buchstaben unbetont. Er sprach wie in Zeitlupe.

»Ja. Es passt zeitlich dort besser, Hochwürden.« Lütgens bestand auf die förmliche Anrede. Schon zu Julius' Messdienerzeiten.

»Belüg mich nicht!« Er hob warnend den Zeigefinger. »Die Messen sind fast immer zur gleichen Zeit. Warum kommst du nicht nach Heimersheim? Gefällt es dir bei uns nicht mehr?«

»Ich gehe mit Bad Neuenahrer Freunden gemeinsam in die Messe.« Es fühlte sich schlecht an, in der Kirche zu lügen. Aber Lütgens musste nicht erfahren, dass es seine schrecklich langweiligen Predigten waren, die Julius fortgetrieben hatten.

»Bring deine Freunde doch mal mit zu uns, Julius! Es wird ihnen hier bestimmt gefallen. Die Kirche in Bad Neuenahr ist doch nicht schön. Du könntest dann auch wieder auf unserer Orgel spielen. Du hast früher immer so schön gespielt.«

Julius verschwieg seine Meinung dazu. »Ich habe ein Anliegen.«

»Möchtest du dein Herz erleichtern und beichten? Dann muss ich mich aber erst vorbereiten.«

»Nein. Es geht um etwas anderes. Können wir uns setzen?«

»Setzen wir uns.«

Sie nahmen in einer der Bankreihen Platz.

»Es geht um die jüngsten Mordfälle.«

Lütgens nickte wissend. »Ich habe davon gehört. Du meinst Klaus Grad und Inge Bäder. Es ist sehr traurig, wenn Menschen so unerwartet aus dem Leben gerissen werden. Aber ich weiß nicht, wie ich dir da helfen kann. Die beiden gehörten nicht zu meiner Gemeinde.«

»Es geht nicht direkt um die zwei.«

»Ich weiß von deinem Hobby als kulinarischer Detektiv, Julius Eichendorff.« Lütgens tätschelte ihm die Wange. »Du hast als Kind bei Schnitzeljagden schon immer gern Rätsel gelöst. Und gern gegessen.«

Wie nett, dass er ihn daran erinnerte. »Es geht um etwas, das vielleicht einmal der Kirche gehört hat. Ich will es Ihnen erläutern.«

»Nur zu. Für Mitglieder meiner Gemeinde habe ich immer Zeit.«

Julius tat so, als habe er den Wink mit dem Zaunpfahl nicht mitbekommen. »In der Kapelle des Regierungsbunkers befindet sich ein versteckter Tresor. Aus ihm wurde etwas gestohlen.«

»Davon wusste ich nichts.«

»Hier die weiteren Informationen. Fakt 1: Der Tresor wurde höchstwahrscheinlich von Klaus Grad kurz nach dem Krieg eingebaut. Er hatte als Elektriker Zugang zur Anlage. Fakt 2: Was immer im Tresor war, es war aus Gold oder zumindest vergoldet. Fakt 3: Klaus Grad kennt sich nur mit Kirchenkunst aus, vielleicht handelte es sich beim Tresorinhalt also um solche.«

Antoine Carême hatte ihn darauf gebracht. »Manchmal muss man viel tiefer buddeln, um das zu finden, was man sucht«, hatte er gesagt. Und Julius war aufgegangen, dass die Lösung in der Vergangenheit liegen musste. Es hatte plötzlich alles zusammengepasst.

»Das ist alles gesichert?«, fragte Lütgens.

»Leider nein, Hochwürden. Trotzdem weiter: Es war bestimmt ein großer Aufwand, den Tresor – ohne dabei aufzufallen – in die Kapellenwand einzubauen. Grad muss einen guten Grund gehabt haben, dieses Risiko einzugehen. Und warum sollte er es machen, wenn nicht, um etwas zu verstecken? Etwas Sichereres als einen Tresor, von dem niemand etwas weiß, in einem streng geheimen Bunker, der über alle Maßen bewacht ist, gibt es nicht. Hier meine Theorie: Grad kam während des Krieges, oder kurz danach, an Kirchenkunst aus Gold und musste diese verschwinden lassen. Um diese Theorie zu stützen, muss ich jetzt wissen, ob etwas gestohlen worden ist. Ich hätte natürlich die offiziellen Aufzeichnungen durchwälzen können, aber ich dachte, ich frage Sie, Hochwürden.«

Pfarrer Lütgens saß da, als laste ein Kreuz auf ihm. »Dort hättest du nichts gefunden.«

»Soll das heißen, es *gibt* etwas?«

»Nicht wirklich, nein. Es gibt nichts, weil es nichts geben darf.« Lütgens legte seine Hand auf Julius' und drückte fest zu. »Dies darf niemals bekannt werden. Du darfst es nicht der Polizei sagen.«

»Was meinen Sie damit, Hochwürden?«

»Schwörst du?«

»Man soll nicht schwören, das wissen Sie doch.«

»*Versprichst* du es mir? Dein Wort ist mir Wort genug.«

»Ja. Natürlich.« Julius kreuzte die Finger.

Lütgens blickte sich um, sicherstellend, dass die Kirche menschenleer war. Dann stand er auf und verriegelte den Eingang.

»Du kennst vielleicht die Kirche St. Johannes der Täufer in Adenau?«

»Leider nicht, Hochwürden.«

»Du solltest sie dir unbedingt einmal anschauen. Im Hauptchor findet sich der Hochaltar aus Resten eines Altarschreines vom Anfang des 16. Jahrhunderts. Faszinierend ist auch der romanische Taufstein aus Basalt.«

»Ich werde es mir anschauen.«

Lütgens fuhr im Schneckentempo fort. »Dieses Gotteshaus war ursprünglich Eigenkirche der Grafen von Are-Nürburg. Durch eine Schenkung im 13. Jahrhundert erhielten die Ordensbrüder des Johanniterordens das Patronatsrecht über sie.«

»Hochwürden, Sie wissen, dass mich Geschichte fasziniert, ich bin froh über jede Ihrer Anmerkungen, aber könnten Sie zum interessanten Punkt kommen?«

»Ich finde sie alle *interessant*. Aber ich weiß, was du meinst. Ein Großteil der Kirche, um genau zu sein das ehemalige Langhaus, wurde im Zweiten Weltkrieg, ziemlich zum Ende hin im Jahr 1945, durch einen Bombenangriff zerstört.« Lütgens stand wieder auf. »Kirchen müssen in ihrem Leben viel ertragen.« Er ging zu einem der südlichen Arkadenbögen. »Sieh zum Beispiel hier, die beiden Fresken. Sie sind kaum noch zu erkennen. Auf einer siehst du den Gekreuzigten, auf der anderen den Weltenrichter in rotem Mantel, die Rechte zum Segnen erhoben. Nur die große Wunde an der Brust ist noch deutlich zu erkennen. Mehr nicht. Ich würde mir so wünschen, sie einmal in ihrer alten Pracht sehen zu können. Es wird mir nicht vergönnt sein. Es wird niemandem vergönnt sein.«

Julius hätte Lütgens am liebsten angeschoben.

»Ich werde nun zu dem kommen, was dich *interessieren* wird, Julius Eichendorff. Aber du musst es, wie ich schon sagte, für dich behalten, und dafür habe ich dein Ehrenwort.« Lütgens schluckte. »Selbst in der katholischen Kirche wissen es nicht viele. In ein paar Jahren wird es einer weniger sein.« Er lächelte und setzte sich wieder in die Bank neben Julius.

»In der Adenauer Pfarrkirche befand sich etwas von großem Wert. Von *sehr* großem Wert. Bis zum Bombenangriff. Danach wurde es von vielen Helfern gesucht, welche die Trümmer Stein für Stein umdrehten, doch es blieb verschwunden. Nun wirst du dich bestimmt fragen, warum die Kirche diesen Verlust verschwiegen hat.«

Das war nur eine der Fragen, die Julius in diesem Moment hatte.

»Einige unserer älteren Priester, die Erfahrung mit Kirchendiebstählen hatten, sagten, der Gegenstand würde eher wieder auftauchen, wenn er nicht offiziell vermisst würde. Wenn die Ware also nicht ›heiß‹, so sagt man, glaube ich, sei. Die Kirche hat ihre Experten, die nach gestohlenen Stücken suchen. Rom wurde informiert und ließ die internationalen Kunstmärkte durchforsten, als sich diese nach dem Krieg wieder konstituiert hatten. Sie fanden nichts. Den Leuten vor Ort wurde erzählt, die Monstranz sei beim Angriff vollständig zerstört worden, was allerdings unwahrscheinlich ist bei einem Stück dieser Größe. Die Leute haben es geglaubt, weil sie es glauben wollten. *Ich* denke, wir hätten die Polizei informieren sollen. Was hätte es uns geschadet, wenn wir sie um Stillschweigen gebeten hätten? Aber ich war damals, wie auch heute, nur ein unbedeutendes Rädchen.«

Er untertrieb, wie Julius wusste. Lütgens kannte viele Menschen. Er wusste Bescheid. Das war die Macht, die der alte Priester anwendete, wenn es im Interesse seiner Gemeinde war.

»Ich muss deinen Scharfsinn loben, Julius, und deine Weitsicht, zu mir zu kommen. Obwohl die verstorbene Inge Bäder dir auch darüber hätte erzählen können. Sie wurde von unserer Gemeinde damals unerlaubt eingeschaltet. Offenbar ist sie fündig geworden.«

»Hat sie Ihnen davon erzählt, Hochwürden?«

»Nein. Sie war keine gute Kirchgängerin, Julius, und nicht fest im Glauben. Wir haben sie damals nur eingeweiht, weil sie bereits vor dem Krieg mit Antiquitäten gehandelt hatte, im Geschäft ihres Vaters. Es scheint ihr nicht zum Guten gereicht zu haben, dass sie die Kirche nicht informiert hat. Vielleicht würde sie sonst noch leben. Nur eine Vermutung.«

Damit lag er bestimmt sehr nah an der Wahrheit, dachte Julius.

»Bist du schon einmal in der Schatzkammer des Kölner Doms gewesen?«, fragte Lütgens unvermittelt und erntete ein Kopfschütteln. »Das habe ich mir gedacht. Du musst mehr herauskommen aus deiner Küche, Julius. Da draußen gibt es auch noch eine Welt.«

In der gemordet und betrogen wurde. Julius sagte nichts.

»Nimm dir mal die Zeit, dorthin zu gehen, und schau dir die Dommonstranz an. Sie ist eines der bedeutendsten Werke spätgotischer Goldschmiedekunst aus Köln, eine der seltenen Scheibenmonstranzen der Gotik, bei denen die Hostie in der großen runden Öffnung zur Schau gestellt wurde.« Lütgens geriet ins Schwärmen, die alten, grauen Augen bekamen wieder Licht. »Der Schaubehälter wird von einem hohen Ständer getragen und ist in einen reich gegliederten, filigranen Aufbau aus gotischen Architekturformen eingebettet. Im Baldachin der bekrönenden Turmgruppe steht eine kleine Madonnenstatuette, begleitet von musizierenden Engeln.«

»Klingt wunderschön, Hochwürden.«

»Ist es auch, ist es auch. Und imposant. Sie misst, so meine ich mich zu erinnern, fast neunzig Zentimeter. Leider ist sie nicht mehr komplett. Früher war die Turmspitze wohl mit einem Kreuz versehen. An den Seiten muss es zudem noch Pfeiler gegeben haben, welche die Monstranz breiter wirken ließen. Wie ich dir eben schon sagte, die Zeit geht auch mit den Häusern und Werken Gottes nicht zimperlich um. Auf Erden ist alles vergänglich.«

Auf was wollte Lütgens hinaus? Und was hatte diese Monstranz mit der Kirche in Adenau zu tun?

»Du wirst dich nun bestimmt fragen, was diese Monstranz mit der Kirche in Adenau zu tun hat. Gar nichts, kann ich dir sagen. Aber sie hat etwas mit dem zu tun, was von dort entwendet wurde.«

Jetzt kam er endlich zum Punkt! Wie konnte Gott nur solche Qualen zulassen? Hatte er niemals zugehört, wenn Lütgens predigte? Und dabei auf seine himmlische Armbanduhr geschaut?

»Es gab zwei solcher Monstranzen.« Lütgens schluckte deutlich hörbar. Julius sah, wie er die Fäuste ballte, dass die Knöchel hervortraten. »Die kleine Kirche in Adenau war im Besitz des gleichen Stückes.«

VII

»Ich trage einen großen Namen«

Julius hätte das Gefühl nicht beschreiben können, das ihn in diesem Moment durchfuhr. Aber hatte er sich eben noch wie vor dem entscheidenden Elfmeter gefühlt, so waren nun einige Sekunden vergangen.

Der Ball befand sich im Tor.

Lütgens fuhr fort. »Es gab zwei dieser Monstranzen. Mit dem Unterschied, dass die Adenauer komplett war.«

»Was ist sie wert, Hochwürden?«

»Mit Geld ist das nicht zu beziffern. Aber es wird sehr, sehr viel sein. Wer immer sie damals an sich genommen hat, besitzt einen wahren Schatz. Aber er hat ihn der Kirche gestohlen, deshalb kann es kein gutes Ende nehmen. Und wenn es tatsächlich dieser Herr Grad gewesen sein sollte, dann mag ihn das Schicksal bestraft haben. Jetzt steht er vor seinem Richter.«

Julius' Glauben beinhaltete einen gütigen und vergebenden Gott, aber das war wohl neumodischer Kram. »Gab es noch andere Stücke, die weggekommen sind?«

»Nein, nicht zu dieser Zeit, und nichts Goldenes. In der Pützfelder Marienkapelle sind mal dreizehn Holzfiguren entwendet worden, aber das geschah viel später.« Lütgens strich versonnen über ein Gotteslob. »Ich glaube, Julius, du hast den Inhalt des Tresors gefunden. Zumindest dem Namen nach.«

Das war mehr, als er sich erhofft hatte.

Wieder an der frischen Luft griff Julius nach seinem Handy. Er durfte das soeben Erfahrene nicht der Polizei erzählen. Aber es war genau das, was er tun *musste*. Anna von Reuschenberg war sofort am Apparat. Er bat sie, mit Lütgens zu reden, ihm zu erklären, dass der Mörder noch einmal zuschlagen könnte, wenn er schwieg. Er legte ihr nahe, dick aufzutragen, zu behaupten, dass sie absolut nichts in der Hand hätte. Er sagte ihr nichts von der Monstranz.

Versprochen war versprochen.

Lütgens würde nicht lange standhalten können, das wusste Julius. Nicht bei einer so charmanten Frau. Und nicht, wenn sie ein so schlagkräftiges Argument in der Hand hätte. Das Versprechen, dass Lütgens

»es« sehen würde – was auch immer es war, um das es hier ging. Anna hatte sich erst nach Protesten zu diesem Deal mit vielen Unbekannten bereit erklärt.

Zu Hause fischte Julius die Post ohne hinzuschauen aus dem Briefkasten. Erst drinnen bemerkte er, dass mit dem »Culinary Chronicle« seine jährliche Lieblingspost eingetroffen war. Er konnte sich nicht darüber freuen. Auch die Rhein-Ahr-Rundschau betrachtete er nur flüchtig, nichts konnte seine Aufmerksamkeit längere Zeit binden. Weder die Schlagzeile »Eiszeit im Ahrtal«, der Bericht über die Bildhauerin, die vor kurzem eine Büste von ihm gefertigt hatte, auf der er wie ein griechischer Philosoph aussah, noch die Meldung, dass die Polizei bekannt gab, die erste Mordwaffe sei eine antike Pistole gewesen. Als Quelle war die Frau genannt, auf deren Anruf er nun wartete. Wahrscheinlich wollte sie dem Mörder zeigen, dass sie ihm auf der Spur war. Oder besser: es ihm vorgaukeln.

Das Handy blieb stumm.

Herr Bimmel kam an und setzte sich auf die Zeitung. Eindringlingen jedweder Art, ob mit vier Beinen oder Druckerfarbe, musste erst einmal gezeigt werden, wer im Haus die Krallen anhatte.

War Lütgens vielleicht doch hartherziger als gedacht?

Julius nahm den »Culinary Chronicle« in die Hand.

Das Handy klingelte.

Wie Julius erst jetzt bemerkte, hatte er es auf die Zeitung gelegt, auf die sich wiederum Herr Bimmel gesetzt hatte. Der Kater sprang maunzend auf. Ihm war nicht geheuer, was sich da gerade unter seinem Hinterteil getan hatte.

»Von Reuschenberg«, meldete sich Julius, um seinen Irrtum sofort festzustellen. »Blödsinn, Eichendorff.«

»Von Reuschenberg ist natürlich überhaupt kein Blödsinn, sondern ein ausgenommen schöner deutscher Name«, sagte eine gut gelaunte Stimme. Sie klingt fröhlich, dachte Julius. Die Predigt musste gut gewesen sein.

»Und?«

»Das ist ja der *Wahnsinn*!«

»Nicht wahr?«

»Ich hab sofort Interpol kontaktieren lassen, die sollen sich auf den internationalen Kunstmärkten umtun.«

»Dein erster Anruf hat also nicht mir gegolten«, sagte Julius gespielt vorwurfsvoll. Wie ungezwungen sie miteinander bereits umgingen. Wie einfach es ging.

»Wie bist du nur darauf gekommen?«

Er erzählte es und erntete Applaus.

»Jetzt müsst ihr rausfinden, ob Grad zu dem Zeitpunkt des Bombenangriffs in Adenau war«, sagte Julius.

»Da sind wir natürlich schon dran. Hoffentlich war er es! Die Spur ist einfach zu schön, um *nicht* wahr zu sein. Was denkst du noch darüber? Dein Gehirn hatte ja ein wenig Vorsprung, um nachzusinnen.«

»Eine andere denkbare Variante ist, dass Grad die Monstranz gar nicht selbst gestohlen hat, sondern jemand anders, der ihn dann bat, sie sicher aufzubewahren. Wir müssen also überprüfen, ob sich einer der Verdächtigen zum fraglichen Zeitpunkt in Adenau aufgehalten hat.«

»Macht Sinn.«

»Und, hast du deine Zeit auch sinnvoll genutzt und irgendwas rausgefunden?« Diese Frage fiel zweifellos in die Sparte Necken, dachte Julius. Das machte Spaß.

»Nein. Mir ist nur aufgefallen, dass ich vergessen habe, dir was zu erzählen. Ist im Stress untergegangen. Wir haben mittlerweile die Wohnung von Grads Tochter in Remagen untersucht. Was wir dort gefunden haben, hat uns nicht sehr aufgemuntert.«

»Sie ist doch nicht etwa …«

»Nein.« Anna unterbrach ihn. »Zumindest nicht in ihrer Wohnung. Dort deutet alles auf eine plötzliche Abreise hin. Eine *sehr* plötzliche. Wir haben verschimmelte Essensreste gefunden. Und ich rede hier nicht von ein paar alten Brötchen im Mülleimer. Ich rede von einer halb gegessenen Thunfischpizza auf dem Wohnzimmertisch, einem leeren Glas mit Kölschrückständen und einem Nachtisch, den ich aus meinem Gedächtnis streichen möchte. Die Rollläden waren nicht runtergelassen, zwei Fenster standen auf kipp, der Fernseher war nicht ausgesteckt. Noch nicht einmal die Wohnungstür war ordentlich abgeschlossen.«

»Ein sehr plötzlicher Aufbruch.«

»Der nach allem, was wir wissen, nicht zu ihr passt. Sie war sehr ordentlich, eine Frau, die alles genau plante. Das ist überhaupt nicht ihre Art.«

»Vermutlich auch nicht, unerreichbar zu sein.«

»Erfasst.«

Julius sagte nicht, dass er eine Idee hatte, wie er selbst ein adäquates Persönlichkeitsprofil von Barbara Grad erstellen konnte.

Und er erzählte leider auch nicht, dass er dies bereits am morgigen Tag machen wollte.

Julius ging die wenigen Schritte vom Haus zum Restaurant durch frisch gefallenen Schnee, der locker wie Zuckerwatte alles unter sich verbarg. Als er die Vordertür der »Alten Eiche« öffnete, fühlte Julius den Drang, sich umzudrehen. Seine Augen fixierten wie von allein ein Fenster auf der gegenüberliegenden Straßenseite, in dem die Vorhänge gerade zugezogen wurden.

Er wusste, wer dort lebte und dass ihr liebstes Hobby das Beobachten der Straße war.

Das war praktisch. Sie würde es bemerken, falls Einbrecher sein Restaurant ausräumten. Frau Schilling war die unbezahlte Wachmannschaft der vier gegenüberliegenden Häuser.

Manchmal ging sie Julius allerdings verdammt auf den Wecker.

Ach, was soll's. Rein in die gute Stube. Das Restaurant hatte den künstlichen Geruch erst kürzlich gereinigter Räume. Ohne die Menschen, die sonst überall herumwuselten, wirkten die Räume beängstigend leer, als hätte ein großes Unglück stattgefunden und alles Leben innerhalb der »Alten Eiche« ausgelöscht.

Julius schaltete das Licht an.

Der Kronleuchter erstrahlte, die Lampen an den Wänden setzten harmonische Lichtpunkte.

Das war besser.

Jetzt wirkte alles friedlich.

Angenehm friedlich.

So konnte es bleiben.

Julius saß erst kurz in seinem kleinen Büro, Bestellformulare und Bestandslisten durchgehend, als es klingelte.

Es war nicht der Mann, der seit kurzem FX hieß.

Leider nicht.

»Hallo, Julius! Wir haben gesehen, dass Licht an war, und dachten, wir schneien mal eben rein«, sagte Anke im Hereinkommen, ihre Eltern im Schlepptau. Jupp und Traudchen. Die hatte Julius ja auch schon lange nicht mehr gesehen.

»Was für ein *Glück*. Ich bin erst vor ein paar Minuten zur Tür rein.«

»Zufälle gibt's«, sagte Anke und lächelte.

Julius dachte an zurückschwingende Gardinen bei Frau Schilling.

Auch Jupp und Traudchen begrüßten ihn nun. Allerdings weniger herzlich als gewohnt, sie hatten den Blick von getriebenem Vieh. Unsicher setzten sie sich auf die gepolsterten Stühle.

»Genau, macht es euch bequem«, sagte Anke. »Wollt ihr etwas trinken?« Jupp und Traudchen antworteten nicht, starrten nur störrisch vor sich hin. »Hast du vielleicht einen Kaffee für uns?«

Julius kochte Kaffee und holte alles Nötige aus der Küche, stellte drei Tassen mittig vor seine Gäste und befüllte sie exakt mit derselben Menge, ohne auch nur einen Tropfen zu verschlabbern.

Was sollte das Ganze, fragte er sich.

»Was macht das Kind?«, fragte er Anke.

»Will langsam raus. Und freut sich auf einen schönen Namen.«

Daher wehte der Wind.

Anke trank mit sichtbarem Genuss ihren Kaffee. »Du wolltest ja eigentlich schon mit meinen Eltern gesprochen haben. Aber du hattest wohl noch nicht die Zeit dafür. Gut, dass wir zufällig vorbeikamen.«

»Jetzt hör bloß auf«, schnaubte Jupp. »Von wegen zufällig. Du hast uns hierher geschleift, das kann der Julius ruhig wissen.«

»Ich weiß nicht, was das soll, Anke, wirklich nicht. Der Julius hat bestimmt anderes zu tun«, sagte Traudchen. Die Gute dachte immer zuerst an andere. Julius schob Zucker und Milch zu ihr herüber. »Gerade wo er doch heute Namenstag hat. Herzlichen Glückwunsch, Julius.« Sie stand auf und reichte ihm die Hand, Jupp folgte.

Sein Namenstag! Den hatte er völlig vergessen. Auch Anke schien überrascht.

»Ich wusste gar nicht, dass es den heiligen Julius gibt.«

Er musste dieser Diskussion einen Riegel vorschieben, ehe ein Unglück geschah. »Hat es auch nie gegeben. Deshalb haben mir meine Eltern einen zweiten Vornamen beschert, damit ich nicht ohne Schutzheiligen leben muss. Und bevor du fragst, ich möchte nicht darüber reden, und ich wäre euch beiden dankbar, wenn ihr ihn ebenfalls für euch behalten würdet.«

»Es ist so ein schöner Name«, sagte Traudchen.

»Stell dich nicht so an«, meinte Jupp.

»Lasst den armen Kerl doch. Er ist schon ganz blass«, warf Anke ein.

Julius nickte ihr dankend zu. »Reden wir doch lieber über den Namen für dein Töchterchen.« Hoffentlich konnte er den Gegner verwirren …

»Woher willst du wissen, dass es ein Mädchen wird?«, fragte Anke und blickte verwirrt von ihrem Kaffee auf. Ihre Eltern hatten die vor ihnen stehenden Tassen noch nicht angerührt.

»War nur so eine Vermutung.«

Anke schien entrüstet. »Niemand weiß, was es wird. Außer dem Arzt, und der hat es keinem erzählt. Noch nicht einmal uns. Das wollten wir so.«

»Dabei könnte man schon so viel vorbereiten, wenn man es wüsste«, schaltete sich Jupp ein. Er wirkte nervös. Erst jetzt fiel Julius auf, dass der Schlot von Gimmigen nicht rauchte. Schließlich war eine werdende Mutter im Raum. Kein Wunder, dass er mies gelaunt war.

Auf diese Diskussion hatte nun Anke ihrerseits keine Lust. Sie kam zum Kern der Sache. »Julius möchte euch etwas sagen.«

In der folgenden Stille war nur Jupp zu hören, der sich nun doch entschlossen hatte, seinen Kaffee zu schlürfen. Mit »Hast du vielleicht auch etwas Gebäck?« beendete er das Schweigen.

»Nun lass den Julius doch erst mal was sagen«, verlangte Traudchen.

Julius sah zu Anke. Ihr Blick war unmissverständlich. Ein Rückzug konnte blutig werden.

»Also gut ...«

Die Eingangstür wurde laut aufgerissen, und fröhlich pfeifend kam FX in den Raum. »Grüß Gott, die Herrschaften!«

»Hallo, Franz-Xaver«, sagte Anke, die ihn schon längere Zeit kannte.

»Des heißt ab jetzt FX, bittschön, man muss mit der Zeit gehen.«

Julius genoss diesen Augenblick verdutzter Gesichter. So was bekam man nicht alle Tage zu sehen. Auch FX musste es bemerkt haben. »Gesprochen *Effix*. Ganz schnell zusammen. Ich hol mir auch einen Kaffee, wenn's genehm ist.«

Anke schüttelte verständnislos den Kopf. »Können wir jetzt bitte wieder zum Thema kommen?«

Kurz und schmerzlos, dachte Julius. Und los. »Was immer Anke für das Richtige hält, es ist ihr Kind und ihre Verantwortung. Sie fühlt sich da wohl ein wenig von der Familie unter Druck gesetzt.«

Jetzt verstand er, warum es hieß, Lawinenabgänge könne man nicht vorhersagen.

Es wurde laut.

»Wer setzt sie denn unter Druck?«, fragte Traudchen beleidigt.

»Die spinnt doch«, meinte Jupp. »Kann doch machen, was sie will. Geht uns doch nichts an. Soll sie doch in ihr Unglück rennen mit Marcel-Ernesto und Theda-Henriette. Von *mir* aus!«

»Die Namen sind schon längst out«, warf Anke ein und hatte die gesamte Aufmerksamkeit für sich. »Das Kind heißt entweder Keanu oder Winona.«

»Was?«, fragte der Jupp-Traudchen-Julius-Chor.

»Das sind die Namen meiner beiden Lieblingsschauspieler.«

»Also amerikanische Namen find ich net passend. Des ist albern«, sagte FX und setzte sich, den Kaffee umrührend, dazu.

»Junger Mann, halten Sie sich da mal raus. Mit jemandem, der sich *FX* nennt, diskutiere ich doch überhaupt nicht«, raunzte Jupp.

»Ich darf doch sehr bitten! Ich wollt nur a bisserl helfen.«

»Felix wäre ein schöner Name«, sagte Julius, dem nun alles egal war. Sie wollten seine Meinung, da hatten sie sie. »Oder Jule, wenn es ein Mädchen wird.«

Es klingelte an der Tür.

»Das ist jetzt nicht dein Ernst, oder?«, wollte Anke wissen.

»Ja, *das* sind schöne Namen«, befand Traudchen. »Aber Julia wäre noch schöner.«

»Damit könnte ich leben«, sagte Jupp.

Es klingelte wieder.

»Also, Julia heißt doch jedes dritte Hascherl. Aber meine Meinung will ja eh keiner net hören, dankschön auch.«

Es klingelte noch einmal.

»Könnte der Herr Maître d'hôtel vielleicht mal die Tür aufmachen, anstatt hier Festreden zu halten?«

FX ging und kam mit Volker Vollrad wieder.

Der hatte Julius gerade noch gefehlt.

»Ich wollte nur kurz die Rechnung bezahlen. Ich dachte, ich mach's lieber persönlich.«

»Ist es Ihnen jetzt doch zu teuer?«, fragte Julius, der preislich ordentlich zugelangt hatte.

Anke, Traudchen, Jupp und FX schauten sich derweil missmutig an.

»Nein, ich dachte nur, das wäre netter. Wir wollen ja auch in Zukunft zusammenarbeiten.«

Wollen wir das?, fragte sich Julius.

»Wenn's gerade unpassend ist, kann ich auch gern ein andermal wiederkommen«, sagte Vollrad nach einem Blick in die Runde.

»Sie kommen gerade gelegen. Wir ... feiern meinen Namenstag.«

»So ein Zufall. Heute ist doch ...«

»*Sagen* Sie's nicht!«

»Wieso?«

»Er ist mit seinem zweiten Vornamen a bisserl komisch«, sagte FX.

»Ach was?«

»Lassen Sie uns vielleicht lieber schnell das Geschäftliche regeln.«

»An dem Namen ist doch nichts falsch. Bei mir ist es Isidor, keine Ahnung, was sich meine Eltern dabei gedacht haben. Rolf Sonner heißt mit zweitem Namen übrigens Fürchtegott. *Das* ist ein Problem.«

»Ein falscher Name kann die Kindheit kompliziert machen«, sagte Anke.

»Da gebe ich dir völlig Recht«, kam es von ihrer Mutter.

»Kinder können grausam sein«, wusste Jupp beizusteuern.

»Von wegen Kinder an die Macht!«, schnaubte FX.

Alle waren sich einig, dass Kinder ihre negativen Seiten hatten. Trotzdem freuten sich alle auf den Burbachschen Nachwuchs – wie immer er heißen mochte.

»Bei Ihnen ist es wohl bald so weit?«, fragte Vollrad.

»Ist das so deutlich?«

Erstaunlich, was Frauen fragten, wenn sie im neunten Monat waren und aussahen, als hätten sie einen Medizinball verschluckt. Julius konnte es nicht fassen.

»Und an welchem Datum wird Ihr Kind seinen Namenstag feiern können?«

»Am ...« Anke fiel nichts ein. Julius konnte es in ihrem Gesicht lesen. Daran hatte sie nicht gedacht. Jetzt musste noch ein zweiter Vorname her.

Doppelter Ärger.

Julius gab Vollrad ein Zeichen und entschuldigte sich. Dringende Angelegenheiten.

Vorher wandte er sich aber noch einmal an die versammelte Landplage.

»Traudchen und Jupp, ich weiß nicht, was ihr beide habt. Da zieht ihr eine Tochter groß, die famos auf sich selbst aufpassen kann. Die einen netten Mann gefunden hat und eine tolle Arbeitsstelle, zu der sie sogar nach der Schwangerschaft wieder zurückkehren kann. Sie hat ihr Leben fest im Griff. Das habt ihr zwei *gut* gemacht. Ihr seid gute Eltern. Wieso glaubt ihr nicht, dass ihr das an eure Tochter weitergegeben habt? Wieso schenkt ihr Anke jetzt nicht das Vertrauen, das sie verdient hat? Hat sie euch jemals enttäuscht? Sie wird schon die richtige Entscheidung treffen.«

Hoffentlich hieß diese nicht Keanu oder Winona.

Aber es gab Wichtigeres als den Namen des Kindes.

Den Namen des Mörders zum Beispiel.

Die Küche brummte an diesem Abend wie ein gut geölter VW-Käfer, alles wurde rechtzeitig fertig und ging optisch einwandfrei raus. Die Gäste schienen zufrieden – die Geräuschkulisse stimmte. Das molekulargastronomische Menü war nun schon ein paar Tage auf der Karte, und die kleinen Anfangsprobleme waren gänzlich verschwunden.

Der Abend tat Julius gut.

FX lieferte regelmäßig einen Lagebericht von Tisch 7. Julius wartete bis zum Käseteller, ehe er sich dazugesellte. Ein kontrollierender Blick verriet ihm, dass die Servicekraft am Käsewagen alles richtig gemacht hatte. Die schmackhaften Milcherzeugnisse lagen im Uhrzeigersinn, von der Geschmacksintensität her ansteigend, auf dem Teller. Neben jedem Käse ein kleiner Löffel mit passender Marmelade, Chutney oder Pesto. So hatte er es einmal in Norditalien gesehen und die Idee sofort importiert.

»Guten Abend, Herr Wuse-Daun, schön, dass Sie es einrichten konnten! Und da ist ja auch Ihr neuer Star-Magier. Freut mich, Sie mal persönlich kennen zu lernen, ich bin ein großer Fan.«

Eine Lüge. Julius hatte noch keinen Auftritt des jungen blonden Mannes gesehen, der seit November eine Show im großen Freizeitpark südlich Kölns, dem »Traumreich«, hatte, das Wuse-Daun leitete. Er hatte nur von ihm gehört. Das aber hatte gereicht, um kurz nach dem ersten Mord eine Einladung auszusprechen. Wenn er wissen wollte, wie man durch Türen ging, hatte Julius sich gedacht, musste er mit jemandem sprechen, der es konnte.

Wuse-Daun stand auf und reichte Julius die Hand. »Wie könnte ich eine Einladung von Ihnen nicht annehmen? Viel zu selten komme ich in den Genuss solcher Köstlichkeiten! Die Zeit frisst einen auf. Von Kopf bis Fuß.«

Da hatte sie an Wuse-Daun viel zu fressen, dachte Julius. An dem Mann neben ihm allerdings kaum.

»Hat es Ihnen auch geschmeckt, Herr Magus?«, fragte Julius.

»Ja. Sehr. Danke.«

Es wirkte wenig überzeugend. Magus war Mitte zwanzig, schätzte Julius, und legte mehr Wert auf sein Äußeres, als gut war. Julius konnte die Schminke sehen. Simon Magus schien zu merken, dass seine Antwort nicht begeistert genug geklungen hatte.

»Ich hab keine Erfahrung mit so was. Essen ist mir auch nicht so wichtig. Nehmen Sie's mir nicht übel, Meister, aber bei Burger King ess ich genauso gern – und es dauert nicht so lange.«

Was für ein sympathischer junger Kerl.
Jetzt lächelte er arrogant.
Julius hätte ihn am liebsten auf kleiner Flamme geröstet und zwischen zwei pappige, geschmacklose Weißbrothälften gesteckt. Zuckriger Ketchup und dehydrierte Gurkenscheibe inklusive.
Aber er war freundlich.
»Jeder Jeck ist anders«, sagte Julius nur. »Wie läuft Ihre Show?«
»Sie läuft hervorragend«, sagte Wuse-Daun. »Fast jeden Tag ausgebucht. Er hat sogar einen Fanclub.«
Magus schob den Käseteller von sich, als handele es sich um madendurchsetztes Hundefutter. »Viel zu viel Fett. Kann *ich* mir nicht erlauben«, kommentierte er das Sakrileg.
Ein richtiges Herzchen.
Ob alle Illusionisten so waren? Auf der Bühne wirkten sie immer ungeheuer sympathisch. Wohl auch nur eine Illusion.
»Was steckt eigentlich hinter Ihren Tricks?«
Magus lachte laut auf. »Das werde ich Ihnen gerade erzählen. Die sind mein Kapital, verstehen Sie, davon lebe ich, und dafür habe ich bezahlt.«
»Nun stellen Sie sich mal nicht so an, der Herr Eichendorff wird sie schon nicht weiterverraten«, sagte Wuse-Daun.
»Natürlich nicht, er erzählt es nur seinen besten Freunden, und die erzählen es dann ihren und so weiter. Das ist nicht persönlich gemeint, aber Verschwiegenheit ist das oberste Illusionistengebot.«
»Ich verstehe das«, sagte Julius. »Ich verrate meine Rezepte auch nicht jedem. Aber bei Ihnen würde ich eine Ausnahme machen.«
»Tut mir Leid.«
Dann eben von der anderen Seite.
»Haben Sie von den Morden hier im Tal gehört?«
»Wollen Sie mir jetzt drohen, oder was?«
»Also, Herr Magus, bitte!«, sagte Wuse-Daun und nahm sich den weggeschobenen Käseteller.
»Warum sollte ich Ihnen drohen?«, fragte Julius. »Ich erwähne das aus einem ganz anderen Grund. Haben Sie nicht mitbekommen, dass der Mörder zweimal aus einem *von innen* verschlossenen Raum entkommen ist?«
»Und jetzt meinen Sie, *ich* wär's gewesen. Na wunderbar. Vielen Dank fürs Essen, Meister!«
Julius hatte Wuse-Dauns Hand nicht kommen sehen, aber nun lag

sie auf Magus' Arm und drückte ihn herunter. »Wenn Sie sich nicht *sofort* wieder Ihrer Manieren erinnern, haben Sie die längste Zeit eine gut bezahlte Show in meinem Park gehabt. Ich lasse mich von Ihnen nicht vor einem so renommierten Koch wie Herrn Eichendorff blamieren! Die chinesischen Artisten warten nur darauf, wieder zurückkommen zu dürfen.«

Simon Magus schaute Wuse-Daun böse an. Dann schob er dessen Hand vorsichtig beiseite. »Ich habe wohl etwas überreagiert, sorry. Aber ich kenne Herrn Eichendorff ja nicht.«

»Ich wollte nur Ihre fachmännische Meinung hören. Gibt es Tricks, mit denen man rauskommen könnte?«

»Die Fenster waren verschlossen?«

»Ja.«

»Geheimgänge oder Falltüren?«

»Nein.«

»Dann gibt es keine Möglichkeit.«

»Ich habe mal diese Sendung mit David Copperfield gesehen, da ist er durch die Chinesische Mauer gegangen«, sagte Wuse-Daun.

Magus schien kurz zu überlegen, bevor er weiterredete. »In Wirklichkeit ist er *über* sie gegangen. Obwohl jeder aus seiner Hundertschaft von Mitarbeitern nur ein Bruchstück der Nummer kannte, ist rausgekommen, dass er sich in einem der Gerüste versteckte und über die Mauer spaziert ist. Im Endeffekt besteht der Trick nur aus ein wenig Projektion und einem Helfer, der Copperfield darstellt. Als er die Freiheitsstatue verschwinden ließ, drehte sich in Wahrheit nur die Zuschauertribüne. Das war der ganze Trick. Natürlich ist da immer noch viel drumherum.«

Julius nickte matt.

»Haben Sie wirklich geglaubt, der geht da *in echt* durch?«

»Nein«, sagte Julius. Und doch, er hatte es gehofft.

»Ich hab mich schon mit Feuerspeeren durchbohren lassen, bin einer riesigen Kreissäge entkommen, in Luft auflösen ist eine meiner Spezialitäten – alles Großillusionen.«

»Was gibt's denn noch außer Großillusionen?«

»Ach, eine Menge. Manipulation, Mentalmagie, Kartenmagie, Mikromagie, Kinderzauberei, Kartenseilroutinen oder zum Beispiel das hier.«

Simon Magus holte eine Zigarette aus der Jacketttasche und zündete sie an. »Ich weiß, dass man hier nicht rauchen darf. Es wird schnell gehen.« In Magus' Hand tauchte ein leicht durchsichtiges Tuch auf. Er legte es auf die Hand, grub zwischen Daumen und Zeigefinger eine Mulde, packte die Zigarette in diese, zog die Hand weg und zeigte Julius das leere Tuch.

Applaus war zu hören.

»Dafür doch nicht«, sagte Magus.

»Und wie haben Sie das jetzt gemacht?«

Magus zog seinen Daumen lang und immer länger, bis er die Spitze in der Hand hielt. »Ist aus Plastik und innen metallverkleidet. Alles eine Frage der Geschwindigkeit und der Ablenkung. Der Zuschauer darf nicht drauf achten.« Er holte die Zigarette aus der Daumenspitze.

»Aber durch geschlossene Türen?«, hakte Julius noch einmal nach.

»Wir sind Spieler, Trickser, Betrüger. Wir können nicht durch geschlossene Türen gehen. Wir können es nur andere glauben machen. *Niemand* kann durch geschlossene Türen gehen. Es ist alles Illusion. Fragen Sie mich nicht, wie der Mörder das fertig gebracht hat. Von diesem Trick habe ich noch nie gehört. Erzählen Sie's mir, wenn Sie wissen, wie er's gemacht hat. Coole Illusionen kann ich nie genug haben.«

»Haben Sie eigentlich Kollegen im Ahrtal?«

»Nee, da gibt's keinen. Zumindest keinen, der so was zustande bringen könnte.«

Julius wollte sich schon abwenden, als ihm noch eine letzte Frage einfiel. »Spielen Sie Golf?«

»Erst seit kurzem. Wieso?«

Das war's. Die Hoffnung, von Magus etwas zu erfahren, das ihn dem Mörder näher brachte, war eine Illusion gewesen.

Eine Großillusion.

Am Morgen des nächsten Tages, einige Kilometer von Heppingen entfernt, fragte sich Julius, warum er weiche Knie hatte. Von der Kälte sollten sie eigentlich steifgefroren sein. Es mochte daran liegen, dass er in den nächsten Minuten einige unangenehme Fragen stellen wollte. Es konnte aber auch daran liegen, dass die Adressatin der Fragen Sandra Böckser hieß.

Sie öffnete ihm die Tür barfuß, in einem dünnen Morgenmantel. Die Wohnung war fast so aufgeheizt wie die Sauna in Vettelhoven. Allerdings roch es hier besser. Sandra Böckser hatte ein Vanilleparfüm aufgelegt.

Julius liebte Vanille.

»Kommen Sie herein! Ich war ganz überrascht, als Sie angerufen haben, aber für meine Fans habe ich immer Zeit.« Sie zwinkerte Julius zu, während sie ihn ins Wohnzimmer führte.

Der Raum war, wie auch schon die kleine Diele, geschmackvoll eingerichtet, stilsicherer, als Julius es von einer so jungen Frau erwartet hätte. Aber an einigen Wänden stachen Makel hervor. Bilder, von offensichtlich unbegabten Menschen gepinselt, vermutlich Familienangehörigen, die sie ihren Anverwandten schenkten. Dieser Kunstterrorismus zwang die Beschenkten, das wusste Julius aus eigener leidvoller Erfahrung, die Malereien aufzuhängen. Kontrollbesuche überprüften das standesgemäße Verhalten.

Sandra Böckser schien ein sehr höflicher Mensch zu sein.

Auch was die Gastfreundschaft anging. Sie brachte ihm direkt einen Glühwein, und er war gut, selbst gemacht.

»Ich hab Spaß am Kochen«, sagte sie strahlend. »Ich liebe es, in Töpfe zu gucken, wie sich alles verändert, das ist toll.«

Julius widersprach nicht.

»Aber Sie sind ja wegen was ganz anderem hier. Ich leg Ihnen mal was von meinem neuen Album ›Zeit für Gefühle‹ auf. Wir haben schon eine Probe-CD von den acht Liedern gebrannt, die ganz sicher draufkommen.«

Was dann aus den Boxen drang, war ohne Frage melodiös. Und Sandra Böckser traf auch stets den Ton. Aber es klang nach Plastik. Julius hasste solche Musik. Aber jetzt, mit dem Glühwein, mit der Vanille, mit dieser netten Gastgeberin, gab er sich wirklich alle Mühe, es gut zu finden. Zumindest das Handwerk zu bewundern.

Er trank noch einen Schluck.

»Sie haben eine phantastische Stimme. So viel Ausdruck!«

»Ja? Danke! Das höre ich oft. Aber ich kann es nicht oft genug hören!«

Sie schlug ihre langen Beine übereinander und strich den Morgenmantel über einen Oberschenkel, der unbedeckt geblieben war.

»Wie geht es Ihnen?«, fragte Julius »Ich meine, wegen des Todes Ihrer Tante.«

Sandra Böckser wurde ernst. »Es geht. Ich versuche, nicht daran zu denken. Sie hätte nicht gewollt, dass man um sie trauert. Wenn es zu Ende ist, hat sie immer gesagt, dann soll es so sein. Ich glaube fast, sie wollte sterben. Schon lange.«

Ein merkwürdiger Satz, wo sie doch keines natürlichen Todes gestorben war.

Julius fragte, ob er seinen Pullover ausziehen könne, da ihm heiß war. Er legte ihn ordentlich gefaltet neben sich auf die Couch. »Schlimm bei Todesfällen ist auch, was alles an Organisatorischem auf einen zukommt. Die Beerdigung, Anzeigen, das Erbe – überall gibt es Komplikationen.«

»Oh, das. Es ging alles problemlos. Das hat der Nachlassverwalter für mich geregelt. Selbst das mit dem Erbe ging viel schneller, als ich gedacht hatte.«

»Dann sind Sie jetzt wahrscheinlich eine gemachte Frau. Ich hoffe, Sie hören trotzdem nicht mit dem Singen auf.«

Sie schenkte ihm einen langsamen Augenaufschlag. »Nein. Natürlich nicht. Ich werd mir wohl eine schöne, große Wohnung mit Garten kaufen. Dann kann ich auch meine Katze wieder zu mir nehmen. Warten Sie, ich zeig Ihnen ein Foto. Sie ist eine ganz Süße.«

Und das war sie auch. Es war fraglos die schönste Katze, die Julius je gesehen hatte. Die alten Ägypter hätten sie angebetet. Scharwenzelte Herr Bimmel nicht zurzeit mit einer orangefarbenen Katze herum?

»Da fällt mir ein, Sie wohnen ja in Heppingen. Was für ein Zufall! Marlene, so heißt meine Süße, lebt gleich bei Ihnen um die Ecke, bei meiner Schwester. Zurzeit hat sie wohl einen Verehrer. Einen schnuckeligen, molligen Kater aus der Nachbarschaft. Zuerst hatte ich Marlene hier in der Wohnung, aber sie war das Rausgehen gewohnt und hat ganz schrecklich gemaunzt. Das ging nicht.«

Was hatte das jetzt zu bedeuten? Ein Scherz des Schicksals? Julius beschloss, später darüber nachzudenken. Wichtiger war, wie er wieder auf Inge Bäder zu sprechen kam. Eine kleine Lüge könnte den Trick vollbringen.

»Ihre Tante hat mir einige Kunstwerke für mein Restaurant besorgt. Ich weiß noch, wie sie erst nachschauen musste, auf welches Konto ich das Geld überweisen sollte, so viele hatte sie wohl.«

»Oh ja! Das ist wahr! Ich weiß nicht, wofür sie die alle gebraucht hat.«

»Wahrscheinlich hatte sie sogar ein Nummernkonto in der Schweiz.«

»Ach was! So was gibt's doch nur in Filmen.« Sie lachte.

Wo steckte das Geld, das Inge Bäder für den Verkauf der Monstranz bekommen hatte, dann? Hatte sie ihre Provision nie erhalten? Julius machte sich an die nächste Spur.

»Wie in Filmen ist im Tal zurzeit ja einiges. Wussten Sie, das Klaus

Grads Tochter immer noch verschwunden ist? Vielleicht kennen Sie sie ja, sie wohnt auch in Remagen.«

»Remagen ist nicht so klein, dass jeder jeden kennt.« Das war wohl nichts, dachte Julius. »Aber die Barbara kenne ich gut. Eine ganz Liebe. Trotz des Vaters.« Sie blickte in Richtung Boxen. »Das Lied ist mein liebstes, da hab ich zum ersten Mal selbst den Text geschrieben. Es heißt ›Sonntagmorgenkuss‹, hoffentlich koppeln wir das aus.« Sie stellte es lauter.

Julius hörte zu. »*Ich möchte nicht aufstehen / Wenn die Sonne aufgeht / Möchte nur geweckt werden / Immer wieder / Von dir / Mit deinem Sonntagmorgenkuss*«. Das war gar nicht so schlecht. Das sagte er dann auch.

»Danke. Sie sind wirklich nett. Ich freu mich total, dass Sie hier sind. Sie sind ja eine Berühmtheit im Tal.«

Julius wurde es noch heißer. Aber weiter ausziehen konnte er sich nicht.

»Ach was! Sie wird man bald in ganz Deutschland, Österreich und der Schweiz kennen. – Hat Barbara Grad das Lied schon gehört?«

»Leider nein. Nach der Sache zwischen Steve und ihrem blöden Vater, 'tschuldigung, aber das war er wirklich, war sie total verändert. So wütend hab ich sie noch nie erlebt, richtig rachsüchtig. Meinte, ihr Vater würde alles kontrollieren, immer schon, und ihr ganzes Leben versauen. Für den war die Aufgabe, Barbara großzuziehen, nachdem die Mutter so früh gestorben war, einfach zu schwer. Das hat er nicht hinbekommen. Und dann den Steve zu verprügeln. Da wollt sie ihm eins auswischen, das er nie vergisst. Das hat sie so erzählt.« Sandra Böckser wurde klar, was sie da gerade gesagt hatte. »Das soll nicht heißen, dass *sie* ihren Vater umgebracht hat. Dazu wär sie gar nicht fähig. Auf keinen Fall. Nicht die Barbara.«

»Wissen Sie denn, wo sie jetzt ist?«

»Nein. Ich hab ihr schon ein paarmal auf den Anrufbeantworter gequatscht, aber sie hat nicht zurückgerufen. Das sieht ihr überhaupt nicht ähnlich. Die Barbara ist eine ganz korrekte – halt eine Lehrerin.«

Es gab also doch Klischees, die stimmten.

»Darf ich Sie mal etwas … Merkwürdiges fragen?«

Sandra Böckser war verunsichert und stellte die Musik leiser. »Ich weiß nicht. *Wie* merkwürdig?«

»Sagen Sie es mir. Vielleicht, ach bestimmt erinnern Sie sich an den Abend, bevor Ihre Tante ermordet wurde.«

»Ja. Natürlich. Sie waren da ganz komisch drauf.«

»Es geht mir nicht mehr aus dem Kopf, was Sie mir damals erzählten. Ich sagte, ich hätte Sie im Bunker gesehen, und Sie erwiderten, das könnte gar nicht sein, Sie hätten *extra aufgepasst.*«

Einige Zeit war nur Sandra Silvas Lied »Wahrheit, Liebe, Hoffnung« zu hören.

»Das habe ich wirklich gesagt?«

Julius nickte.

Das Lied endete mit der Zeile »Alle Körnchen Wahrheit streue ich dir ins Auge«. Julius schmerzte es am Lid.

»Ja. Es ist wahr. Ich habe mich von der Gruppe abgesetzt.« Sie ließ den Morgenmantel etwas aufgleiten, den Blick auf ihr ebenmäßiges Bein freigebend. »Zusammen mit Stefan. Ich musste auf die Toilette, wusste aber nicht, wo die war, und er meinte, er könnte sich noch dran erinnern.«

»Ich glaube Ihnen das ja, aber ich weiß nicht, ob die Polizei es auch wird. Stefan Dopen hat sich bei der Führung ausdrücklich nach der Kapelle erkundigt, wann sie kontrolliert wird, wie man sie verschließt. Mit anderen Worten: Er hat sich nach dem Raum erkundigt, in dem Klaus Grad später ermordet wurde.«

Sandra Böckser wurde unruhig. »Sie meinen, das sieht schlecht aus.«

»Ja.«

»Haben Sie der Polizei gesagt …?«

Julius schüttelte den Kopf. »Ich wollte Ihnen die Chance geben, es selbst zu tun.«

»Wenn das publik wird. Das darf *niemals* rauskommen!« Es klingelte an der Tür. »Wer kann das sein? Ich erwarte niemanden.«

Der Moment war vorbei. Julius beschloss zu gehen. Sandra Böckser musste mit diesem Gedanken allein sein. Er hoffte, sie würde nach kurzer Zeit nicht anders können, als sich der Polizei anzuvertrauen. Sie war doch der ehrliche Typ, oder? Eine so charmante, begabte, schöne Frau …

Mit einem Handgriff nahm Julius den Pullover von der Couch, zog ihn sich über und ging in die Diele, wo seine dicke Jacke hing. Das Gespräch an der Tür war sehr laut.

»Sie kommen wirklich ungelegen.«

»Aber ich bin Ihr größter Fan. Wissen Sie, wie schwierig es war, Ihre Adresse rauszufinden? Lassen Sie mich doch rein! Bitte! Ich möchte nur ein paar Fotos schießen, damit mir meine Freunde auch glauben, dass ich *wirklich* hier war. Sie sehen toll aus im Morgenmantel! Haben Sie überhaupt was drunter an?«

Der schwere, nachlässig gekleidete Mann glotzte Sandra Böckser an. Sein Bauch lappte im weißen Hemd über die schlabberige Jeans.

Er streckte einen Arm aus, nach Sandra Böckser grapschend.

Sie versuchte, ihn herauszuschieben.

Der Mann hielt dagegen.

»Seien Sie doch nicht so! Sie erzählen immer, Ihre Fans seien Ihnen das Wichtigste.«

»*Bitte* gehen Sie jetzt!«

»Dann geben Sie mir wenigstens einen Kuss zum Abschied. Einen kleinen auf die Wange. Zieren Sie sich doch nicht so, ich bin doch Ihr größter Fan!«

Der Mann drückte Sandra Böckser gegen den Türrahmen.

Er schob sein Gesicht immer näher an ihres.

Sie schrie.

Julius rammte mit den Armen voran den Eindringling.

Aus seinem Gegenüber entwich Luft wie aus einem zerstochenen Autoreifen.

»Hast du nicht gehört, was Frau Böckser gesagt hat?«

Er schob den Mann gegen die Wand im Hausflur.

»Wenn du noch einmal ihre Privatsphäre störst, werde ich nicht mehr so zimperlich sein, Freundchen! Dann kriegst du's mit meiner schweren gusseisernen Pfanne, bis du nicht mehr weißt, ob du Mensch oder Huhn bist!« Julius wusste, dass solche Drohungen nur wirkten, wenn die Wut echt wahr. Sie war es. Er hätte den Koloss am liebsten wie ein großes Stück Rind durch den Fleischwolf gedreht. Jetzt begnügte er sich damit, ihn so stark wegzustoßen, dass der Mann fast hinfiel. Er rannte stolpernd hinaus. Und sagte kein Wort mehr.

»Davor hatte ich immer Angst.« Sandra Böckser zitterte.

Julius nahm sie in die Arme. »Der kommt nie wieder. Und Sie achten einfach darauf, dass Ihre neue Wohnung eine Gegensprechanlage hat.«

»Davor hatte ich immer schreckliche Angst!« Sandra Böckser schluckte mehrmals, aber begann nicht zu weinen. Sie hatte sich unter Kontrolle. Von diesem Mann wollte sie sich nicht zum Weinen bringen lassen. Sie sah Julius an, ihre Augen glänzten feucht.

»Vielen, vielen Dank, Herr Eichendorff. Ohne Sie hätte ich das nicht geschafft!«

»Aber natürlich. Sie hätten im richtigen Moment schon gewusst, wo dieser Idiot seine … schwache Stelle hat.«

Sie lachte wieder ein bisschen. »Das hätte ich wahrscheinlich.«

»Sehen Sie.«

Sandra Böckser schaute ihn eindringlich an. »Wissen Sie eigentlich, was für ein toller Mann Sie sind?«

»Ach was. Das hätte jeder getan.«

»Nein.«

Julius fühlte sich unwohl. Ob er rot geworden war? »Kann ich Sie jetzt allein lassen?«

»Ja. Klar. Ich krieg das schon hin. Danke.«

»Für Sie immer gern.« Julius wandte sich zur Tür.

»Wissen Sie was? *Sie* bekommen jetzt einen Kuss von mir. Als Dankeschön. Und zwar nicht auf die Wange, sondern auf den Mund.« Ihre Lippen näherten sich den seinen. »Das wollte ich schon lange machen.«

Sandra Böckser fuhr Julius mit beiden Händen durch die spärlichen Haare und küsste ihn lange.

Und es war kein sozialistischer Bruderkuss.

Im Hausflur erschien Anna von Reuschenberg.

Julius würde ihren Gesichtsausdruck nie vergessen.

VIII

»Im Namen des Gesetzes«

Julius hatte schlecht geschlafen. Der Ausdruck in Annas Gesicht, ihre Weigerung, sich Julius' Erklärung anzuhören, Sandra Böcksers Bemerkung, als Julius fast zur Tür hinaus war, sie möge große, bärige Männer, all das war zu viel emotionales Chaos. Vor allem, da Julius in dessen Bewältigung nicht mehr geübt war. Er zog sich an und stapfte hinaus auf die Straße, ließ sich vom eisigen Wind die Nase einfrieren und drehte eine Runde durch Heppingen, stetig fluchend, weil er immer noch keine molligen Ohrenschützer gekauft hatte.

Er sah etwas, das ihn auf andere Gedanken brachte.

Die Gedanken lauteten: Ist der Mann verrückt? Oder erfroren?

Aber würde er dann so rauchen wie ein kleiner, wohliger Kamin?

Der Mann, der diese Fragen aufwarf, war Professor Altschiff. Er saß in einem hölzernen Klappstuhl im Vorgarten und sog genüsslich an einer Pfeife.

Er winkte Julius zu. »Setzen Sie sich zu mir!«

Der Gedanke, bei dieser Kälte still zu sitzen, den Körper nicht mit Bewegungswärme zu versorgen, schien Julius mehr als abwegig.

Altschiff klappte einen zweiten Stuhl auf. »Stellen Sie sich nicht so an! Ein Mann wie ein ausgewachsenes Hochlandrind.«

Julius fügte sich in sein Schicksal und setzte sich auf den Stuhl. Ihm fiel auf, dass der Professor die Stühle genau im Windschatten postiert hatte, so dass es bedeutend weniger kalt als auf der Straße war.

»Auch eine Pfeife?«

»Nein«, sagte Julius, der mit seinen Lastern Speis und Trank bereits genug hatte.

»Dann wird Ihnen aber warm.«

»Geht schon«, sagte Julius und verschränkte die Arme vor der Brust, die Wärme festhaltend.

»Schön, so ein Après-Ski. Die kalte Luft ist so klar.« Altschiff nahm den Mund voll Rauch und blies ihn genüsslich wieder aus.

»Ich sehe aber keine Skispuren in Ihrem Garten ...«

»No sports, wie schon Churchill sagte. Man fährt doch sowieso nur wegen des Après-Ski in die Alpen. Den Weg erspar ich mir eben.«

»Sehr pragmatisch.«

»Ich hab mir übrigens Gedanken gemacht.«

»Das ist immer gut«, sagte Julius, der keine Ahnung hatte, worüber Altschiff nachgedacht hatte.

»Diese Morde«, sagte der Professor, »ist die Polizei wirklich so blöd?« Er blies einen perfekten Kringel in die gefrierende Luft.

Und noch einen.

»Ich glaube, die Polizei macht gute Arbeit«, sagte Julius.

»Ach ja? Und was haben die rausgefunden?«

Das konnte er ihm nicht sagen. Jetzt war er in der Defensive. »Das werden sie kaum verraten, um dem Mörder keine Anhaltspunkte zu geben.«

»Ach Quatsch! Die wissen nichts. So sieht's aus. Anhaltspunkte, phh! Das ist die beste Ausrede seit Erfindung des Polizeisprechers. Ein Freifahrschein für Unfähigkeit. Soll ich Ihnen sagen, was ich denke?«

»Immer raus damit«, sagte Julius, der nun seinen Kopf wie eine Schildkröte einzog, den Hals ins warme Jackeninnere einholend.

»Der Mörder ist eine Leseratte. Wer sonst sollte auf die Idee kommen, den Raum von innen verschlossen zu lassen? Wozu der Aufwand?«

Julius verstand nicht, was Altschiff ihm sagen wollte, aber diese Frage hatte er sich auch gestellt. Seine Antwort darauf sagte er nun dem Professor: »Um zu zeigen, dass niemand vor ihm sicher ist.«

»Jaja, schon klar. Bin ja auch nicht ganz blöd. Was ich meine, ist: Wie kommt er darauf? Und ich sag Ihnen die Antwort: Er hat es *gelesen*. Das Locked-Room-Mystery ist ein Klassiker der Kriminalliteratur. Immer wieder gern genommen. Heute allerdings nicht mehr so, momentan sind andere Sachen angesagt, aber es gab Zeiten, da konnte sich der geneigte Krimileser vor dieser Spielart nicht retten.«

Julius merkte, wie seine Zehen kalt wurden. Er versuchte sie in Bewegung zu halten. Konnten Zehen in Schuhen erfrieren? Würden sie wie Glas zerbrechen, wenn er die Socken auszog?

»Aber fragt die Polizei einen ortsansässigen Professor, der sich auf Kriminalliteratur spezialisiert hat? Nein. Natürlich nicht. Rennen lieber wie kopflose Hühner durch die Gegend.« Er ahmte mit angewinkelten Armen Flügelbewegungen nach und machte ein blödes Gesicht. »Wie auch immer. Es existieren einige klassische Auflösungen. Natürlich gibt es manchmal Geheimgänge, der Kamin ist da sehr beliebt, davon abgesehen wird das Fenster gern genutzt, aber auf Platz eins ist die Tür. An dieser wird herummanipuliert. Denn schließlich kann niemand durch Wände gehen. Oder glauben Sie das etwa?«

Julius war sich da nicht so sicher. Aber er sagte es nicht. »Wer glaubt so was schon?«

»Eben. Möglichkeit Nummer eins: die Manipulation des Schlüssels, der noch im Schloss steckt. Es gibt verschiedene Wege, den Schlüssel innen stecken zu lassen, die unverschlossene Tür dann von außen zuzuschlagen und auf irgendeine Art, mit einer Zange oder Draht, den Schlüssel zu drehen. Die Polizei sollte sich das Türschloss mal genauer ansehen.« Zufrieden blies er einen großen Kringel aus. »Eine andere Variante deutet auf den, der die Leiche entdeckt hat. Der Mörder verschließt nach dem Mord die Tür von außen. Es gibt keinen Schlüssel, der innen steckt. Dann schlägt er Alarm. Wenn die Tür geöffnet wird, steckt er den Schlüssel von innen wieder auf. Einfach, aber wirkungsvoll.«

Wer war dies bei Inge Bäder gewesen? Sandra Böckser.

»Dann gibt es noch etliche Tricks mit Schnüren oder die Tür aus den Angeln heben, Spiegeltricks, Eiswürfel, die schmelzen und dann den Schließmechanismus einrasten lassen. John Dickson Carr beschreibt das in einem seiner Bücher sehr schön.«

Julius stand auf. Wenn er seine Zehen retten wollte, musste er Blut in sie fließen lassen.

»Bleiben Sie noch einen Moment sitzen«, sagte Altschiff. »Ich komm gleich zum Ende. Sie sind entweder extrem ungeduldig oder eine Frostbeule. Ich nehme jetzt aus Sympathiegründen mal Letzteres an. Also, wer immer die Morde begangen hat, kennt diese Methoden aus Büchern. Die Polizei sollte nach Spuren für die genannten Methoden suchen. So würde ich das machen.« Er nahm einen langen Zug. »Aber mich fragt ja keiner.« Er nahm einen langen Zug. »Aber mich fragt ja keiner.«

Das ist auch nicht nötig, dachte Julius. Die Informationen kamen auch so an den richtigen Adressaten. Es galt jeder Spur nachzugehen, und war sie noch so fiktiv. Er würde sich das Hotelzimmer in der Burg Einöllen noch einmal genau anschauen. Der Professor mochte merkwürdige Vorstellungen über die ideale klimatische Umgebung für den menschlichen Körper haben, aber seine Erklärungen die Türen betreffend klangen vorstellbar. Das reichte Julius.

Anscheinend konnte die Kälte auch einem anderen bekannten Körper nichts anhaben. Was vielleicht daran lag, dass dieser ein dickes Winterfell trug. Herr Bimmel schlich gerade durch einen Busch in den Garten, die Haltung geduckt, um nicht aufzufallen. Ihm war offensichtlich nicht klar, dass er eine fast komplett schwarze Katze im weißen Schnee war. Nur neonfarben wäre noch auffälliger gewesen.

Julius rief ihn, und der dicke Kater kam tatsächlich, interessiert, was sein Mitbewohner so weit von zu Hause machte, den Schwanz kerzengerade nach oben.

»Ein kräftiger Bursche, Ihr Herr Bimmel«, lachte Altschiff. »Für den kochen Sie wahrscheinlich immer was ganz Besonderes.«

»Aber natürlich. El Doso – frisch aus dem Supermarktregal.«

Aus der gegenüberliegenden Hecke kam nun eine andere Katze. Es war Loreley. Als sie Herrn Bimmel erblickte, trabte sie erfreut auf ihn zu und rieb die Flanke an der seinen.

»Die zwei mögen sich«, sagte Altschiff.

»Meinen Segen haben sie.«

Ein Segen schien den beiden aber zu fehlen. Aus demselben Busch wie zuvor Herr Bimmel kam nun eine orangefarbene Katze. Julius erkannte sie sofort. Es war Marlene, Sandra Böcksers Tier. Wie eine Krone lag Schnee auf ihrem Köpfchen. Anmutig kam sie näher, ohne Furcht stolzierte sie zu den beiden schmusenden Katzen. Das heißt, zum jetzigen Zeitpunkt schmuste nur noch eine Katze, und das war Loreley. Herr Bimmel stand steif da, unbeweglich wie eine schwarze Nackenrolle, und blickte zur Dritten im Bunde.

»*Das* ist ja mal eine schöne Katze! Ihr dicker Kater scheint die große Auswahl zu haben.«

Ebendieser war mit der Situation total überfordert. Dass Loreley nun zu fauchen anfing, machte es nicht einfacher.

Er fasste einen Entschluss.

Er lief davon.

Die beiden Katzen fassten einen Entschluss.

Sie liefen hinterher.

»Ob's jetzt Dresche gibt?«, fragte der Professor lachend.

»Ich geh ihnen besser mal nach«, sagte Julius, froh über diesen Vorwand, verschwinden zu können. Er wusste genug.

»Meine Loreley wird gewinnen. Es kommt schließlich auf die inneren Werte an, nicht wahr?«, rief Altschiff Julius nach. »Und eine Katze, die so schön ist wie die Orangefarbene, kann davon ja nicht viel haben!«

Nach einer halsbrecherischen Überquerung der spiegelglatten Landskroner Straße stand Julius in der Jahnstraße.

Allein.

Die drei Katzen hatte er verloren, weil er warten musste, bis ein Lkw vorbeigefahren war.

Aber ganz allein war er doch nicht.

Am Ende der kleinen Straße konnte er einen gut gekleideten Mann erkennen. Normalerweise hätte er ihn übersehen, aber er bewegte sich so auffällig unauffällig, so gebückt, so huschend, dass er auffallen musste.

Es war Rolf Sonner.

Julius ging hinter einem geparkten Honda in die Hocke. Er musste seitlich vorbeischauen, da die Fenster des Japaners zugeschneit waren und den Blick verdeckten.

Sonner schlich in Richtung Burgstraße.

Ein Passant kam auf ihn zu. Augenblicklich gab Sonner die gebückte Haltung auf und wechselte betont gelassen die Straßenseite, darauf achtend, sein Gesicht dem Entgegenkommenden nicht zu zeigen.

Julius huschte von Wagen zu Wagen, sich stets versteckend. Das war auch nötig, Sonner blickte sich immer wieder prüfend um. Doch er bemerkte Julius nicht. Der Passant, der Sonner eben entgegengekommen war, schon. Er schüttelte den Kopf, als er Julius hinter einem Renault entdeckte. »Alter schützt vor Torheit nicht!«

Die Verfolgungsjagd führte Julius ein ganzes Stück durch den Ort. Erst am Remagener Weg schwenkte Sonner von der Straße zu einem Haus, ging jedoch nicht hinein, sondern daran vorbei in den hinteren Teil des Gartens.

Julius besah sich die Fenster des Gebäudes. Dahinter war niemand zu sehen, er konnte die blanken weißen Innenwände erkennen. Zum Haus führten keine Fußspuren außer Sonners. Hier schien niemand zu wohnen.

Vorsichtig ging Julius um das leer stehende Gebäude. Das Knirschen der Schritte im feuchten Schnee erschien ihm zu laut, deshalb senkte er die Schuhe vorsichtiger ins Weiß, staksend wie ein vollschlanker Riesenstorch. Meter für Meter kam er so vorwärts, bis er um die Ecke lugen konnte.

Er hielt die Luft an, denn er wollte nicht, dass Sonner die Kondenswolken seines Atems sehen konnte.

Sonner hielt Ausschau.

Lange.

Er schien jedes benachbarte Haus, jeden Baum, jeden Zweig, jede Schneeflocke zu untersuchen.

Julius sah er trotzdem nicht.

Das lag daran, dass dieser den Kopf zurückgezogen hatte und nur Sonners Schatten im Auge behielt, der sich klar und deutlich im Schnee abhob.

Endlich drehte sich der Umriss und wandte sich zu dem kleinen Gartenhaus, das am Ende des Grundstücks lag.

Als Julius Sekunden später, vielleicht einen Tick zu früh, um die Ecke blickte, sah er Sonner, wie er durch das Fenster des kleinen Holzverschlags blickte.

Sein Kopf schnellte wieder zurück.

Er wartete fünf Minuten. Exakt. Immer wieder sah er auf die Uhr. Es kam ihm ewig vor, und die Kälte kroch in seine von der Verfolgung warmen Glieder. Als er wieder hinschaute, war Sonner vom Fenster verschwunden. Es war nun erleuchtet. Im Innern des Gartenhauses hing eine funzelige Birne von der Decke.

Julius schlich, so weit rechts wie möglich, auf das Häuschen zu. An der Querseite hatte es keine Fenster, so dass er, am Ende des Gartens angekommen, die letzten Meter im aufrechten Gang zurücklegen konnte.

Er lauschte an der hölzernen Wand.

Von innen war ein metallisches Klacken zu hören.

Dann begann Sonner zu pfeifen.

Die Melodie stammte aus irgendeinem Western, da war sich Julius sicher. Aber welchem? Ihm fiel es nicht ein. Wie immer. Er kam auch nie darauf, woher er Schauspieler oder Synchronstimmen kannte. Es machte ihn rasend. Die Melodie stammte aus einem Western … einem italienischen … schon ein paar Jahre alt …

Was soll's, dachte Julius und verdrängte das nagende Gefühl im Bauch, so gut es ging. Er schlich um die Ecke, näher ans Fenster. Er wollte einen Blick hineinwerfen. Schließlich hatte er eine Art polizeilichen Auftrag. Er handelte hier im Namen des Gesetzes. Das hatte nichts mit gefährlicher Neugier zu tun. Überhaupt nichts.

Die Eisblumen wuchsen an den Rändern des Fensters wie Unkraut, Julius musste seinen Kopf weiterrecken, zur Mitte hin wurden es weniger. Der Raum schien leer zu sein. Aber Julius vernahm weiter das Pfeifen. Vielleicht saß Sonner ja in der Ecke hinter der Tür? Er musste aus einem anderen Blickwinkel durchs Fenster sehen. Geduckt watschelte er darunter durch und schaute von der anderen Seite durch die zugefrorene Scheibe.

Das Pfeifen hörte auf.

Aber auch von der neuen Position war Sonner nicht zu erkennen. Merkwürdig. Vielleicht hatte er ihn doch bemerkt. Sonner konnte aber auch einfach aufgehört haben zu pfeifen.

Es gab nur eine Möglichkeit herauszufinden, was los war.
Er musste hineingehen.
Was konnte ihm schon passieren?
Julius öffnete leise die Tür.
Sah nichts.
Öffnete sie weiter.
Immer noch nichts.
Plötzlich zog etwas die Tür auf und Julius mit einem Ruck hinein. Die Augen, an das grelle Weiß des Schnees gewöhnt, sahen erst einmal wenig. Aber es blieb nicht so.
Rolf Sonner stand vor ihm.
Er hielt eine Waffe in der Hand.
Eine antike.
Sie war auf Julius gerichtet.
»Lassen Sie sich nicht vom Alter der Waffe täuschen. Sie funktioniert. Und sie ist geladen.« Sonners Gesicht war wie eingefroren. Keine Regung. Selbst die Augen wirkten kalt.
Julius kam endlich darauf, welches Lied sein Gegenüber gepfiffen hatte. Selbst in dieser Situation fiel ihm ein kleiner Stein vom Herzen.
Doch er kam direkt wieder. Und brachte seinen großen Bruder mit.
Es war »Spiel mir das Lied vom Tod« gewesen.
»Setzen Sie sich. Hinter Ihnen steht ein Hocker.« Sonner deutete mit der Pistolenmündung in die entsprechende Ecke. Julius nahm erst jetzt den Raum wahr. Seinen Inhalt. Und der bestand nicht aus Rechen, Schaufeln, Gieskannen oder einem Gartenschlauch. Er bestand aus Waffen. Schusswaffen. Unterschiedlichster Form und Farbe. Aber alle nicht mehr neuester Stand. Sie waren mit Nägeln an der Gartenhausseite arretiert, in die das Fenster eingesetzt war. Deshalb hatte Julius sie von außen nicht sehen können. Verdammt!
Es mussten Dutzende sein.
»Was haben Sie hier zu suchen?«
Einige funkelten metallisch, bei anderen waren die Ornamente am Schaft bereits matt geworden. Sie wirkten nicht bedrohlich, nur altmodisch.
»*Hallo*! Das ist doch eine einfache Frage, oder? Was hat Sie hierher geführt?« Sonner griente jetzt breit. »Wollen Sie etwa das Haus kaufen? Herzlichen Glückwunsch, Sie stehen vor dem Makler.«
»Ich habe Sie verfolgt.«
»Seien Sie nicht überrascht, wenn ich mir genau das gedacht habe.«

Julius blickte Sonner direkt in die Augen. Keine Schwäche zeigen. »Sie schlichen so durch die Gegend, da bin ich einfach hinterher. Es war keine böse Absicht.«

»Nur gesunde Neugier, natürlich.« Sonner setzte sich, die Waffe weiter im Anschlag haltend. »Aber jetzt haben Sie meine Sammlung gesehen. Das sollten Sie aber nicht.« Der Wind zog zischelnd um die kleine Hütte. Er klang wie eine riesenhafte Schlange. »Glauben Sie, ich habe meine Waffen extra kurz nach dem Mord hierhin gebracht, damit Sie sie zufällig entdecken?« Sonner schüttelte den Kopf. »Ich glaube nicht.«

»Ich werde niemandem etwas davon sagen!«

Sonner nahm sich ein Tuch von einem Hocker und polierte hingebungsvoll die geladene Pistole in seiner Hand. »Das glaube ich Ihnen. Wirklich ...«

Er hob die Waffe und zielte.

»Peng!«, rief er. Und lachte.

Julius lachte nicht. Sonner spielte mit ihm wie Herr Bimmel mit einer Maus. Der Kater schleuderte das noch lebende Tier durch die Wohnung, versetzte ihm einen Prankenhieb nach dem anderen, bis es sich irgendwann nicht mehr regte.

Julius wollte nicht, dass es ihm so erging.

»Bringen wir es hinter uns. Schießen Sie schon! Laden Sie einen weiteren Mord auf Ihr Gewissen. Wenn Sie denn eins haben.«

»Ich weiß, was Sie denken«, sagte Sonner und lachte.

»Los! Machen Sie. Lassen Sie mich nicht um den Tod betteln.«

Sonner hielt inne.

Julius sprang.

Im einen Moment wollte er sich noch ins Schicksal ergeben, im nächsten meldete sich der Überlebenswille. Unbändig. Julius stürzte sich auf Sonner, die eine Hand auf dessen Gurgel gerichtet, mit der anderen die Waffe wegdrückend. Es gelang ihm, sein Gegenüber auf den Boden zu werfen. Die Pistole wurde Sonner von der Wucht aus der Hand gerissen.

Julius' Kopf schlug gegen die Wand.

Er war für einen Moment nicht aufmerksam.

Einen Moment zu lange.

Sonner hatte die Waffe wieder in der Hand.

Er drückte sie Julius gegen die Brust, zwang ihn aufzustehen, zwang ihn, sich wieder zu setzen. »Sind Sie *wahnsinnig*?«

»Das fragt der Richtige!«

Die Tür öffnete sich.

Susanne Sonner.

Sie sah ihren Mann an. Dann Julius. Und wieder zurück.

»Was soll das?«

Sonner rannte an ihr vorbei aus dem Gartenhaus. Julius wollte hinterher, aber sie versperrte die Tür. »*Was soll das?*«

Sonner war bereits nicht mehr zu sehen. Julius erklärte, was vorgefallen war. »Wussten Sie von der Sammlung?«

»Wie könnte ich nicht von seinen ›Babys‹ wissen?« Susanne Sonner versuchte Haltung zu bewahren.

»Ich werde der Polizei davon erzählen.«

Sie nahm eine der Waffen in die Hand. »Machen Sie das ruhig, es wird nichts nützen. Mein Mann hat seine Ausweichquartiere. Bei der nächsten Gelegenheit wird er alles hier ausräumen. Die Waffen sind nirgendwo gemeldet, und er wird sich nicht unerlaubten Waffenbesitz anhängen lassen.«

Julius konnte es nicht fassen. »Wie können Sie mit einem solchen Mann leben?«

Susanne Sonner lächelte. »Das frage ich mich selbst. Wenn Sie allerdings denken, er sei zu einem Mord fähig, liegen Sie falsch. Das wäre nicht seine Art. Aber stellen Sie sich auf Ärger ein. Mein Mann ist rachsüchtig. Er streut gern Gerüchte, weil ›Unwahrheiten so fest kleben wie alter Kaugummi‹. Und er hat Recht. Ich kann mir vorstellen, dass die Leute bald von Ratten in Ihrer Küche hören werden, von abgelaufenem Fleisch, von Pilzbefall auf der Toilette. Auch wenn nichts davon stimmt. Es reicht, dass darüber geredet wird.«

»Dann ist er ein Schwein.«

»Das weiß er und nimmt es als Ehrentitel. Seiner Meinung nach erfordert es viele Jahre Übung, ein Schwein zu werden.«

»Ich werde trotzdem zur Polizei gehen.«

»Tun Sie, was Sie nicht lassen können. Es wird nichts ändern. Er wird deswegen noch nicht einmal seine geliebte Präsidentschaft verlieren. Wahrscheinlich das Einzige, was ihm tatsächlich etwas ausmachen würde.«

Präsidentschaft? Hatte Julius da was verpasst? »Welche Präsidentschaft?«

»Hessland hat abgedankt«, sagte Sonner. »Offiziell. Inoffiziell hat Rolf ihn dazu gebracht. Nach dem zweiten Mord musste er unbedingt weiter an seinem Stuhl sägen. Ein so netter Mann. Natürlich kann es sich der Verein nicht leisten, so schnell nach Hessland den nächsten Präsidenten einzubüßen. Wie sähe das aus? Sie werden ihm helfen, es zu vertuschen.«

Julius wurde es zu viel. Er wollte einfach nur weg, raus aus dem Gartenhäuschen, weg von den Waffen. Vielleicht kam Sonner gleich wieder und beendete, was er angefangen hatte. Er war hier nicht sicher.

Auf dem Heimweg rief Julius sofort Anna an. Er hatte mehrmals versucht, sie nach der Szene bei Sandra Böckser zu erreichen, aber entweder war sie nicht da, oder es war besetzt. Er war überrascht, wie freundlich ihre Stimme klang, geradezu fröhlich. Der Bericht über die Verfolgung Sonners sprudelte nur so aus Julius heraus, es kam ihm vor, als könne er dadurch etwas gutmachen. Hatten sie mit Sonner den Mörder gefunden?

Anna reagierte wie erhofft. »Ich schick gleich einen Wagen zum Gartenhaus und zu Sonner nach Hause. Wenn er da ist, sollen sie ihn direkt zu mir bringen. Jetzt haben wir nicht nur eine Aussage, dass er sich von der Gruppe entfernt hat, sondern auch eine verheimlichte Waffensammlung – wenn wir sie denn finden. Das ist doch schon mal was. Gratulation. Ich erledige das jetzt und melde mich später wieder.«

Hoffentlich waren sie schnell da, bevor Sonner die Waffen aus dem Weg schaffen konnte.

Julius kannte drei Möglichkeiten, einen klaren Kopf zu bekommen. Die erste war ein Spaziergang an der frischen Luft. Als Julius am Restaurant ankam, musste er sich eingestehen, dass diese nicht gewirkt hatte. Die zweite beinhaltete ein Glas Wein. Je klarer die Aromen, desto besser. Eine Riesling Spät- oder Auslese, ein Eiswein aus einem großen Jahr, wenn die Trauben in völlig gesundem Zustand einfroren und sich nur der reine Geschmack der Rebe im Glas wiederfand.

Julius bevorzugte diese Variante.

Wenn auch sie nicht half, gab es noch eine letzte Möglichkeit.

Kochen.

Vor ihm standen Gewürze, Milchprodukte und vergorene Zaubertränke. Der Versuchsaufbau hatte Zuwachs bekommen: klein gewürfeltes Gemüse und Grundsoßen, auf die sich geschmacklich aufbauen ließ, so wie Wolkenkratzer ein festes Fundament brauchten, um in den Himmel zu wachsen. Brühen, helle wie Bouillon, Fond blanc de veau, Fumet de poisson, Remouillage, aber auch braune, Grandjus, Fond de gibier, Fond de veau brun. Die schon weiterentwickelten Grundsoßen, Demiglace, Sauce gibier, Velouté, Velouté de possoin mit Fischgeschmack, Velouté de volaille mit Geflügel, Sauce Béchamel, Sauce hollandaise.

Er würde eine davon zu Beginn ziehen wie das Register einer Orgel.

In ihrer Tonlage würde er die neue Soße komponieren.

Heute würde alles anders sein.

Die Zutaten waren angeordnet wie die Tasten eines Klaviers. Im Vordergrund die Dur-Aromen, die fröhlicheren, im Hintergrund dazwischen die Moll-Geschmacksnoten.

Doch das wichtigste Hilfsmittel war die kleine Hifi-Kompaktanlage. Die Musik hatte ihm immer geholfen, Neues zu schaffen. Wie hatte er bloß denken können, dass er auf sie verzichten könnte?

Das Experiment hatte auch einen Namen bekommen.

Er nannte es »Die Soßenorgel«.

Für ihr Jungfernkonzert hatte er etwas von Mozart ausgesucht. Das Klavierkonzert in G-Dur, KV 453 aus dem Jahr 1784. Julius legte die CD ein, schloss den Deckel und drückte auf Play. Dann stellte er sich vor die Soßenorgel und band die Augenbinde um.

Er zog das Register.

Der erste Satz erklang. Das Eröffnungsritornell schwang aus den kleinen Boxen. Violinen, Oboen, Flöte, Fagott, ein neues sanft-lyrisches Thema war in den Violinen zu hören und wurde von den Holzbläsern aufgenommen. Julius rieb die Hände aneinander, damit sie warm und geschmeidig wurden. Nach einer unvermittelten Modulation nach Es-Dur kehrte die Musik nach G-Dur zurück, es erklang ein kurzes Violinthema und ein sehr kurzes Tutti.

Takt 74.

Das Klavier setzte ein.

Julius' Hände schnellten nach vorn und ergriffen die passenden Noten.

Er stellte sie vor sich ab.

Diesmal gab es keine Schüssel.

Die Schüssel war ein Irrweg gewesen.

Julius wartete. Er wollte nicht alle Noten spielen. Nur diejenigen, die ihn berührten.

Einige Bravourpassagen waren zu hören, eine Modulation nach D-Dur, ein neues Thema wurde aufgestellt.

Julius griff wieder zu.

Das reichte.

Es mussten nicht viele Noten sein.

Nur die richtigen.

Er nahm die Binde ab.

Vor ihm standen Sternanis, grüne Kardamomkapseln, eine Schalotte, Geflügelbrühe, kalte Butter, Pfeilwurzelmehl und frisch gepresster Orangensaft.

Dies hatte der Zufall in Form des Klavierkonzerts in G-Dur ihm gegeben.

Nun war der Koch gefragt.

Julius ließ die Musik weiter laufen, nahm sich einen Hocker und schob die Soßenorgel vorsichtig nach hinten.

Als Erstes zerstieß er zwei Sternanis und zehn der kleinen Kardamomkapseln. Dann wandte er sich der Schalotte zu, würfelte sie, schwitzte sie an. Mit jeder Entscheidung, die er traf, wurden die kommenden deutlicher. Nun musste er die Schalotten mit einem viertel Liter Orangensaft und derselben Menge Geflügelbrühe ablöschen.

Danach *musste* er warten.

Das Klavierkonzert war bei Takt 227 angekommen, dem Beginn der Reprise. Erst im zweiten Satz spielte Julius weiter. Die Soße war auf ein Drittel eingekocht. Er nahm den Topf vom Herd und passierte sie durch ein Sieb, band sie mit etwas Pfeilwurzelmehl und rührte fünfzig Gramm kalte Butterwürfel unter. Die Soße bekam Glanz und dickte weiter ein.

Julius probierte.

Er tunkte den Löffel noch einmal ein.

Es war … ungewöhnlich.

Aber gut. Wirklich gut. Es schmeckte ein wenig nach Weihnachten, dank Sternanis und Kardamom, aber auch nach Sommer, durch den Orangensaft.

Eine sehr gute Soße.

Wozu würde er sie servieren können?

Es konnte nur eine Antwort geben: zu dem Fleisch, das Orangen innig liebte. Eine der Geschmackskombinationen, die nach Julius' Meinung Gott den Menschen geschenkt hatte. Es musste Ente sein. Also holte er zwei kleine Brüstchen aus dem Kühlraum, ritzte sie an der Hautseite mehrfach ein, würzte mit Salz und Pfeffer und briet sie schließlich in der heißen Pfanne mit Pflanzenfett an. Dann legte er die Entenbrüstchen mit der Hautseite nach unten in einen Schmortopf und ließ sie im vorgeheizten Backofen bei 200 Grad fünf Minuten weiterbraten.

Ein feiner Duft erfüllte die Küche.

Ungeduldig holte Julius den Topf heraus, legte die Entenbrüstchen auf einen Teller und träufelte die Soße kunstvoll darüber.

Was fehlte noch?

Auch diese Antwort kam von selbst. Rotkohl. Mit Griebenschmalz, Zwiebeln und Apfelschnitzen. Abgeschmeckt mit Johannisbeergelee und Zitronensaft. Perfekt. Julius trug das fertige Gericht zum Fenster, um es im Tageslicht besser sehen zu können.

Winterliche Entenbrust. So würde er es nennen.

Aber jetzt würde er es erst einmal essen.

Kurze Zeit später saß Julius im Auto und wies FX den Weg nach Monschau. Was den Fall betraf, war jetzt die Polizei gefragt. Er konnte nichts machen, außer sich abzulenken. Abzulenken von den Ermittlungen, die ihn in eine lebensbedrohliche Situation gebracht hatten. Aber das Leben ging weiter, Arbeit war zu tun.

Er hatte FX von den Geschehnissen im Gartenhäuschen erzählt.

»Ich hoffe, Sie fassen ihn! Ich hoffe, das war's.«

FX sagte nichts. Er murrte nur. Julius hatte ihn gefragt, ob er mit auf einen kleinen geschäftlichen Ausflug kommen wolle. Doch Julius hatte nichts vom Kleingedruckten erzählt.

»Wieso muss ich eigentlich fahren? Ich bin net dein Chauffeur, sondern dein Maître d'hôtel!«

»Kann man die beiden überhaupt trennen? – Ich fahr halt nicht gern allein.«

»Des ist ja schön und gut, ich fahr ja auch gern mit, aber warum muss ich *fahren*?«

»Schau auf die Straße!«

Julius hatte FX erzählt, dass es nach Monschau, einer kleinen Ortschaft in der Eifel, ging. Er hatte verschwiegen, dass der Weg dorthin kompliziert und lang war. Anderthalb Stunden konnten es schon werden. FX hatte wohl mit deutlich weniger gerechnet.

»Ist es noch weit?«, fragte er nun.

»Belgien ist weiter«, sagte Julius. Das stimmte. Gerade so.

»Haha, sehr lustig, der Herr Chefkoch.«

Julius blickte zum Seitenfenster hinaus auf die verschneite Eifel. FX hatte Rache im Sinn.

»Da hat jetzt schon ein paarmal dieses Schlagersternchen bei uns angerufen und wollt dich sprechen. Es wird schon drüber geredet ...«

»Lass sie reden.«

FX blickte ihn fordernd an.

Die nächste Kurve war scharf. Und die Straße eisig.

»Schau auf die Straße!«, rief Julius. FX zog den Wagen schroff zur Seite. Die Hinterreifen kamen ins Schliddern, aber der Wagen fing sich wieder. »Willst du uns beide umbringen?«

»Jetzt weich net aus!«

Eine Seelenruhe hatten diese Wiener!

»Also gut, bevor du uns in den Tod stürzt – *schau* auf die Straße, ich erzähle ja schon! –, es gab da einen Kuss. Es war ein kleines Dankeschön. Vielleicht auch ein bisschen mehr.«

FX versuchte Julius tief in die Augen zu schauen.

»Ich versteh dich richtig: Du fängst was mit der Sängerin an, während es sich mit der Frau Kommissarin langsam entwickelt.«

»Naja«, druckste Julius herum.

»Gratulation!«

»Was?«

»So viel Schneid hätt ich dir gar net zugetraut. Respekt! Jonglier nur weiter so mit den beiden. Des kann länger gut gehen, als mancher glaubt. Des hält jung!« Er strich sich demonstrativ durchs Haar.

»Quatsch. Der Kuss war ein Unfall. So was ist nicht meine Art!«

»Bisher hat sich dem Herrn ja auch noch net die Chance geboten. Ergreif sie!« FX rüttelte Julius mit der rechten Hand an der Schulter, als wolle er ihn aufwecken. »Ich beneid dich, wirklich.«

»Nein, nein. Ich muss da klare Verhältnisse reinbringen, das ist zurzeit so … so *unordentlich*.«

»Für wen schlägt dein korpulentes Herz denn?«

Julius überhörte die Stichelei, denn das Thema ging ihm nahe.

»Sandra Böckser ist so jung, und dann diese *Musik*! Ein anderes Problem ist, dass sie so wahnsinnig gut aussieht. Ich komme mir neben ihr immer wie ein tumber Tor vor.«

»Da kannst wohl nix gegen machen, Meistertor.«

»Sie ist irgendwie ganz anders, als ich zu Beginn gedacht habe. Sie hat eine Katze.« Er malte mit den Fingern die Konturen einer solchen auf das beschlagene Fenster. Dann begann er mit einem Polizeiwagen, inklusive Blaulicht. »Anna dagegen, wir haben etwas zusammen erlebt, weißt du? Das hat uns zusammengebunden. Und sie ist witzig, sieht auch toll aus. Aber sie ist so chaotisch, vergisst ständig was …«

»Pass nur auf, dass Sie *dich* net vergisst.«

»Ich komme mit der ganzen Situation nicht klar. Wenn ich doch nur einen Freund hätte, mit dem ich über so was reden könnte …«

FX starrte ihn an. »Das hat mich jetzt tief verletzt, weißt du des?«

»Du sollst auf die Straße schauen!«

Julius griff ins Lenkrad. Das tat er sonst nie. Aber angesichts des Baumes, der frontal auf sie zukam, machte er eine Ausnahme. Sie kriegten noch einmal die Kurve. Julius schüttelte den Kopf.

»Ein Auftragskiller könnte nicht professioneller zu Werke gehen als du.«

FX sagte nichts.

»Ach so, jetzt bist du beleidigt. Mein lieber Franz-Xaver – Entschuldigung, du zarte Wiener Seele.«

»Entschuldigung schweren Herzens angenommen.«

»War dein Rat, mit den beiden zu *jonglieren*, ernst gemeint?«

»Selbstverfreilich. Irgendwann fällt die Entscheidung wie von allein, glaub's einem feschen Playboy wie mir. Gib den beiden eine faire Chance.«

Julius überlegte nicht lange. Er würde nicht jonglieren. Dazu hatte ihn Hochwürden Lütgens nicht erzogen. Julius' dichtender Vorfahr legte ihm die passenden Worte in den Mund: »Es wandelt voll Liebe im Leben / Die Sonn' und das Mondlicht herauf / Doch, wenn wir das eigne nicht geben / Schließt nimmer der Schatz sich uns auf.«

»Des ist mir jetzt zu hoch«, sagte FX und schaute vorschriftsmäßig auf die Straße.

Endlich näherten sie sich Monschau. Julius wollte einen Zulieferer besuchen. Ein gutes Netz dieser Spezies war die halbe Miete für jeden Spitzenkoch und wollte gepflegt werden. Aus Monschau bezog die »Alte Eiche« ihren Senf. Als sie vor der Mühle parkten, kam der Senfmüller schon heraus. Er deutete auf seine Armbanduhr und hob anerkennend den Daumen.

»Kommt ihr direkt mit ins Restaurant?« Marcel Lajos sah mit seinem weißen Vollbart aus wie der Weihnachtsmann höchstpersönlich. Ebenso gemütlich und freundlich war er auch. Hinter ihm watschelte eine Führungsgruppe her, die gerade in die Geheimnisse der Senfproduktion eingeführt worden war. Julius hatte dies auch einmal gemacht, die Herstellung genau beobachtet und kontrolliert, ob Lajos auch akkurat arbeitete. Julius erinnerte sich noch genau. Das Senfmehl wurde zuerst mit Essig, Kochsalz und einer in der Familie überlieferten Gewürzkombination im Maischebottich angerührt. Nach einer gewissen

Ruhezeit kam es zwischen die zwei schweren, schwarzen Basalt-Lava-Steine.

Julius und FX gingen aus der Kälte ins warme Restaurant, das »Schlemmorium«. Lajos setzte sich an einen freien Vierertisch und bat die beiden, es ihm gleich zu tun. Schwungvoll reichte er ihnen die Menükarte. »Ihr seid natürlich eingeladen!«

Julius musste die Karte nicht studieren. Eigentlich gab es nur ein Gericht: Senf. In allen Farben und Formen. Ob Rumpsteak, Kalbsleber, Garnelenspießchen, Perlhuhnfeigenterrine – fast nichts ging ohne die gelbe Paste. Selbst der Nachtisch in Form des »Monschauer-Honigsenfparfait mit Pflaumenkompott« passte thematisch. Julius hatte stets, wenn er hier aß, Freude daran, benachbarte Tische beim Erstkontakt mit diesem Dessert zu beobachten. Auch jetzt war wieder einer dabei, und das Murmeln war beträchtlich. Man bekam so selten Furcht in den Gesichtern von Restaurantgästen zu sehen. Und fast eben so selten dermaßen große Erleichterung.

»Unser Senf wird jetzt sogar in Paris verkauft«, berichtete Lajos stolz. »Kennt dein Oberkellner eigentlich schon unsere Senfpralinen?«

FX korrigierte den Senfmüller sofort hinsichtlich seiner Bezeichnung, bekam aber trotzdem die Pralinen.

FX traute sich nicht. Er wollte es sich mit seinen Geschmacksknospen nicht verderben.

Aber die Pralinen lachten ihn so an. Das geschmeidige Braun ihrer Glasur, die perfekte Größe mundfüllender Pralinen.

Plötzlich waren sie weg.

Wie durch Zauber.

Es ging alles sehr, sehr schnell.

Nach dem Essen probierte Julius noch einmal alle Senfsorten durch. Es gab wieder eine neue Kreation: Honig-Mohn-Senf. Ideal für Salate. Er lud sich den Kofferraum voll damit. Der Senf hielt, trotz – Gott sei Dank – fehlender Konservierungsstoffe, ein Jahr. Da war Mengenrabatt möglich. Sie verabschiedeten sich herzlich von Lajos, und Julius fragte sich, ob der Mann nach all den Jahren des Müllerdaseins mittlerweile hundertprozentig aus Senf bestand. Irgendwie erwartete er, dass Lajos bei einer kleinen Schnittwunde nicht bluten, sondern senfen würde. Er schüttelte den Kopf bei dieser absurden Vorstellung.

Kaum im Wagen, klingelte sein Handy.

Der Anruf kam von Anna. Ihre Stimme klang sachlich aus der Freisprechanlage: »Sonners Waffen waren schon weg. Er weiß natürlich von nichts. Streitet auch vehement jede Verwicklung in die Morde ab. Das heißt für uns, wir müssen weiter allen Spuren nachgehen. Wir haben ihn jetzt erst mal in Beugehaft genommen bis morgen früh, aber sein Anwalt macht uns hier die Hölle heiß. Wir haben übrigens mittlerweile Nachforschungen angestellt, ob Grad in Adenau war, als die Kirche bombardiert wurde.«

»Und?«

»Nichts Verwertbares. Der damals frisch eingesetzte Priester meint, ihn wiederzuerkennen. Wir haben extra ein altes Foto organisiert. Er meinte, Klaus Grad wäre mit einem Freund in Adenau gewesen, aber den konnte er nicht beschreiben. Die beiden hätten geholfen, so gut es eben ging. Aber warum sie so fern von zu Hause waren, wusste er auch nicht.«

»Das nennst du nichts Verwertbares? Ich bitte dich! Das ist doch klasse. Also hatte Grad einen Partner!«

»Der Priester hat auch gesagt, wie froh er wäre, dass wir den Krieg gewonnen haben.«

»Oh.«

FX schaute ihn fragend an, aber Julius winkte ab.

»Eben. Aber es gibt etwas Erfreuliches die Monstranz betreffend. Interpol hat in Erfahrung gebracht, dass Inge Bäder sie in Amsterdam angeboten hat. Es ist wohl zu einem Verkauf gekommen, da das Angebot seit knapp einer Woche nicht mehr steht.«

»Werden sie die Monstranz finden?«

»Keine Ahnung. Das Erzbistum hat sich eingeschaltet. Dein Pfarrer Lütgens hat sein Gewissen erleichtert und denen gesagt, dass er mit mir ein Plauderstündchen hatte. Jetzt machen sie Druck. Die Monstranz ist übrigens nicht das Einzige, was gestohlen worden ist.«

»Das soll heißen?« Julius fühlte Erleichterung, dass er wieder so locker mit Anna reden konnte. Die Frau hatte wirklich Klasse.

»Aus dem Bunker sind einige Gegenstände entwendet worden. Und da nach dem Golfclub niemand mehr in den entsprechenden Räumen war, muss der Dieb zur Gruppe gehören.«

»Wertvolles?«

»Ach was. Kleinigkeiten. Blaue Aschenbecher, die speziell für den Bunker angefertigt wurden, da steht auf der Unterseite ›M'Thal‹ drauf. Souvenirs, sonst nichts. Sogar eine Emsa Plastikmenagerie ist geklaut worden. Nur so Kram.«

»Gibt es einen aktenkundigen Kleptomanen in der Gruppe?«

»Daran haben wir auch gedacht. Die Antwort ist nein. Ich bezweifle auch, dass diese Sache etwas mit den Morden zu tun hat.«

Schweigen. Jetzt hatten sie eigentlich alle Themen durch. Julius brachte den Satz heraus, der ihm seit Annas Auftauchen bei Sandra Böckser auf der Zunge gelegen hatte.

»Ähm, ich wollte mich noch wegen gestern entschuldigen.«

FX schlug sich mit der flachen Hand gegen die Stirn.

»Warum solltest du dich bei *mir* entschuldigen? Sei nicht albern!«

Gut, dachte Julius, da hatte er ja noch mal Glück gehabt. Dass es so einfach gehen würde, damit war nicht zu rechnen gewesen. Wirklich eine tolle Frau!

»Ach ja, das hätte ich fast vergessen«, sagte Anna. Ihr Tonfall sagte jedoch etwas anderes. Es klang, als habe sie sich diesen Teil extra aufgespart. Als würde sie sich freuen, ihn nun als Krönung des Telefonats zu präsentieren.

»Nachdem du weg warst, hatte ich ein eingehendes Gespräch mit Sandra Böckser, oder Sandra Silva, wie ihre treuen Fans sie nennen.« Pause. »Ich weiß nicht *genau*, was du mit ihr gemacht hast, aber die Gute war plötzlich sehr redselig. Ihre Zunge hörte gar nicht mehr auf, sich zu bewegen.« Pause. »Sie bat mich, es nicht an die Öffentlichkeit kommen zu lassen. Aber da du ja quasi zu meinem Stab gehörst, hätte sie sicher nichts dagegen, wenn *du* es erfährst.« Pause. »Sie hat zugegeben, sich zusammen mit Stefan Dopen von der Gruppe abgesetzt zu haben.«

»Weiß ich schon«, sagte Julius. »Sie musste auf die Toilette, wusste aber nicht, wo die war.«

»Sandra Böckser hat ihre diesbezügliche Aussage geändert. Die neue Version erklärt auch, warum Dopen unbedingt auf die Tour mitwollte und warum er sich so genau nach der Kapelle erkundigt hat.«

Sie wartete.

»Und?«, fragte Julius.

Anna fuhr fort, jede Silbe wie zarte Schokolade im Mund zergehen lassend. »Sie hat ein Hobby, über das sie nicht gern redet. Es geziemt sich nicht für einen Schlagerstar, und ihre Fans würden es bestimmt nicht gutheißen.«

Langsam merkte Julius, wie sehr sie es genoss. Wie sie die Information in die Länge zog. Mit einer einfachen Entschuldigung seinerseits würde es nicht getan sein. Er war jetzt wohl an der Reihe, sich demütigen zu lassen. So fühlte es sich an. Als käme ein unerlaubter Tiefschlag auf ihn zu. Wie mochte dieser aussehen?

Anna fuhr fort, jedes Wort betonend, als wäre es dick unterstrichen. »Sie hat gern Sex an ungewöhnlichen Orten.«

FX tat plötzlich, als bekäme er nichts von dem Gespräch mit und konzentriere sich auf die Straße.

»Wie bitte?«, fragte Julius.

»Abgehakt hat sie wohl schon etliche. Umkleidekabinen in Kaufhäusern, öffentliche Toiletten, Fotoautomaten und natürlich Beichtstühle in Kirchen. Es ist wohl der Reiz, erwischt werden zu können. Ich verstehe von so etwas ja nichts. Aber es gibt ganz offensichtlich Menschen, die es aufregend finden. Kannst du dir das vorstellen?«

FX presste die Lippen zusammen. Sein Kopf wurde immer roter, als gösse jemand beständig Wein hinein.

Julius fasste sich wieder. »Davon wusste ich nichts.«

»Aber es gibt auch eine gute Nachricht. Zumindest für einige Personen. Sie ist nicht mehr mit Stefan Dopen zusammen. Ihm ist die ganze Aufregung wohl nicht gut bekommen.«

»Hm.«

Julius fühlte sich leer. Er wusste nicht, was er davon halten sollte.

»Hallo? Julius? Schockt dich das etwa? Einem so guten Menschenkenner wie dir ist diese Seite deiner Lieblingssängerin doch bestimmt nicht entgangen.«

Julius sagte nichts. Sehr lange Zeit. Aber FX, der sich zu ihm herüberlehnte. »Jetzt sag schon was, sonst ist es aus! Tisch ihr eine ordentliche Lüge auf. Irgendwas. Des wollen die Weibsleut doch!«

FX schaffte es mit dieser Aussage in den neuen Duden. Sein Bild findet sich neben dem Eintrag zu »Schussel«.

Anna sprach wieder. »Ich kann alles hören, was Sie sagen. Die Freisprechanlage ist an. Auf Wiederhören.«

Julius dachte darüber nach, FX einen kräftigen Schubs zu verpassen. Aber ihm war nicht danach. Er war gerade von einem D-Zug überrollt worden und musste erst mal seine Körperteile einsammeln.

Als sie die Autobahnabfahrt Bad Neuenahr nahmen, war es bereits dunkel. Sie fuhren auf der Straße in Richtung Heppingen. Plötzlich erschien ihnen ein Licht.

Es flog, die Luft in dünne Scheiben schneidend, über sie hinweg.

»Was macht denn der Hubschrauber hier? Und warum steigt der net a bisserl höher?«

»Ich frag mich, was die Suchscheinwerfer sollen.«

»Da stimmt was net!«

Der Hubschrauber flog in die Richtung, die sie für den Nachhauseweg einschlagen mussten. Sie rasten vorbei an der Weinbergslage Schieferlay, um den Helikopter nicht zu verlieren. Kurz bevor sie unter der Autobahnbrücke hindurchgefahren wären, konnten sie es sehen. FX hielt den Wagen sofort an und parkte am Straßenrand.

Er war nicht der Einzige.

Etliche Schaulustige hatten sich eingefunden und reckten die Köpfe Richtung Bad Neuenahrer Sonnenberg. Über diesem schwebte nun der Hubschrauber. Die Scheinwerfer waren auf einen bestimmten Fleck in dem verschneiten Weinberg gerichtet. Rund um diesen waren weitere Scheinwerfer aufgebaut, grell ins Innere leuchtend. Uniformierte liefen dort oben herum. Ab und an blitzte es auf. Ganz oben am Berg war Blaulicht zu erkennen.

Julius' Hals wurde immer länger. »Ich kann es nicht genau erkennen …«

»Sind des Buchstaben?«

Einer der Gaffer neben ihnen klinkte sich ins Gespräch ein. »Die ersten drei sind S, C und H, so viel haben wir schon rausgefunden.«

»Des stimmt! Jetzt, wo Sie's sagen, kann ich es auch erkennen.«

Julius betrachtete den Hubschrauber. »Wahrscheinlich kann man es nur aus der Luft vernünftig lesen.«

»Aber welcher Depp schreibt etwas in einen Weinberg, das man nur aus der Luft erkennen kann?«

Es krachte.

Es quietschte.

Es krachte.

Die Geräusche kamen von weit über ihnen, aber die kalte Nachtluft trug sie herunter.

Sie kamen von der Autobahnbrücke.

»Da wollten wohl welche schauen, was hier drunten los ist.«

»Wahrscheinlich kann man es von da oben besser sehen«, sagte Julius.

FX war noch schneller im Auto als Julius, und der hatte schon sämtliche Regeln der Physik gebrochen. Auch der Schaulustige neben ihnen war in seinen Wagen gesprungen und überholte sie jetzt im Affentempo, fast einen entgegenkommenden Getränkelaster rammend.

Nach wenigen hundert Metern auf der Autobahn standen sie im Stau.

»Steig aus und geh nachschauen!«

»Und wer fährt dann, Maestro?«

»Wir tauschen. Los, raus mir dir!«

FX sprang aus dem Wagen und ging in Richtung Brücke. Julius wechselte den Platz und schaltete das Radio ein, vielleicht brachten sie ja was. Aber auf den meisten Kanälen lief Musik, einer sendete eine Nachbetrachtung zu einem Skispringen in Liberec, ein anderer berichtete über einen Mann, der im Westerwald in seinem Wagen erfroren war.

Genau das wollte er jetzt hören.

Die Minuten wurden lang und die Wagen vor ihm immer noch langsamer. Mussten die denn alle gaffen? Er hasste diese Schaulustigen. Wenn die nicht da wären, würde er schneller etwas sehen können.

FX kam zurückgelaufen. »Bürscherl, ist das kalt geworden.«

»Und?«

»Des musst du dir selbst anschauen.«

»Red schon!«

»Na, wirklich. Geh hin, des glaubst du mir sonst net.«

Kopfschüttelnd überließ Julius seinem Maître d'hôtel das Steuer wieder und ging entlang der Leitplanke durch den abgasverschmutzten grauen Schnee Richtung Tal. Nach einiger Zeit sah er eine Menschenmasse, die geschlossen nach rechts, Richtung Sonnenberg, blickte.

Es war nicht nötig, sich durchzudrängeln, ein junges Pärchen ging heftig tuschelnd zurück zum Auto und machte einen Platz an der Leitplanke frei.

Jetzt konnte auch Julius lesen, was dort in den Weinberg geschrieben stand. Die großen Lettern erstreckten sich über die Höhe von je drei Rebreihen. Sie glänzten in Lila, stachen aus dem Weiß hervor.

Julius konnte eine Frau im Weinberg erkennen, mit der er eben noch telefoniert hatte. Sie redete am Rand der metergroßen Buchstaben mit anderen Polizisten.

Schweigend ging er zum Wagen zurück und ließ sich auf den Beifahrersitz fallen. Der Wagen war keinen Meter weitergekommen.

»Was meinst?«, fragte FX.

»Hab ich das wirklich gerade gelesen?«

FX nickte. »Schweig oder stirb im verschlossenen Raum. Crudelis! – Was heißt des?«

»Grausam.«

»Unser Mörder hat wohl noch net genug mit zwei Morden. A bisserl theatralisch, wenn du mich fragst.«

»Aber es wird in jeder Zeitung stehen. Wer immer der Adressat dieser Nachricht ist, er wird sie erhalten.«

Plötzlich legte sich FX' Hand auf seine Schulter. »Vielleicht sitzt dieser jemand ja neben mir?«

IX

»Die Dinge beim Namen nennen«

Jetzt musste es schnell gehen.

Der Mörder hatte Angst.

Angst, dass jemand redete.

Eine Warnung war gut. Aber nicht endgültig genug. Es war nur eine Frage der Zeit, bis ihm dies klar wurde.

Julius blickte angespannt aus dem Wagenfenster. Entweder man fand den Mörder oder den, der gerade gewarnt worden war.

Und zwar schnell.

Konnte er selbst gemeint sein? Aber warum? Was wusste er schon? Nichts. Oder lag der Schlüssel zur Lösung des Falls längst in seinen Händen? Und er hatte es nicht bemerkt?

Als er nach Hause kam, stand die Polizei bereits vor dem Haus. Ein Beamter kam auf ihn zu und drückte ihm ein Handy in die Hand. Anna.

»Was hast du mir nicht erzählt?« Sie klang mehr besorgt als wütend. Aber beides auf sehr hohem Niveau. »Und warum war dein verdammtes Handy nicht an?«

Julius zog es aus der Jackentasche. Er hatte es nach dem letzten Gespräch mit Anna ausgeschaltet. Aber das war jetzt unwichtig.

»Ich habe keine Ahnung. Nicht die geringste.«

»Was soll das heißen?«

»Du weißt alles, was ich weiß. Die Warnung ist bestimmt nicht an mich gerichtet.«

»*Wie* bitte? Und das nach der Geschichte mit Sonner? Noch viel näher kann der Mörder es kaum an dein Restaurant schreiben.«

»Aber Sonner kann es ja nicht gewesen sein, der sitzt doch bei euch in Beugehaft.«

»Nicht mehr. Kurz nach unserem Telefonat hatte sein Anwalt ihn raus. Er hat anscheinend einen besseren Draht zu meinen Vorgesetzten als ich.« Annas Stimme klang plötzlich weit entfernt, sie hielt den Hörer offenbar weg vom Mund. »Augenblick, ich telefoniere gerade!« Sie kam wieder näher. »Er hat die Warnung mit Graffitifarbe auf den Schnee gesprayt. Ich muss ja nicht sagen, dass es keine aussagekräftigen Spuren gibt. Die Fußabdrücke enden an einer Straße, und ab da verliert sich die Spur. Jetzt suchen wir nach Haaren und Stoffspuren. Ich bete, dass wir was finden. Es muss endlich ein Ende haben.« Ihre Stimme kam näher. »Nicht noch eine Leiche ...«

»Ich pass auf mich auf.«

Anna lachte. Es klang spöttisch. »Natürlich passt du auf dich auf. Ziehst dir lange Unterhosen an, damit du dich nicht erkältest, und trinkst jeden Morgen ein Glas Orangensaft.« Ihre Stimme wurde drängender. »Wir haben es hier mit einem eiskalt planenden Mörder zu tun. Du musst nicht meinen, weil du einmal einen Fall gelöst hast, könnte dir nichts mehr passieren. Sei nicht so dumm! – Pass auf. Für eine Nacht werden Wagen vor den Häusern aller Verdächtigen und vor deinem postiert. Und danach ...«

»Wir werden ihn finden, bevor er wieder zuschlägt.«

»Ach, Julius.« Sie legte auf.

In dieser Nacht schlief Julius ruhiger als erwartet. Die Träume waren angenehm, und er wachte erfrischt auf.

Es war, als wäre alles in bester Ordnung.

Als er aus dem Fenster des Schlafzimmers blickte, sah er die vertraute Straße in unschuldiges Weiß gehüllt. Das Leben auf den Bürgersteigen und der Fahrspur verlief langsam, weißer Sand war im Getriebe. Julius öffnete das Fenster und roch den frischen Schnee, der in der Nacht gefallen war, ließ sich von der kalten Luft umspülen, bis es ihm zu eisig wurde und er noch einmal ins kuschelige Bett sprang.

Die Türklingel spielte Beethoven.

In der Tür stand, mit Schneeflocken wie eine Weihnachtsreklame überpudert, der blonde Rauschgoldengel namens Sandra Böckser. Julius ließ sie ins Haus schweben und bot ihr Tee und Shortbread an, da er gerade kein Manna vorrätig hatte.

Sie setzte sich, behielt ihre weiße Winterjacke mit Pelzbesatz aber an. »Ich wollte mich bei Ihnen ... darf ich du sagen?«

»Gerne«, sagte Julius.

»Ich wollte mich bei dir bedanken. Für den Rat mit der Polizei. Nachdem du gegangen bist, hab ich mit dieser Koblenzer Kommissarin gesprochen, und jetzt geht es mir viel, viel besser.«

»Das freut mich.« Julius hatte Hunger und wollte sich ein ordentliches Frühstück machen, aber es wäre unhöflich gewesen, jetzt wo Besuch da war. Sein Magen scherte sich allerdings überhaupt nicht um Höflichkeit. Er knurrte.

Auch Sandra Böckser hörte es. »Haben Sie, ach quatsch, hast du Hunger? Soll ich dir was machen?« Dann lachte sie, und Julius konnte hören, dass ihr das gut tat. Sie lachte lange und lachte sich einen Großteil der Spannung weg, die in ihr zu sein schien. »So was kann auch nur mir passieren. Einen berühmten Koch fragen, ob ich Amateurin ihm was kochen soll. Klasse, Sandra, ganz große Klasse!« Sie hörte auf zu lachen. »Ich bin übrigens nicht nur hier, um mich zu bedanken. Ich wollte dich auch wiedersehen und dich fragen, ob du vielleicht Lust hast, spazieren zu gehen?«

»Die Kommissarin hat mir von eurem Gespräch erzählt.«

Sandra Böckser sah ihn verstört an.

»Sie dachte wohl, du hättest mir schon alles erzählt«, log Julius. »Hattest du nicht. Nichts von deinem …«

»Schon klar.«

»Das sollte gar nicht abwertend sein.«

»Ist schon in Ordnung.« Sie stand auf. Julius hielt sie am Arm fest.

»Bitte.«

»Ich möchte nicht drüber reden. Es, es stößt mich genauso ab wie es mich … reizt.« Sie hatte lange nach diesem halbwegs unverfänglichen Wort gesucht.

»Ich bin niemandes Richter«, sagte Julius und meinte es so. »Und ehrlich gesagt, kann ich bei der Sache auch gar nicht mitreden.«

Sandra Böckser lächelte etwas. »Ich muss dann mal wieder.« Sie stand auf und ging Richtung Haustür. »Pass auf dich auf.«

Kurz vor der Tür fiel Julius noch etwas ein. Er machte sich Sorgen. »Wegen der Sache im Weinberg: Meinst du, er könnte dich meinen?«

Sandra Böckser hob die Schultern. »Nein. Das glaube ich nicht. Warum sollte er mir etwas antun? Bei einem kulinarischen Detektiv wäre ich mir da nicht so sicher.« Julius fragte sich, warum sie so überzeugt davon war. Warum er keine Angst bei ihr spürte. Wusste sie etwas? Sie gab ihm einen Abschiedskuss auf die Wange und verschwand.

Eine gute Stunde später kam Julius an einem Fernsehteam vorbei, das gerade einen Schwenk über die Ahrweiler Innenstadt machte, der auf Burg Einöllen endete.

»Schnitt!«, rief einer der drei Männer herrisch. Derjenige, wie Julius bemerkte, der weder das Mikrofon noch die Kamera hielt. Jetzt warf er sich seinen roten Schal über die Schulter. Als er Julius erblickte, wirkte er hocherfreut.

»Der ist klasse. Der Dicke da. Unser Mann von der Straße!« Er kam auf ihn zu. »Guten Tag, Christian Rehfuß von RTL Aktuell, könnten wir Ihnen ein paar Fragen zu der blutigen Mordserie hier im Tal stellen?«

»Nein«, sagte Julius und ging weiter. Er steuerte auf den idyllischen Ort des zweiten Mordes zu. Endlich hatte er Zeit, um Professor Altschiffs Hypothesen zu überprüfen. Seit ihrem Gespräch war so viel geschehen, was ihn davon abgehalten hatte. Julius versuchte, sich zu konzentrieren. Er versuchte, nicht an eine der beiden Frauen zu denken, an die er in letzter Zeit immer denken musste. Als er durch den Eingang der Burg schritt, folgte ihm das Kamerateam.

»Jetzt das Zimmer«, sagte jemand hinter ihm. »Und dann ab zu diesem Weinberg, wo was geschrieben stand.«

Julius ließ die Truppe vorbeiziehen. Er wurde keines weiteren Blickes gewürdigt. Es wunderte ihn nicht, dass sie ihm wenige Minuten später wieder entgegenkam, Richtung Ausgang. Die Burgherren wollten bestimmt nicht das hübsche Zimmer, in dem Inge Bäder ihr Ende fand, deutschlandweit über die Bildschirme flimmern lassen. Wer würde es dann noch buchen? Und, was noch wichtiger war, wollte man solche Gäste?

Der Besitzer, der diese Frage offensichtlich gerade mit Nein beantwortet hatte, kam die Treppe herunter.

»Herr Eichendorff, Sie nicht auch noch!« Er ordnete mit einer Hand seine Haare, obwohl diese bereits perfekt lagen. Die andere war fest um ein Schnittchen geklammert. Feine Leberwurst mit Gürkchen, wie Julius erkannte.

»Ich möchte es nur noch mal sehen. Es lässt mich einfach nicht los.«

»Ich geh mal davon aus, dass Sie keine Kamera dabei haben.«

Julius sah ihn nur an.

Der Besitzer biss genüsslich in seine Zwischenmahlzeit. »Ich hab die Polizei nicht angefleht, die Versiegelung des Zimmers aufzuheben, damit die Presse jetzt reinkann. Ich will es wieder vermieten. Jeder Tag ohne Belegung kostet.« Er biss wieder in sein Schnittchen. »Gehen Sie hoch. Warten Sie, ich geb Ihnen den Schlüssel.«

Julius nahm ihn und stieg in Richtung »Aphrodite«. Dem Zimmer, in dem vor kurzem ein Mörder seiner perversen Lust am Töten nachgegangen war. Während er dies dachte, brachten ihn seine Füße geradewegs zur gesuchten Tür. Julius befiel ein beunruhigendes Gefühl. Wie harmlos die Welt aussah, und wie viel Schreckliches sich in ihr abspielte. Eine normale Tür in einem normalen Hotel. Kein Gast zuvor und keiner danach würde irgendetwas bemerken.

Dieses Verbrechen hatte keine Spuren hinterlassen.

Er starrte die Tür lange an, als wäre sie eines der Bilder, aus denen mit der Zeit 3D-Formen heraustraten.

Aber es war nur eine Tür.

Das in ihr Verborgene blieb, wo es war.

Er ging näher heran. Das Schloss. Es fanden sich Kratzer an den Seiten des Schlüssellochs, die auf häufige Benutzung hinwiesen. Julius hatte auf dem Weg nach oben Blicke auf andere Türen des Hotels geworfen. Die längeren Kratzer deuteten auf ausgiebigen Weinkonsum, nicht aber auf einen Trick hin, der ein Hindurchschreiten der verschlossenen Tür ermöglichte. Die Einkerbungen in den Kreuzschrauben des Schlosses wiesen keine blanken Stellen auf. Also hatte niemand mit einem Schraubenzieher an ihnen herumgespielt.

Er schob den Schlüssel ins Schloss. Drehte ihn.

Die Tür ging wie von selbst nach außen auf.

Das Zimmer roch frisch gesaugt. Julius ging hinein. Auf den Kopfkissen fanden sich Betthupferl für die nächsten Gäste.

Julius schloss die Tür.

Er drehte sich um die eigene Achse.

Die Worte des Illusionisten und die des Professors legten sich wie Filmspulen in seinen Kopf. Sie versuchten abzulaufen.

Sie hakten.

Bis auf eine. Die Spule mit der Schnurgeschichte.

Er ging wieder zur Tür, zog den Schlüssel außen ab und steckte ihn von innen ins Schloss. Mit einer Schnur … wo würden sich Spuren finden? … wäre eine Stelle am kreisrunden Schlüsselkopf leicht blank poliert, weil die Schnur über sie gescheuert hatte? … hatte sich vielleicht ein feiner Faden der Spur im Teppich verfangen …

Nein.

Keine blank polierte Stelle. Keine Faden.

Julius besah sich noch einmal die Tür. Das Holz am unteren Ende war weich, dort müsste eine Schleifspur sein. Sie fand sich nicht. Aber eine Schnur, mit welcher der Schlüssel von außen gedreht werden konnte, musste unter der Tür hindurchgeführt werden. Es gab keine andere Möglichkeit.

Außer oberhalb!

Julius holte sich schnell den Stuhl, rückte ihn vor die Tür und stieg hinauf. Er suchte mit den Augen und fuhr parallel mit seinen Fingerkuppen über das Holz.

Er hielt inne.

Konnte es das sein, was er gesucht hatte?

Auf der Straße war ein Streit entbrannt. Jemand schrie, dass sich die blöden Fernsehfutzis zum Teufel scheren sollten. Er hätte zu den Morden überhaupt keine Meinung.

Julius versuchte, nicht darauf zu achten. Die Stelle, auf der seine Augen ruhten, wies eine Rille auf. Eine kleine, aber so sehr sich Julius anderes wünschte, eine zu große, als dass sie durch einen Faden, der durch den Spalt zwischen Tür und Rahmen hindurchpasste, verursacht worden wäre.

Er stieg wieder hinunter, stellte den Stuhl an genau den Platz zurück, wo er vor seinem Eindringen gestanden hatte, und strich nicht vorhandenen Dreck von der Sitzfläche.

Er wollte gehen und drehte sich Richtung Tür.

Dann fiel es ihm auf.

Es war so simpel!

Der Professor hatte davon gesprochen.

Julius war kein großer Handwerker. Aber so viel verstand er.

Also drückte er die Tür auf. Verschloss sie von außen und besah sich ihre rechte Seite, ging näher heran und fand genau, was er suchte.

Die Spuren blitzten noch.

Der Hotelbesitzer hing am Telefon, als Julius die Treppe herunterstolperte. Er beendete das Gespräch und kaute den Mund frei. Diesmal war es ein Schnittchen mit Salami Mailänder Art.

»Was ist denn los, Herr Eichendorff? Haben Sie etwa noch eine Leiche gefunden?«

»Ist seit dem Mord irgendwas an der Tür gemacht worden? Ausgebaut oder so?«

»Nein. Die haben da nur irgendein Puder draufgetan und Fotos gemacht, aber die Tür blieb an ihrem Platz.«

»Sind Sie sicher?«

»Ja, ich hab extra ein Zimmermädchen abgestellt, die gucken sollte, ob die auch keinen Mist machen. Die Tür ist, soweit ich weiß, überhaupt nie ausgebaut worden.«

»Danke«, sagte Julius. »Sie haben keine Ahnung, wie sehr Sie mir geholfen haben!«

»Nee«, erklang es hinter Julius, als dieser zur Tür hinausrannte. »Wirklich nicht.«

Mit einem Hochgefühl stieg Julius in den Wagen, rief Anna per Handy an und bestellte sie zum Bunker. Er musste es auch dort überprüfen. Allein würden ihn die Leute von der Abrissfirma nicht reinlassen, da musste die Staatsgewalt her.

Auf dem umzäunten Platz vor dem Bunkereingang oberhalb Marienthals lagen zerlegte Dieselgroßtanks wie gestrandete Wale. Sie wurden weiter auseinander geschweißt. Anna lehnte an ihrem Dienstwagen.

»So schnell?«, fragte Julius.

»Ich war in der Nähe. Erklärst du mir jetzt, warum du mich so eilig herbestellt hast?«

»Nein. Besser, ich zeig's dir. Lass uns reingehen.«

Es war ein anderer Weg als beim letzten Mal. Er führte durch drei weiß gekachelte Räume. Im ersten musste die gesamte Kleidung in einen Müllbeutel gesteckt werden. Im zweiten wurde geduscht, auch Ameisensäure stand zum Reinigen bereit. Im dritten erhielt man neue Kleidung.

Im Falle eines erfolgten Atomschlags.

Julius, Anna und ein grau bekittelter Hausmeister gingen schnell hindurch. Alle Kontaminierungen ins Innere tragend. Sie kamen vorbei an einigen Männern in Schutzanzügen, die das Asbest aus den Schlafräumen entsorgten.

»Der Frisörsalon geht komplett ans Deutsche Historische Museum nach Berlin«, sagte der Hausmeister, als sie daran vorübergingen. Es klang wie ein Abschied. Mit zwei weinenden Augen.

»Dauert es noch lange, bis wir da sind?«, fragte Anna.

Julius ging nicht darauf ein. Stattdessen blieb er stehen. »Hast du dir beim letzten Mal die Kanzlerzimmer angeschaut?«

»Die *müssen* Sie sich ansehen«, sagte der Hausmeister. »Nur Kanzler und Präsident hatten eine eigene Toilette, alle anderen mussten auf gemeinschaftliche. Dazu hatte der Kanzler als Einziger eine Dusche, der Präsident als Einziger eine Badewanne.«

»Und wer höflich fragte, durfte auch die sanitären Anlagen des anderen benutzen«, sagte Julius. Er erhielt keine Reaktion. Anna und der Hausmeister sahen ihn mit Unverständnis an.

»Das ist das Kanzlerschlafzimmer, hier standen früher Bett, Spind und Stuhl drin, aber das ist alles schon ausgeräumt.«

Zu sagen, der Anblick wäre wenig aufregend gewesen, wäre grober Übertreibung gleichgekommen. Es war ein kleiner, rechteckiger Raum mit grünen Wänden. Niemand hätte ihn auch nur eines Blickes gewürdigt. Der vorgesehene Inhalt machte ihn besonders.

Weiter ging es. Julius, mehr Kugelfisch als Flunder, fühlte sich in den schmalen Gängen beengt. Ab und an musste sich die kleine Gruppe in einen Nebengang stellen, damit ein Mitarbeiter der ostdeutschen Abrissfirma mitsamt orangefarbenem, motorisiertem Wägelchen passieren konnte. Der Weg war lang. Viele Leitungen, Rohre und Türen lagen vor ihnen. Anna war schweigsam, Julius ließ sich auf die Faszination der Räume ein. Vom Bunkerkoller, dem er sich bei seinem ersten Besuch noch nahe gefühlt hatte, war nichts mehr zu spüren. Er musste seiner Begeisterung einfach freien Lauf lassen.

»Es ist eine Schande, dass der Rosengarten zugemacht wird. Das hier ist Beton gewordene Geschichte. Ein Bunker, in dem dreitausend Menschen bei einem Atomschlag dreißig Tage überleben können.« Plötzlich kam er ins Grübeln. »Da fragt man sich doch …«

»… warum?«, sagte der Hausmeister, die Augen träge hinter den dicken Tränensäcken bewegend. »Ja, das fragt man sich. Aber ist nicht jeder Tag lebenswert, und hat der Mensch nicht einen unbändigen Überlebenswillen? Vielleicht hätte es in diesen dreißig Tagen doch etwas zu tun gegeben. Wir werden es nie erfahren.«

»Gott sei Dank«, sagte Anna.

Julius hörte nicht hin. »Das müssten auch andere sehen, je mehr, desto besser. Am besten als Museum. Hier ist der Kalte Krieg, die atomare Bedrohung fassbar.« Er schlug demonstrativ mit der Hand auf den nackten Beton.

»Man atmet sie, nicht wahr?« Etwas wie morbide Begeisterung lag in der Stimme des Hausmeisters. »Hier liegt Angst in der Luft. Wir haben immer mit dem Gedanken an einen Atomangriff gelebt.«

»Und Sie konnten noch nicht mal darüber reden …«, sagte Julius.

»Über die Angst schon. Aber eben nicht darüber, was ich genau gemacht habe. Es galt absolute Schweigepflicht. Nichts gegenüber meiner Frau, nichts zu den beiden Kindern. Kein Wort zu den Freunden in der Kneipe, wenn die von der Arbeit erzählten. Und später kam dann raus, dass ein DDR-Spion einen beim Verteidigungsministerium ausspioniert hat. Unsere ganze Geheimnistuerei hätten wir uns sparen können, die wussten eh alles.«

Die Historie hat einen schwarzen Humor, dachte Julius. Er erkannte nun einige Gänge wieder. Hier war er schon gewesen. Damals hatte der Tourführer Zahlen heruntergerasselt. Elf Millionen Euro jährliche

Betriebskosten, zweihundert ständige Mitarbeiter, alle zwei Jahre eine Übung. Aber die Zahlen hatten ihn nicht interessiert. Etwas anderes hatte seine Aufmerksamkeit gefesselt. Aber damals hatte er vergessen zu fragen.

»Stimmt das eigentlich mit der Champignonfarm?«

Ein gequältes Lächeln erschien auf dem faltigen Gesicht des Hausmeisters, das einem alten Bassett gut gestanden hätte: »Aber ja doch. Das wollten sie aus unserem Bunker machen. Oder einen Freizeitpark. Aber das scheiterte alles am Brandschutz, der war viel zu teuer. Mir ist es lieber so. Eine Champignonfarm ...«

Er schien es für despektierlich zu halten, Julius hielt es für eine großartige Idee – wenn auch ein Museum noch besser wäre. Mit einer kleinen Champignonabteilung.

Sie kamen an einer Wand vorbei, auf der in roter Schrift stand: »Achtung! Lebensgefahr! Bei Blinklicht Bodenmarkierung nicht betreten!«

Die Warnung befand sich direkt neben der Kapelle.

Alle Gedanken an Champignonzubereitung verschwanden aus Julius' Kopf, als er die Tür sah.

Ein Blick reichte.

Verdammt!

Trotzdem sah er sich alles an. Wenn nicht so, dann vielleicht anders. Aber dies war keine Tür. Dies war eine bewegliche Wand.

Es gab keinen Trick, der hier funktionieren konnte.

Julius drückte sie auf. Auf dem Boden, nur kurz hinter dem Eingang, waren noch die Kreideumrisse Klaus Grads zu erkennen.

Er sah sich die Tür von innen an.

»Was wolltest du mir hier zeigen?«

»Wollen Sie den Tresor sehen?«, fragte der Hausmeister.

»Nein danke.« Julius löste seinen Blick von der Tür und haftete ihn auf Anna. »Ich kann dir nichts zeigen.«

»Dieser kleine Ausflug war also völlig umsonst?!«

Julius merkte, dass sich Annas Stimmung drastisch verschlechterte. Er stritt nicht gern vor Fremden. »Könnten Sie uns vielleicht einen Augenblick allein lassen?«

»Ich muss sowieso noch was im Plenarsaal erledigen. Die große Weltkarte soll runter.« Der Hausmeister verschwand.

Annas Wut schien wie entfesselt. »Du musst nicht meinen, dass es mir *Spaß* macht, hierher zu kommen! Ich hab Besseres zu tun, als mir vom berühmten kulinarischen Detektiv die Zeit stehlen zu lassen.«

»Es hätte sich genauso gut lohnen können. Und *wie* es sich hätte lohnen können!«

»Toll. Dann lass uns jetzt gehen. Du hast bestimmt auch anderes zu tun …« Sie spitzte nur ganz leicht den Mund. Julius bemerkte es, ging aber nicht darauf ein.

»Jetzt mach mir nicht die Präsentation meiner Ergebnisse kaputt.« Er hatte sich das alles ganz anders vorgestellt. »Ich habe herausgefunden, wie der Mörder durch die verschlossene Tür in Burg Einöllen gekommen ist.«

»Hat Sandra Böckser es dir erzählt? Sie kann sehr … freigiebig sein, wenn sie will. Denke ich mal.«

»Ich habe es ganz *allein* herausgefunden. Die Tür zu Inge Bäders Hotelzimmer hat einen ganz entscheidenden Unterschied zu dieser hier. Weißt du, was ich meine?«

»Diese hier ist stabiler? Jetzt, wo du's sagst, fällt es mir auch auf. *Genial.*« Mehr Sarkasmus passte in die Worte nicht hinein.

»Nein. Diese hat die Scharniere *innen*.«

»Wenn du es sagst. Und was soll das bedeuten?«

»Inge Bäders Tür hatte sie außen. Eine ganz simple Holztür, mit simplem Schloss. Man kann die Tür ausheben, von der Innenseite verriegeln, und dann von der Außenseite wieder einsetzen. Man muss ein wenig Kraft dafür haben, aber es ist kein Problem. Hört sich unwahrscheinlich an, aber klappt.«

Anna ging zur Tür und sah sich die Scharniere an. »Hast du dafür irgendwelche Beweise?«

»Kleine vertikale Schrammen. Noch so frisch, dass sie glänzen. Und der Hotelbesitzer hat bestätigt, dass die Tür nicht ausgebaut worden ist. Nie. Diese Schrammen stammen vom Mörder. Sie passen auch zum metallischen Geräusch, das Sandra Böckser in der Mordnacht gehört hat.«

Anna lächelte. Julius musste auch lächeln. Ihre Wut war weg.

»Du bist ein Schweinehund, aber ein cleverer.«

»Anna, wirklich …«

»Ich will nichts hören! Wir sind ihm auf der Spur, Julius, wir kommen näher, und bald haben wir ihn. Ganz sicher.« Sie rubbelte ihm über den Kopf, wofür sie sich strecken musste. »Aber jetzt will ich raus hier. Man kommt sich ja vor wie im Wartesaal des Todes.«

Julius hatte das Gefühl, den Tag nur im Auto zu verbringen. Aber etwas trieb ihn. Die Zeit. Und die Angst. Der Mörder war nervös. Und wenn es Sonner gewesen war, hieß der Grund seiner Nervosität Julius. Und wenn der Täter ein anderer war? Trotz des Vorfalls im Gartenhaus war Julius nicht sicher, wer es gewesen war. Er brauchte Klarheit. Um seiner selbst willen.

Während er den Blinker setzte, dachte er daran, wie er gerade mit Anna aus dem Regierungsbunker gekommen war. Auch sie hatte die Hand schon an der Maske des Mörders.

»Kann ich auch mal was zur Klärung des Falls beitragen?«

»Ja?«, hatte Julius gefragt.

»Die Monstranz wurde über einen Zwischenhändler von Inge Bäder verkauft. Alles lief mit Bargeld. Die Summe sag ich dir nicht, das würde bloß dazu führen, dass du den Kochlöffel weglegst und die nächstbeste Kirche ausraubst.«

Das würde nie passieren, hatte Julius in diesem Moment gedacht. Nicht für Geld.

»Es gibt wohl eine heiße Spur, wo sich die Monstranz befindet. Aber es wird dauern, bis alles in trockenen Tüchern ist. Kein wirkliches Happy End also.«

»Es ist happy genug«, hatte Julius gesagt.

Er fuhr auf der Landskroner Straße, vorbei an der »Alten Eiche«. Kurze Zeit, nachdem sie Sinziger Straße hieß, bog er links ab. Der Lohrsdorfer Kopf zog rechts am Seitenfenster vorüber. Es schneite wieder. Ein neues weißes Bettlaken wurde über das Tal gelegt. Es konnte nichts verbergen.

Auch der Milsteinhof wirkte in Julius' Augen trotz des idyllisch auf ihn fallenden Schnees nicht harmlos. Es standen nur wenige Wagen auf dem Parkplatz. Die meisten hatten, wie Julius bemerkte, keine Winterreifen aufgezogen. Seine waren vorschriftsmäßig drauf, seit das Thermometer erstmals unter sieben Grad gefallen war. An einem der Autos kratzte ein sommerlich gekleideter Mann die Scheiben frei. Es sah aus, als wolle er sein Gefährt zertrümmern. Julius parkte direkt neben dem so Beschäftigten. Er stieg aus und streckte ihm die behandschuhte Hand entgegen.

»Hallo, Herr Reifferscheidt.«

Steve Reifferscheidt hörte auf zu kratzen. Er hatte Julius' Ankunft anscheinend nicht wahrgenommen. Überrascht gewährte er einen Handschlag. Er trug nur ein dünnes grünes Polohemd. »Tag, Herr Eichendorff.«

»Ist Ihnen nicht kalt?«

»Kalt? Wieso?« Er blickte an sich herunter. »Ach, das. Nee. Ich hab meine Jacke drinnen liegen lassen. Da geh ich nicht mehr rein. Ist aber kein Problem.«

»Soll ich sie Ihnen holen?«

Reifferscheidt zögerte. Aber jetzt, da er nicht mehr das Eis auf seinem Wagen malträtierte, gewann die Kälte wieder Kontrolle über seine Körpertemperatur. »Wenn es keine Umstände macht. Sie hängt am Eingang. Eine knallrote.«

»Werde ich finden.« Und so war es. Es hing nur eine weitere Jacke an der Garderobe. Niemand war zu sehen. Julius ging wieder auf den Parkplatz.

»Danke.« Reifferscheidt zog sie direkt an.

»Besser?«

»Besser.«

»Mit wem haben Sie sich gestritten?«

»Das geht Sie …«

Julius lächelte ihn an und strich sich fröstelnd über die dicke Jacke.

»Haben Sie vom Putsch gehört?«, fragte Reifferscheidt.

»In welcher Bananenrepublik?«

»Im Golfclub.«

Der Schnee häufte sich auf Julius' Kopf. Einer der Momente, in denen er sich einen flächendeckenderen Haarwuchs oder aber einen Hut wünschte. »Sie meinen, dass Sonner neuer Präsident ist.«

»Ich war daran nicht ganz unschuldig. Mist. *Mist*!« Reifferscheidt trat in den Schnee. Julius bekam etwas ab. »'tschuldigung. Aber …«

»Was haben Sie denn gemacht? So schlimm kann es doch nicht gewesen sein.«

»Ich hab nix gemacht, gar nix. Deswegen ist der alte Hessland jetzt weg vom Fenster.«

»Das sollten Sie mir genauer erklären.«

»Sonner rief irgendwann bei mir an, so auf die nette Tour. Sagte, er wolle nur hören, wie es unserem Starspieler, so hat er gesagt, im Winter ginge. Ob alles okay wäre und so. Total freundlich. Und dann fing er an, er habe da so Gerüchte gehört, aber das könne nicht sein, das könne er sich gar nicht vorstellen.«

So gesprächig hatte Julius Reifferscheidt gar nicht erwartet. Er würde in Zukunft stets anderen ihre Mäntel nachtragen. Steve Reifferscheidt fuhr fort.

»Da war er immer noch total nett. Sagte aber, die Leute würden erzählen, Hessland habe mich nur eingestellt, damit man ihn nicht absäge. So in der Art, wenn ihr mich abwählt, verlasse ich den Verein und nehme den besten Spieler mit. Dass er also gar nichts von mir als Handwerker hielt. Die Leute würden sich über meine Dummheit lustig machen, also das hat er nicht so direkt gesagt, aber es war klar.«

Reifferscheidt kratzte mit einem schnellen Ruck den Außenspiegel frei. »Das hab ich zwar irgendwie geahnt, also den Grund, warum Hessland mich eingestellt hat, wollt's aber nicht wahrhaben. Und wenn das jeder denkt, sieht das auch scheiße aus, als würde ich sonst keinen Job mehr finden. Und da hab ich's geschmissen.«

Wie wichtig doch die Meinung der »Leute« war, dachte Julius. Für diese Provinzposse war sie ausschlaggebend gewesen. »Haben Sie denn schon einen neuen Job?«

»Nein.« Reifferscheidt kratzte weiter am freien Außenspiegel. »Sonner hat gesagt, er hätte was für mich, also 'ne Stelle, wenn ich mal von Hessland weg wolle. Er hätte viel Gutes über mich gehört.«

»Gehört ihm die andere Jacke?«

Reifferscheidt nickte. »Eben hat er gesagt, er hätte nicht gemeint, dass *sofort* was frei wäre. Sondern, dass er mir Bescheid geben würde, *wenn* was frei wäre. Ich soll ihm schon mal die Bewerbungsunterlagen geben, aber zurzeit sehe es schlecht aus. Da kann ich mir echt was für kaufen!«

»Und bei der Sitzung, als Hessland abgesägt worden ist? Was ist da passiert?«

»Vorher hatte ich bei Hessland ja schon gekündigt. Sonner hatte mich am Abend extra gefragt, und plötzlich war da dieser neue Tagesordnungspunkt. Ein Misstrauensvotum oder so. Hessland fiel aus allen Wolken.«

»Haben Sie ihn seitdem noch mal gesehen?«

»Nein. Der guckt mich mit dem Arsch nicht mehr an. Ist doch klar, würde ich auch nicht. Das war zwar 'ne miese Tour von ihm, aber immerhin hatte ich einen Job. Und ein guter Präsident war er auch. Konnte ja nix für die Morde, und das Krisenmanagement, das hätte der Sonner auch nicht besser hingekriegt, der Schwätzer.«

Julius konnte kein Mitleid empfinden. Reifferscheidts Problem in allen Ehren, aber das hatte er selbst verbockt. »Wissen Sie noch irgendwas über Grad oder Inge Bäder, das mir weiterhelfen könnte?«

»Wieso Ihnen weiterhelfen?«

Julius bemerkte erst jetzt, dass er die Deckung fallen gelassen hatte.

Er nahm sie wieder auf. »Ich kann nicht mehr schlafen wegen der Morde, ich hab ständig Alpträume. Wenn der Täter nicht bald gefunden wird, werde ich verrückt.« Selbst eine unterbelichtete Nacktschnecke hätte diesen Blödsinn durchschaut. Aber ihm gegenüber stand Steve Reifferscheidt.

»Kann ich verstehen, geht mir auch so. Über die Bäder weiß ich nix, schrullige Alte halt. Aber Grad ...« Er blickte Julius lange an. »Nein, da will ich nicht drüber reden. Das wäre kein Fairplay.«

»Kommen Sie, der Mann hat Sie verprügelt!«

»Na ja, stimmt, aber ich verpetz keinen, geht auch keinen was an. Und jetzt, wo er tot ist, will ich nichts Schlechtes über ihn sagen.«

Käme sonst seine untote Seele über ihn?

»Jetzt seien Sie mal nicht päpstlicher als der Papst! Glauben Sie, Grad hätte auch nur ein gutes Haar an Ihnen gelassen, wenn Sie statt seiner tot wären?«

Reifferscheidt nahm sich den Eisschaber und wandte sich wieder der Windschutzscheibe zu. Julius setzte nach.

»Der Mann hat sie verachtet, als Handwerker, als Mensch, und erst recht als möglichen Schwiegersohn. Eine komische Vorstellung von Nibelungentreue haben sie.«

Reifferscheidt hörte auf zu kratzen und setzte sich in seinen Wagen. »Danke für die Jacke. Aber wenn Sie mich noch einmal blöd wegen den Morden anquatschen gibt's Ärger. Ich sag überhaupt nichts.« Er schlug die Tür zu, startete den Wagen und fuhr davon.

Julius wurde wütend. Wütend auf sich selbst. Wieso hatte er Reifferscheidt davonfahren lassen? Es gab Momente, in denen er sich wünschte, keine gute Kinderstube zu haben. Aber es lag ihm nicht, die Wahrheit gewaltsam aus anderen herauszuholen. Es musste doch auch anders gehen. Julius glaubte an die Kraft des Wortes.

Schließlich war der Mensch ein zivilisiertes Wesen.

Was dachte er da für einen Blödsinn?

Sein nächstes Ziel war Schalkenbach. Auf dem Weg dorthin wurden Julius' Vorbehalte gegen die Intelligenz der menschlichen Spezies weiter bestärkt. Sein Audi diente mehreren von hinten heranbrausenden Wagen als Slalomstange auf der schneebedeckten Piste. Die Raser zogen vorbei, fatale Folgen für sich und die Slalomstange in Kauf nehmend. Julius hupte nicht gern, das Geräusch machte ihn aggressiv. Jetzt aber hupte er, als wieder einer kurz vor ihm einscherte und in der Kurve beschleunigte. Doch der Ärger schwoll nicht in gewöhnlichem Maß an. Etwas hinderte die Wut, sich voll zu entfalten. Julius wollte es sich nicht eingestehen, aber er war froh, unterwegs zu sein. Die Angst, vielleicht der Gewarnte zu sein, zwang ihn, immer wieder in den Rückspiegel zu blicken. Wurde er verfolgt? Was für ein abwegiger Gedanke! Der Mörder würde ihm doch nicht den ganzen Tag an der Stoßstange hängen. Nach Ahrweiler, Marienthal, zum Milsteinhof und jetzt in Richtung Schalkenbach.

So irre konnte kein Mensch sein.

Nicht bei den heutigen Benzinpreisen.

Auf der Kurgartenbrücke in Bad Neuenahr traf Julius einen Menschen, dessen Irrsinn er, wie sich nun zeigte, fahrlässig unterschätzt hatte. FX stand dort, den Arm um eine dunkelhaarige Schönheit gelegt, die einen altrosa Seidenschal um den Hals trug, und blickte auf die zugefrorene Ahr. Er gestikulierte, als würde er etwas erklären. Die Bewegungen wirkten schnell in der Trägheit ringsum. Wie in Zeitlupe trieben die Kurgäste an FX und seiner Begleiterin vorbei, als wäre die Luft eine zähe Masse. Julius musste an Manns »Zauberberg« denken, an die besondere Magie des Kurlebens.

Er setzte den Blinker und hielt an. »FX! Was treibst du denn hier?« Der neue Name ging ihm immer noch schwer über die Lippen. Sein Maître d'hôtel drehte sich um. Hektisch bedeutete er Julius, den Mund zu halten. Es war zu spät. Julius konnte genau hören, was die Frau neben FX sagte, denn ihre Stimme war schriller als die eines hungrigen Entenkükens.

»Wieso nennt der dich FX, Alois? Ich dachte, du heißt Kracher mit Nachnamen?«

»Des ist mein Spitzname aus der Zeit bei der Spanischen Hofreitschule. Entschuldige mich bitte, Spatzerl.«

FX kam zum Wagen. Er sprach mit gepresster Stimme. »Bist du wahnsinnig, mich hier anzusprechen?«

Julius' Stimmung wurde schlagartig besser. »Das tut mir sehr Leid, Herr *Kracher*. Aber ich dachte, wir alten Hofreiter haben immer Zeit füreinander.«

»Halt dei Goschn!«

»Jetzt weiß ich auch endlich, was du in deiner Freizeit so treibst. Von wegen Kaffeehausmusik.«

»Die spiel ich ihr später noch vor ...«

Hinter FX war wieder die schrille Frauenstimme zu hören. »Alois, dauert das noch länger? Ich hab doch gleich meinen Termin in den Thermen.«

»Bin gleich bei dir, Katzerl«, sagte FX. »Ich muss weg, Maestro.«

»Bist du nicht etwas zu jung für einen Kurschatten?«

»Ach was, des ist es doch grad! Hier laufen viele hübsche junge Damen rum, bereit für ein amouröses Abenteuer, und dann nur latscherte Mannsleut. Dann treffen sie auf mich, den Alois Kracher, wegen einem Herzfehler aus der Hofreitschule ausgeschieden, kennt sich im Ahrtal aus, ist sportlich und natürlich fesch!«

»Ganz schön verschlagen.«

»Danke vielmals und bis bald.« Er drehte sich um, hakte die mittlerweile leicht ungeduldige Schönheit unter und nahm Kurs auf die Ahrthermen.

Julius fuhr weiter. Wie hatte er jemals einen Wiener einstellen können?

Wie ein Wintermärchen tauchte der kleine Ort, der in so kurzer Zeit zwei Steuerzahler hintereinander verloren hatte, vor der Windschutzscheibe des Audi auf. Julius wusste nicht, was er hier suchte. Er dachte auch nicht darüber nach, als er eine seiner Notfallpralinen aß, obwohl kein Anlass dazu bestand. Er ließ sich treiben, gehorchte dem Zufall, der ihm schon die Soßenorgel beschert hatte, vertraute sich dem Schicksal an. Julius wurde das Gefühl nicht los, dass es nicht Fakten waren, die ihm fehlten, sondern eine Idee. Eine Idee, wie die Fakten zu kombinieren waren. Diese Idee konnte er überall finden. Er musste es einfach ausprobieren. Vielleicht hatten die Toten eine Inspiration für ihn. Wenn es schon einen Mörder gab, der durch verschlossene Türen gehen konnte, vielleicht konnten dann auch die Seelen der Verstorbenen den Lebenden eine Nachricht überbringen. Das wäre doch mal was Sinnvolles.

Er parkte den Wagen wie beim ersten Besuch an der Kapelle des heiligen Johannes, stieg aus und blickte sich um. Der Schnee fiel kerzengerade vom Himmel, kein Wind drückte die Flocken in die Augen der wenigen Spaziergänger. Nur ein Kind mit Plastikschlitten war zu sehen und eine alte Frau, die ein kleines Wägelchen hinter sich herzog, viel Kraft aufwendend, da der Schnee an den Reifen pappte.

Julius blickte sich um. Hatte da ein Wagen in der Nähe geparkt?

Er verharrte. Als wäre er dadurch nicht mehr sichtbar. Als ließe ihn Bewegungslosigkeit zu einem dicken Laternenpfahl mutieren, der niemandem auffiel.

Den niemand umbringen wollte.
Alles wurde leiser.
Das Kind und die alte Frau waren fort. Kein Wagen fuhr.
Das Knirschen von Schuhen, das Klingeln eines Reißverschlusses kamen näher.
Ein dicker Vogel ließ sich auf der Regenrinne des gegenüberliegenden Hauses nieder.
Julius wandte nicht den Kopf. Er starrte geradeaus. Warum, wusste er selbst nicht.
Die Geräusche kamen näher, schienen schreiend laut.
Er erwartete den Schuss.
Eine üppige Frau ging an ihm vorüber. »Guten Tag.«
Julius' Herz verlangsamte nicht den schnellen Takt. Es raste weiter. Es hielt den Körper weiter im Zustand höchster Anspannung. Jetzt wurde es ihm klar. Er hatte die Angst verdrängt, so gut er konnte. Er hatte es als Blödsinn abgetan, dass er das nächste Opfer sein könnte. Nun hatte es nicht mehr als einer vorbeigehenden freundlichen Frau gebraucht, um die Angst unerwartet aus ihrer Höhle zu schrecken.
Jetzt war sie überall.
Julius war auf der Spur eines Mörders. Und wie ein angeschossenes Tier würde dieser alle Vorsicht ablegen, wenn Julius' ihn stellte. Wie das Tier hätte auch der Mörder nichts mehr zu verlieren.
Julius vergewisserte sich seines Schweizer Taschenmessers. Im Kofferraum lag eine Bockdoppelflinte, die er als Jäger besitzen durfte.
Geladen.
Aber es würde dauern, bis er sie herausgeholt hätte.
Die Frau wechselte die Straße, ging zum Haus mit der Nummer 126. Klaus Grads Haus.
Sie klingelte.
Der dicke Vogel hob von der Regenrinne ab und schoss wie eine träge Kanonenkugel über Julius hinweg. Wollte ihm die Natur irgendetwas sagen?
Die Frau klingelte wieder.
Julius ging auf die andere Straßenseite, die Hände in den Jackentaschen versenkt. Er war nun ein Spaziergänger. Er genoss die gute Luft. Er schlenderte. Der Pulsschlag raste weiter wie ein Geigerzähler nahe Tschernobyl.
Die Frau war jung, Ende zwanzig, schätzte Julius, obwohl er beim Schätzen von Frauen vorsichtig geworden war. Es musste VHS-Kurse

für das weibliche Geschlecht geben, in denen Techniken vermittelt wurden, das optische Alter vom biologischen abzukoppeln. Die Frau war braun gebrannt. Sie hatte braune Haare. Trug eine braune Jacke und eine braune Lederhose. Sie sah aus wie eine Rumkugel auf Beinen.

»Herr Grad ist nicht da«, hörte Julius sich sagen.

Die Frau drehte sich um.

»Wo ist er denn?«

Was sollte er sagen? Warum hatte er überhaupt etwas gesagt? »Vielleicht kommen Sie lieber ein andermal.«

Sie klingelte wieder.

»Ich habe Ihnen doch gesagt, er ist nicht da.«

»Wer sind Sie überhaupt?« Ihr Gesicht zeigte Misstrauen, das Kinn vorgereckt.

»Sie können mir glauben, wenn ich sage, dass er nicht da ist.« Die Frau wandte sich von der Tür ab und ging an Julius vorbei. »Warten Sie doch! Wenn Sie mir sagen, warum Sie zu ihm wollen, sage ich Ihnen, wo er ist.«

Sie blieb stehen. »Sind wir hier im Kindergarten?«

»Sie werden es verstehen.«

»Ich soll Ihnen sagen, warum ich zu ihm will?« Sie verschränkte die Arme und senkte den Kopf, zum Angriff bereit.

»Ja. Ich kann es nicht jedem einfach so erzählen.«

»Gut. Dann erzählen Sie es doch einfach seiner Tochter.« Julius verstand nicht sofort. »Oder gibt es etwas über meinen Vater, das ich nicht wissen darf?«

Die Schneeflocken blieben stehen.

X

»Nomen est Omen«

Julius hatte Erfahrung mit Peinlichkeiten. Er hatte sie in der Pubertät näher kennen gelernt.

Aber dies war eine neue Dimension.

Der Schnee stand in der Luft. Die Zeit still. In einer ruhigen Kamerafahrt umkreiste Julius sich selbst. Der Bildausschnitt blieb auf seinem Mund stehen. Das Kinopublikum fragte sich, was er sagen würde.

Julius fragte sich, was er sagen würde.

Noch nie hatte er eine Todesnachricht überbracht. Barbara Grads gereizte Stimmung machte es nicht leichter.

Die richtigen Worte.

»Ihr Vater ist tot. Es tut mir Leid.«

Barbara Grad zuckte zusammen. Sie faltete ihre zitternden Hände vor dem Gesicht. Dann brach sie zusammen, lag wie eine Ertrunkene auf dem Bürgersteig, Arme und Beine kraftlos neben sich. Julius griff in den Schnee und rieb ihr Gesicht damit ein. Mit einem Schrei schreckte sie auf. Dann kam die Erinnerung zurück.

»Nein. Nein. *Nein.*«

»Stehen Sie erst mal auf. Wir setzen uns zu mir ins Auto.«

»Das *darf* nicht sein! Nicht nach dem Streit. Nein. Das ...«

Julius half ihr hoch, stützte ihren rechten Arm und führte sie über die Straße zu seinem Wagen, wo er sie mit leichtem Druck auf den Beifahrersitz beförderte.

»Möchten Sie eine Praline?«

»Was?«

Julius verstand und ging zum Kofferraum, wo er gut verpackt immer eine Flasche Wein hatte. Man konnte nie wissen. Er schnitt die Kapsel ringsum säuberlich auf, beförderte den Korken aus der Flasche und warf ihn in den kleinen Automülleimer, den er für alle Fälle unter dem Sitz hatte anbringen lassen. »Ich hab leider keine Gläser da.«

Barbara Grad nahm die ihr angebotene Flasche zögerlich. Es schien, als wüsste sie nicht, ob es angebracht war, jetzt zu trinken. Ihr Körper sagte es ihr. Sie nahm einen Schluck und setzte wieder ab, als die Hälfte des Weißburgunders vom Weingut Ökonomierat Wingertsknorzen ihre Speiseröhre von innen gesehen hatte. Sie gab Julius die Flasche zurück.

Es ging ihr danach nicht besser.

»Er kann doch nicht einfach so sterben! Doch nicht jetzt! Was *denkt* der sich dabei?« Sie nahm Julius die Flasche wieder aus den Händen. »Ich wollte ihm noch so viel sagen. Dass er ein Sturkopf ist, dass er mir mein eigenes Leben lassen muss, dass er sich seine scheiß Vorurteile sonst wohin stecken kann.« Sie blickte zu Julius, die Augen tränenüberspült. »Und dass ich ihn liebe.« Sie schluchzte.

Die nächste halbe Stunde ließ Julius sie weinen. Er sagte nichts. Nicht: Es tut mir Leid, das Leben geht weiter, er ist jetzt an einem besseren Ort – all das schien ihm leer. Also hörte er nur zu. Barbara Grad sprach immer wieder davon, dass sie ihrem Vater noch so viel hatte sagen wollen, dass man doch nicht so auseinander gehen dürfe, dass sie ihn wenigstens einmal noch hätte sprechen wollen oder zumindest sehen. Dass er kein schlechter Mensch war.

Ihr Schmerz übertrug sich.

Erst nachdem Barbara Grad sich wieder etwas gefangen und die Flasche Wein vollends geleert hatte, rückte Julius mit der zweiten Nachricht über ihren Vater heraus. Sie hatte noch nicht danach gefragt.

»Sie wollen bestimmt wissen, wie Ihr Vater gestorben ist.«

»Ja. Ja, natürlich. Hoffentlich musste er nicht leiden!«

»Nein. Es war sofort vorbei.«

»Gut. Dann ist ja gut ... Was war es? Seine Leber?«

»Wieso seine Leber?«

»Er war ... Sie dürfen jetzt aber nicht schlecht über ihn denken, ja?«

»Nein. Bestimmt nicht.« Er nahm ihre Hand in die seine und drückte leicht.

»Mein Vater war Alkoholiker. Schon seit Jahren trocken, aber die Leber war bereits sehr angegriffen, als er es endlich schaffte aufzuhören. Er hatte so viel Kraft. Genau wie Susanne Sonner, ohne sie hätte er es nicht hingekriegt, und umgekehrt. Sie haben sich da zusammen rausgeholfen. Sind immer gemeinsam zu den Treffen der Anonymen Alkoholiker gefahren, haben aufeinander aufgepasst. Wie geht es ihr?«

»Nicht gut.«

Barbara Grad nickte. »Jetzt ist sie allein. Ihr Mann ist keine Hilfe. Ich hätte mich an ihrer Stelle längst scheiden lassen.« Sie schnäuzte sich in ihr Taschentuch, das längst durchtränkt war von ihren Tränen. »Woran ist mein Vater gestorben?«

»Er ist erschossen worden.«

Barbara Grads Lippen zuckten, als wollten sie mit einem Satz beginnen, aber kein Anfang schien richtig. Bis …

»Wer?«

»Der Mörder ist noch unbekannt. Die Polizei ist dran. Haben Sie vielleicht eine Idee?«

Überraschung ersetzte das Entsetzen in ihrem Gesicht. »Ich? Nein.«

»Vielleicht hat es mit seiner Arbeit zu tun?«

»Bei meinem Vater war immer alles korrekt. Er war ein gläubiger Mensch. Ein *wirklich* gläubiger Mensch. Moral war ihm wichtig, sehr wichtig.« Sie sagte es mehr zu sich selbst.

»Die Polizei wird mit Ihnen sprechen wollen.«

»Nicht jetzt. Nein. Das muss Zeit haben.« Sie begann wieder zu weinen.

»Ich fürchte nicht. Jeder Tag, den der Mörder frei herumläuft, könnte zum Todestag für einen weiteren Menschen werden. Nach Ihrem Vater wurde Inge Bäder ermordet.«

»Aber …«

»Die Polizei wird Ihnen alles erklären. Hier …«, er tippte Anna von Reuschenbergs Nummer in sein Handy und reichte es herüber, »… machen Sie ein Treffen aus. Das wird das Beste sein. Sonst quält Sie die Ungewissheit.«

Sie presste die Lippen zusammen und nickte. Nach dem Telefonat wandte sie sich wieder an Julius.

»Können Sie mich zur Polizeidienststelle nach Bad Neuenahr fahren?«

»Gerne.« Julius zögerte. »Darf ich Sie etwas fragen?«

»Ich glaube, ich brauche jetzt Ruhe.«

»Es geht ganz schnell.«

»Ja. Bitte.«

»Warum waren Sie über so lange Zeit nicht zu erreichen? Die Polizei hat nach Ihnen gefahndet.«

Der Ansatz von einem Lächeln erschien auf ihrem Gesicht. »Die hätten mich nicht gefunden. Ich wollte nicht gefunden werden. Von niemandem, nicht von meinem Vater und nicht von Steve. Deshalb hab ich aus meinem Hotel ausgecheckt und bin weitergefahren, einfach weg, bis ich in einem Supermarkt eine Anzeige sah. Jemand vermietete privat eine Berghütte ohne jeglichen Komfort. Ich hab einen falschen Namen angegeben und bin dahin. Nur allein sein …«

»Und warum sind Sie so plötzlich in Ihren Urlaub aufgebrochen?«

Barbara Grad fuhr sich mit der flachen Hand über die Stirn. »Wegen meinem Vater. Nach der Sache mit Steve rief er mich an, aber ich wollte nicht mit ihm reden. Er sagte dann, er käme sofort vorbei und würde so lange bleiben, bis ich endlich mit ihm spräche. Da bin ich sofort durch die Tür. Ich konnte ihn einfach nicht mehr ertragen …«

Barbara Grads Mund blieb offen stehen, so unglaublich musste ihr erscheinen, was sie gesagt hatte.

Damit war das Gespräch beendet.

Kurze Zeit später setzte Julius sie in Bad Neuenahr ab. Bevor sie die Beifahrertür schloss, blickte sie noch einmal in den Wagen. »Danke. Für alles.«

An diesem Abend saß Julius allein in der »Alten Eiche«. Er verzweifelte. Doppelt. Zum einen musste er eine neue Menükarte gestalten, Gerichten Namen geben, Kombinationen und Reihenfolgen ersinnen. Zum anderen wurde er das Gefühl nicht los, den Mörder längst entlarvt zu haben. Aber so, wie ihm manchmal ein Wort auf der Zunge lag, das nicht hinauswollte, hielt sein Unterbewusstsein, das hinterlistige Ding, den Namen geheim.

Er wollte noch einmal alles aufschreiben, was er über den Fall wusste. Im Hintergrund lief Musik, diesmal keine Klassik. Julius hatte sich für Jazz entschieden, Django Reinhardt zupfte die Saiten, Stéphane Grappelli spielte die Violine. Die Stücke verströmten Heiterkeit, die Julius so dringend brauchte wie ein Neugeborenes die Brust der Mutter. Doch er wurde nicht gestillt. Nicht wirklich.

Er hatte sich Papier und eine feste Unterlage geholt, um die Tischplatte nicht zu beschädigen. Es war das Kochbuch eines Bergisch Gladbacher Kollegen, das als Anreiz immer in der Küche stand. Julius begann zu schreiben …

1945 wurde die Kirche St. Johannes der Täufer in Adenau bei einem Bombenangriff zerstört. Klaus Grad war mit einem Freund zu dieser Zeit dort und nahm die goldene Monstranz an sich, die alle anderen zerstört glaubten. Anstatt sie sofort zu verkaufen, versteckte er sie nach dem Krieg im Regierungsbunker. Grad arbeitete dort als Elektriker, und er wählte einen sicheren, vielleicht den am besten geschützten Platz des Landes. In einem Raum, der nur alle zwei Jahre betreten und zwischendurch nur oberflächlich kontrolliert wurde. In einem Tresor, von dem niemand etwas wusste.

Dort blieb die Monstranz bis vor wenigen Tagen.

Wieso hatte Grad sie nicht schon vorher herausgeholt?

Julius ging die Möglichkeiten durch. Er konnte sich wegen der Tat schuldig gefühlt haben, dafür sprach sein kirchliches Engagement, eine Art Wiedergutmachung. Er wollte nichts mehr mit der Monstranz und dem moralischen Makel, der an ihr haftete, zu tun haben. Eine andere Möglichkeit war, dass sich die Angst über all die Jahre gehalten hatte, nach der Monstranz könnte noch gefahndet werden, und Grad wollte sich keiner Gefahr aussetzen. Wie auch immer, wenn Grad das Geld gebraucht hätte, wäre alles zweitrangig gewesen. Aber er machte Karriere, den Verkauf der Monstranz hatte er – und anscheinend auch sein Kompagnon – nicht nötig.

Warum dann jetzt? Wenigstens diese Frage war einfach zu beantworten. Der Bunker wurde zugemacht. Hätte er sie nicht jetzt geholt, dann nie mehr.

Grad und sein Kompagnon – Julius benannte ihn mit einem klassischen »X« in seinen Notizen – *öffnen den Tresor. Danach wird Grad von dem Mittäter ermordet. Dieser geht durch die verschlossene Tür* – über diesen Punkt kam Julius immer noch nicht hinweg, und seine Finger weigerten sich lange, es niederzuschreiben –, *schließt sich der Gruppe wieder an und befördert Monstranz und Tatwaffe nach draußen. Danach wendet er sich an Inge Bäder, von der er weiß, dass sie mit Antiquitäten handelt. Sie findet in den Niederlanden einen Käufer. Die Bezahlung erfolgt bar – vielleicht erst in Burg Einöllen. Bäder weiß zu viel, Bäder muss sterben. Ihr Schädel wird mit einem Golfschläger zertrümmert. Danach geht der Mörder wieder durch eine verschlossene Tür.* Dafür kannte Julius den Trick. *Nach Sandra Böcksers Schrei kommt er zum Zimmer der Toten und gibt sich geschockt.*

Hier hätte die Geschichte enden können, dachte Julius, aber der Blutrausch sollte weitergehen. *Der Mörder vermutet, jemand könne ihn entlarven, und warnt diese Person theatralisch.*

Jemand schwebte in Lebensgefahr.

Die beiden wichtigsten Fragen waren: Wer ist der Mörder? Und wer sein nächstes Opfer?

Julius schrieb alle Fakten auf, das Baujahr des Tresors (*1946*), den Hersteller (*Leicher*), den halb entschlüsselten Code (*126515*), die Infos über das Diebesgut (*seltene Scheibenmonstranz der Gotik, fast neunzig Zentimeter hoch*), die über die Waffe (*Perkussionspistole von Carl Pirko aus Wien, hergestellt erste Hälfte der 1830er Jahre*), auch jene über den Golfschläger (*Holz 3*).

Er füllte mehrere Blätter.

Julius holte zwölf Flaschen aus dem offenen Ausschank, die nicht leer geworden waren, stellte sie auf den Tisch und spielte Weinlotto. Er griff blind nach einer Bouteille. Die erste Zahl hieß 2000 und war ein »Pago de Carraovejas« aus der spanischen Region Ribera del Duero. Er nahm einen Schluck der Crianza. Schwarze Johannisbeeren kleideten den Mund aus, Bourbonvanille und leichte Rauchnoten.

So kam er nicht weiter! Er musste an etwas anderes als den Mord denken. Er musste sich ablenken, indem er arbeitete, Geld verdiente.

Julius legte die Blätter in einer perfekten Reihe vor sich auf den Tisch, schob sie dann alle nach hinten. Er wollte sie nur im Auge haben. Er würde nun an der neuen Speisekarte arbeiten. Säuberlich schrieb er »Menü« auf ein neues Blatt und unterstrich es. Welche neuen Gerichte hatte er? Julius listete sie auf.

Kaviar mit Apfelgelee

Barbara Grad hatte ehrlich überrascht gewirkt, als sie vom Tod ihres Vaters erfahren hatte. Susanne Sonners angebliche Affäre mit Klaus Grad war nun aufgeklärt, ebenso warum sie nicht erzählen wollte, was es mit den gemeinsamen Ausflügen auf sich hatte. Scham. Zum Schutz für sich und für das Ansehen ihres ermordeten Leidensgenossen.

Kaninchenschulter mit kleinen Tintenfischen

Er griff nach der nächsten Flasche im Weinlotto. Gewinnzahl war die 2001. Eine halbtrockene Spätlese vom Mittelrhein. Ein Bacharacher Ökowinzer, der wusste, was er tat. Fein gereift. Der Schiefer schliff über seine Zunge.

Jochen Hessland, Rolf Fürchtegott Sonner (diesen Namen unterstrich er), Susanne Sonner, Volker Isidor Vollrad, Sandra Böckser, Steve Reifferscheidt.

Einer davon.

Gründe ließen sich für jeden finden, außer vielleicht für Susanne Sonner.

Kalte Knoblauchsuppe

Julius schrieb römische und arabische Zahlen über die Gänge, um zu sehen, was besser aussah. Dann griff er wieder zum Weinlotto. Die Glücksfee zog die 1990. Es ploppte. Ein Roederer Champagner. Feine Säure, nobles Mousseaux – der König der Schaumweine erfrischte Julius' Mund.

Umarmung der Hülsenfrüchte

FX hatte ihm geraten, es mal mit einem poetischen Namen zu versuchen. Davon hielt Julius eigentlich nichts, aber er hatte sich überreden lassen, einen Testballon zu starten. Das Gericht würde Teil des vegetarischen Menüs sein, das er erstmals anbieten wollte, und ersetzte die klassischen Gänseleber-Variationen. Auf dem Teller fanden sich eine Erbsenpraline im Schwarzbrotmantel, ein Bohnenschaumsüppchen, ein winziges Stück geschichtetes Linsentörtchen, Crème Brulée von Sojabohnen und herzhaftes Erdnuss-Eis.

So ging es nicht.

So *ging* es nicht!

Julius klinkte aus. Er hatte den Deckel zu lange auf den dampfenden Topf gedrückt. Er fegte mit den Händen über den Tisch, als gelte es, eine darunter liegende Leiche freizulegen. Die Blätter wirbelten einem Schneesturm gleich durch das warme Restaurant, wie Flocken auf den sauberen Boden sinkend.

Julius sank zu ihnen.

Hob ein Blatt nach dem anderen wieder auf.

Sortierte sie.

Hielt sie in Händen.

Warf sie fort. Den Schneesturm von neuem losstoßend. Mist! Mist! *Mist!*

Die Blätter sortierten sich neu, vieles wurde verdeckt, lag übereinander, eine Seite gar auf dem Kopf, andere hatten einen weiten Weg zurückgelegt, außerhalb von Julius' Reichweite.

Zwei lagen direkt vor ihm.

Julius sah sie sich an.

Sah sie sich lange an.

Hob sie auf. Blickte von einem Blatt zum anderen.

Und begann zu lachen.

Über sich selbst, über den Mörder und über eine ungewöhnliche Idee.

Wie hatte er es übersehen können? Viel deutlicher ging es eigentlich nicht.

Er hatte ihn!

Es gab keinen Zweifel. Alles passte zusammen. Endlich machte es Sinn! Gott, war das schön, wenn die Ungewissheit schwand. Das heißt, eine Frage blieb offen: Wer war gewarnt worden?

Julius warf die Blätter noch einmal in die Höhe, blähte die Wangen wie ein Posaunist und blies in das weiße Geriesel. Wieder landeten zwei Blätter vor ihm, das obere lag auf dem Kopf, er drehte es um und verglich die beiden Seiten.

Nein ...

Hier fand sich keine Antwort.

Er griff zur letzten Lotto-Flasche – Zusatzzahl 2002. Ein »Au Bon Climat« Chardonnay aus Kalifornien. Eigenständigkeit, Persönlichkeit, ein Riese an Komplexität, ein Wein, der ihn mitten ins Nervenzentrum traf.

Was stand da auf den Blättern?

Diesmal lachte er sogar noch lauter. Und er sprang auf und vollführte einen Veitstanz im Restaurant, bis er schwindelig zu Boden fiel. Das Lachen endete trotzdem nicht, das Zwerchfell schmerzte.

Er war nicht das nächste Opfer.

Gott sei Dank!

Das Lachen hörte auf.

Er musste das Opfer warnen. Sofort!

Julius sprintete zum Telefon und rutschte dabei beinahe auf den verstreut liegenden Blättern aus. Die Nummer, er kannte die Nummer nicht! Das Telefonbuch fiel ihm aus der Hand, er klaubte es auf, blätterte, falsche Seite, falsche Seite, als er sie endlich hatte und das Telefon ergriff, rutschte sein Finger, der die entsprechende Zeile markierte, ab. Ruhig Blut, Brauner! Ganz ruhig! Endlich wählte er die Nummer und wartete auf die Stimme des Opfers.

Sie ertönte nicht.

Nur das Freizeichen. Dann der Anrufbeantworter, auf den Julius aber nicht sprach. Er schrie darauf. Falls die Person gerade im Bad war oder im Keller, sie musste es hören!

Trotz des Schreiens hob niemand ab.

Julius hängte den Hörer auf und legte das Telefonbuch ordentlich an seinen Platz. Die Jacke holen, und dann schnell. Er musste hin. *Was für einen Blödsinn dachte er da?* Vorher galt es natürlich Anna anzurufen! Ohne polizeiliche Rückendeckung wäre es eine lebensmüde Tat.

Das Telefon klingelte. Es gab also doch so etwas wie Gedankenübertragung.

»Es ist da!« Das war nicht Anna. »Gerade vor einer Viertelstunde ist es passiert.« Das war Tante Traudchen. »Mutter und Kind sind wohlauf.«

Dafür hatte er keine Zeit, so freudig das Ereignis war. Genau das sagte er auch. Genau das zeigte keinerlei Wirkung.

»Red doch keinen Quatsch! Also: Es ging ganz schnell. Die Anke hat heute Morgen die Wehen bekommen, und dann sind die beiden direkt ins Krankenhaus. Ich kann dir sagen, es ging alles problemlos, das flutschte nur so.« In ihrem Lachen war Erleichterung zu spüren. »Das Kind ist wohlauf, zehn Finger, zehn Zehen, und auch ansonsten alles an der richtigen Stelle.«

Er musste weg. Wenn er mit seiner Vermutung richtig lag, wer das nächste Opfer war, und daran hatte er keinen Zweifel, dann war jede Sekunde wichtig. Die Warnung hatte den potenziellen Verräter sicher nicht weich gemacht, er hatte sicher weiter mit dem Feuer gespielt, gedroht, Geld verlangt.

Das konnte sich der Mörder nicht bieten lassen.

»Tapfer war unsere Anke, das kannst du dir gar nicht vorstellen! Eine Spritze hat sie sich natürlich geben lassen. Keinen Mucks hätte sie von sich gegeben, meinte der Arzt. Ein stattlicher Mann war das, also wirklich.«

Julius glaubte jedes Wort nur zu gern. Er musste aber weg und vorher telefonieren. Nichts von beidem war mit Tante Traudchen in der Leitung möglich. »Kannst du mir das alles morgen erzählen? Ich muss ganz, ganz dringend weg.«

»Du bist mir vielleicht einer! Ich rufe dich extra aus dem Krankenhaus an, als Allerersten, und dann stellst du dich so an. Was kann es Wichtigeres geben als ein neues Menschenleben?«

Ein altes, das bald enden würde.

»Ich erklär dir alles morgen, du wirst es verstehen.«

»Nein, du bleibst schön am Telefon!« Die stolze Großmutter klang nun beleidigt. »Ich hab dir das Wichtigste noch gar nicht erzählt. Möchte ich eigentlich auch gar nicht mehr.«

Julius kannte diesen Tonfall. Er trug den Namen »Beleidigte Leberwurst«. Sollte er ein Bild dazu zeichnen, wäre es ein Mund mit vorgeschobener Unterlippe. Tante Traudchen wollte tröstende, versöhnliche Worte hören. Sie hatte es doch nur gut gemeint. Eine Entschuldigung war fällig. Julius blickte auf die Uhr. So lang sprachen sie schon?

»Ich freu mich doch, dass du angerufen hast. Ich hab ja jeden Tag mit eurem Anruf gerechnet. Jetzt bist du also stolze Großmutter! Dabei siehst du noch überhaupt nicht aus wie eine Oma.«

»Ach, erzähl doch nicht so einen Blödsinn!« Aber ihre Stimme sagte: Danke, dass du ihn erzählt hast. Bei Gelegenheit mehr davon. »Wie gesagt, das Wichtigste hab ich dir noch gar nicht erzählt: Es ist ein Junge!«

Das war die wichtige Nachricht? »Ein Mädchen wäre Anke bestimmt genauso lieb gewesen.«

»Ja, ja, das musst du mir nicht erzählen. Das meinte ich auch gar nicht. Ich meine den Namen des Kindes. Na, kommst du drauf?«

»Sie wollte einen Jungen doch Keanu nennen, oder?«

»Das hat sie sich anders überlegt. Rat noch mal!«

Jetzt wandelte sich das Telefonat auch noch in eine Quizshow. Julius suchte verzweifelt nach dem Publikumsjoker, aber er musste da wohl selber durch. Zu gewinnen gab es keine Millionen. Nur ein Menschenleben. »Dann dieser Doppelname, Marcel-Henry oder so?«

»Marcel-Ernesto, nein, auch nicht. Sie sagt, die Idee wäre ihr nach unserem Gespräch bei dir gekommen. Was du gesagt hast, hat sie wohl sehr beeindruckt.«

Jetzt hatte er die Antwort! Danach würde er das Fernsehstudio ganz schnell verlassen. »Felix! Das ist aber schön, eine gute Wahl.«

»Nein, auch nicht Felix. Du kommst schon noch drauf.«

»Liebes Tante Traudchen, ich war im Raten noch nie gut. Mach es nicht so spannend!«

»Gut, gut. Das Kind heißt«, sie machte eine bedeutungsschwangere Pause, »Julius.«

»Wie bitte?«

»Sie hat es nach dir benannt. Der kleine Wonneproppen heißt Julius Burbach. Und er hat einen Hunger, sag ich dir, ein richtiger kleiner Nimmersatt.«

Da hatte er ja nicht nur Julius' Namen abbekommen. Kostenlos auch seinen Appetit. Die Heiligen Drei Könige hatten dem Christuskind sinnvollere Geschenke gebracht. Julius freute sich. Er freute sich wirklich. Aber Felix, fand er, wäre trotzdem der schönere Name gewesen.

Und jetzt musste er weg.

»Ich bin sprachlos. Weißt du was, ich komme gleich vorbei! In welchem Krankenhaus seid ihr?«

»Im Maria Hilf. Das ist aber schön, dass du vorbeischaust! Da wird die Anke sich freuen. Fährst du gleich los? Sonst kann es nämlich sein, dass wir schon wieder weg sind, wenn du kommst. Der Jupp ist ganz schön geschafft.«

»Wartet lieber nicht auf mich. Ich muss vorher natürlich noch was besorgen. Und erzählt Anke und dem Kindsvater nichts davon – es soll doch eine Überraschung sein!«

»So machen wir es. Schön. Siehst du, hättest du auch nicht gedacht, dass mal ein Kind nach dir benannt wird. Du solltest dich selber langsam mal um Nachwuchs kümmern. Aber ihr Männer habt ja alle Zeit der Welt. Das ist eine Ungerechtigkeit gegenüber uns Frauen, das kann ich dir sagen.«

Julius hätte sich liebend gern eingehender über diesen spannenden evolutionsbiologischen Themenkomplex unterhalten, aber er musste leider raus auf die Straße und sich einem Mörder in den Weg stellen.

»So ist es, Tante Traudchen, da sagst du was. So, ich muss los. Vielleicht bis gleich, ansonsten melde ich mich die Woche mal bei euch.«

»Ja. Tschüss dann. Ich soll auch schöne Grüße von Jupp bestellen, ruft er gerade.«

»Zurück!« Julius hängte auf.

Jetzt gab es also einen Julius mehr auf der Welt. Cäsar hätte seine Freude daran gehabt.

Bevor ein anderer Familienteil ihm die freudige Nachricht mitteilen konnte, hob Julius den Hörer von der Gabel und hatte nach einigen gedrückten Tasten Anna von Reuschenberg am Telefon.

Sie war kurz angebunden. »Mach schnell, bei uns brennt seit der Weinbergsgeschichte die Hütte.« Die Hintergrundgeräusche verrieten Hektik.

»Ich fass mich kurz, versprochen.«

»Schieß los.«

»Ich weiß, wer der Mörder ist.«

»Nicht dein Ernst?«

»Doch. Die Lösung war die ganze Zeit zum Greifen nah, ich hab sie nur nicht gesehen.«

»Seid mal ruhig, Leute!«, rief Anna von Reuschenberg mit hörbarem Erfolg.

»Ja, dann raus damit! Worauf wartest du?«

»Bist du so weit?«

»*Los* jetzt!«

Er erzählte es ihr. Nicht, wie er darauf gekommen war, nur das Ergebnis. Anna beauftragte einen ihrer Mitarbeiter, den mutmaßlichen Mörder anzurufen, schien aber nicht restlos überzeugt von Julius' Schlussfolgerung. »Das könnte auch nur Zufall sein.«

»Nein.« Da war er sich sicher. Es war die Lösung.

»Das wird nicht reichen für ein Gerichtsverfahren.«

»Aber es wird reichen, um ein Geständnis herauszulocken. Wenn du *das* präsentierst, kann der Mörder nicht mehr standhalten.«

»Vorstellbar.«

»Du musst sofort deine Leute losschicken, bevor er wieder zuschlägt.«

»Sekunde ... Mist! Mein Kollege sagt gerade, dass unser Mörder nicht zu Hause ist, auch das Handy ist ausgeschaltet.«

»Beeilt euch! Er könnte schon beim nächsten Opfer sein!«

»Wo sollen wir denn hinfahren?«

»Zu Rolf Sonner. Erklärungen später.« Dafür war jetzt keine Zeit.

»*Julius*! Mach keinen Blödsinn! Warte auf uns!«

Der Hörer landete auf der Gabel. Er musste los, Gefahr hin oder her. Ein Satz kam ihm in den Sinn, der zu jedem Fernsehkrimi gehörte wie die Uhr zur Tagesschau: »Ich hab kein gutes Gefühl bei der Sache.«

Er nahm den Wagen, um zu Rolf Sonner zu kommen. Wollte den Wagen nehmen. Er sprang nicht an. Die Batterie war durch die lange Kälteperiode leer. Es half nichts. Julius musste rennen. Mittlerweile war es dunkel geworden. Mit dem Auto war es nur ein Sprung, mit den Füßen eine Strecke. Und er war nie gut auf der langen Distanz gewesen. Er, der typische Kurzstreckler – redete Julius sich gern ein. Eigentlich war er der typische Torhüter. Der Dickste stand immer zwischen den Pfosten. Jetzt brachte er seinen Körper langsam, aber immer schneller werdend, wie eine Schwerlastrakete beim Abheben, in Bewegung, auf die Massenträgheit hoffend. Wenn er einmal lief, dann lief er, besonders bergab. Die Topographie Heppingens war leider gegen ihn.

Er war erst wenige Schritte gelaufen, die Luft ging ihm bereits aus, als sich ein West-Highland-Terrier von seinem Herrchen losriss und das große Stück Fleisch zu verfolgen begann, das gerade vorbeigelaufen war. Da es vor ihm, dem Jagdhund, floh, musste es Beute sein. Sonst hätte das dicke Tier ja stehen bleiben können. Er musste es zu Fall bringen, bevor er das Genick durchbeißen konnte. An der Beute war viel dran, da würde er lange was von haben! Den Rest von dem Brocken würde er im eisigen Boden verscharren für magere Zeiten. Der schlappohrige Gott der Hunde meinte es gut mit ihm.

Julius versuchte, den richtigen Weg einzuschlagen und nicht auf krustig gefrorenem Eis auszurutschen. Das Bellen hinter ihm wurde lauter, das helle Fiepen der Pfeife, die der Besitzer herausgeholt haben musste, um seinen lieben Kleinen zurückzuordern, leider immer leiser.

Wäre der Verfolger ein Hund mit ordentlich proportionierten Läufen gewesen, Julius hätte längst ein paar Zähne in den Waden gespürt. Der kleine weiße Terrier aber, immer wieder gern genommen für Whisky- und Hundefutterwerbung, was immer diese Kombination bedeuten mochte, rannte sich zwar die Seele aus dem extrem aufgeregten Leib, konnte die Distanz zu Julius aber nicht merklich verringern. Er hatte, wie Julius, viel auf einmal zu tun. Rennen natürlich, dabei aber auch bedrohlich bellen, um das Opfer einzuschüchtern. Dies kollidierte mit seiner dritten Aufgabe: atmen. Die vierte ließ ihn dies zum Glück nicht bemerken. Die hieß: Vorfreude auf das dicke Stück Fleisch.

Julius kam nun gut voran.

Er lief auf einer Straße, die vorbildlich gestreut war. Das war gut. Schlecht war, dass der kleine Hund mit seinem irren Gebell, das in einer Lautstärke erklang, die man dem kleinen Räuber gar nicht zugetraut hätte, die Nachbarschaft vor die Tür lockte. Die sah dann einen großen, schwitzenden Koch in voller Montur, gefolgt von einem kleinen, harmlosen Hund. Einige Zeit später kam dann noch der Hundebesitzer vorbei, etwas von »Verdammte Misttöle!« brüllend.

Es war fast wie Karneval.

Nur dass keiner Kamelle schmiss.

Julius hatte vorgehabt, ein gutes Stück vor Sonners Haus abzustoppen, sich leise anzuschleichen und die Lage zu sondieren.

Das konnte er vergessen.

Die Rennwurst hinter ihm hatte immer noch nicht aufgegeben, und Sonners Haus kam bereits in Sichtweite. Es war unbeleuchtet. Eigentlich hätte es ganz friedlich aussehen können, mit Schnee auf dem Giebeldach und der kleinen Nordmanntanne im Vorgarten, in der noch eine weihnachtliche Lichterkette hing. Aber in diesem Moment wirkte es unheimlich. Tot.

Das Bellen hinter ihm wurde lauter.

Julius musste, ohne es zu merken, langsamer geworden sein.

Er drehte sich um, kontrollierend, wie nah sein Verfolger war und wie spitz dessen Zähne aussahen.

Er begann zu schliddern.

Auf der Straße hatte sich eine riesige Pfütze gebildet, eher ein kleiner See, der komplett gefroren und von Kindern, die diese Chance zum Rutschen genutzt hatten, mit ihren Schuhen glatt poliert worden war. Nicht nur der Mond spiegelte sich darin. Julius konnte sogar einzelne Sterne erkennen, als er nun panisch nach unten blickte.

Ganz ruhig!

Er ruderte mit den Armen, streckte ein Bein nach vorn, um das Gleichgewicht zu halten, wuchtete dann den Oberkörper nach hinten, aus demselben Grund.

Das Bellen hinter ihm verklang.

Julius war klug genug, nicht nach hinten zu schauen, obwohl ihm dadurch etwas entging.

Der kleine West-Highland-Terrier machte erste Erfahrungen mit einer Rutschbahn. Er entschied sich für die unkonventionelle Bauchtechnik, streckte alle viere von sich und flutschte über den gefrorenen Pfützensee. Hunde haben nicht viele mimische Ausdrucksmöglichkeiten. Dieser Hund aber sah überrascht aus.

Julius hatte mittlerweile das Ende der Pfütze erreicht und machte sich darauf gefasst, abrupt zu stoppen. Er rannte sofort weiter.

Hinter ihm fing es wieder an zu kläffen.

Julius war nur noch zwei Häuser von Sonners Anwesen entfernt.

Etwas bewegte sich im Dunkeln vor der Eingangstür.

Julius konnte es nur indirekt sehen. Die Haustür war aus glatt poliertem Holz und spiegelte das wenige Licht der Straße, doch war nicht der komplette Eingang zu sehen, nur die rechte Hälfte, die linke war zum Teil verdeckt von etwas Schwarzem. Es schwankte. Natürlich konnte es auch ein Busch sein.

Natürlich.

Julius vergaß für einen Augenblick die marginale Gefahr in Form des kleinen, bissigen Hundes hinter sich und die große in Form des Unbekannten an der Tür. Gefühle kamen in ihm hoch. Sie stammten aus der Kindheit. Es war die Dunkelheit, die ihm einen Schauer über den vom Rennen verschwitzten Rücken laufen ließ. Der Mensch am Eingang war nicht mehr als das Fehlen von Farben, er war Dunkelheit. Angst. Sie kam ganz plötzlich. Nicht Furcht. Angst. Eine Erinnerung, die Julius an seine Kindheit hatte, war eine unangenehme. Er war in den Keller des Elternhauses gegangen, um dort Detektiv zu spielen, das Licht blieb aus, als er mit Taschenlampe und der Leselupe seines Vaters die Treppe hinuntergestiegen war. Unten angekommen hatte er den alten Kohlekeller durchforscht, die Waschküche, bis die Batterien ihren Geist aufgaben und er im Dunkeln zurückmusste. Er fand die Kellertür verschlossen. Seine Mutter hatte angenommen, niemand sei im Keller, und wie immer das Schloss verriegelt, bevor sie das Haus zum Einkaufen verlassen hatte. Julius, so hatte sie gedacht, wäre irgendwo im Dorf spielen. Dieser aber schrie nun und heulte, kauerte sich dann zusammen, der Dunkelheit so wenig Angriffsfläche bietend wie möglich, das spärliche, trübe Licht, das unter dem Türspalt hindurchkroch, wie Wasser aufsaugend. Es dauerte lange, bis die Mutter zurückkam, sie hatte

Bekannte getroffen, geschwatzt, war noch kurz zum Friedhof gefahren, um zu schauen, ob mit den Gräbern der Angehörigen alles in Ordnung war. Als sie schließlich wiederkam und die Tür geräuschvoll hinter ihr ins Schloss fiel, weil sie die Hände voll mit Tüten hatte, hörte sie Schreie. Viele Jahre war dies her, Jahrzehnte, und Julius hatte die Angst vor der Dunkelheit abgelegt.

Jetzt war sie wieder da.

Alles Schreien würde ihm nichts nützen.

Julius rannte gegen sie an. Rannte gegen die verschlossene Kellertür von damals. Er wurde schneller.

Der Schatten bewegte sich.

Julius rannte weiter.

Der Schatten drehte sich um.

Julius sprang auf den Bürgersteig.

Der Schatten blickte ihn an.

Julius lief schnurstracks auf ihn zu. Noch wenige Meter …

Der Schatten rannte davon.

Julius erkannte, dass er dunkle Kleidung trug, schwarze Schuhe, schwarze Hose, einen schwarzen Pullover und eine schwarze Skihaube, die das Gesicht verdeckte. Der Schatten lief hinter das Haus.

Julius rannte weiter Richtung Haustür. Er stoppte nicht, er warf sich dagegen, warf sich mit seinem beschleunigten Gewicht, mit Wut und Angst dagegen, und der hölzerne Rahmen barst. Es schmerzte in der Schulter, der Arm wie taub. Das Haus war dunkel, Julius rannte weiter, einfach geradeaus, durch eine weitere Tür, die offen stand, in einen großen Raum. Er schaltete das Licht an. Hinter Julius bellte es.

Das Wohnzimmer. Die Wände voll mit moderner Kunst. Radierungen, Skizzen, ein, zwei Gemälde, die Polstergarnitur so designt, dass sich vermutlich kein Gast traute, darauf Platz zu nehmen. Zwei Vitrinen nahe der großen Fensterfront enthielten Bleikristall-Karaffen. Der Boden war teuerstes Parkett.

Darauf lag Rolf Sonner.

Die Augen glasig in Richtung Decke blickend. Ein Messer steckte in seiner Brust. Das Blut war noch nicht trocken.

Etwas bewegte sich. Julius konnte es durch die Panoramascheiben sehen, die vom Fußboden bis zur Decke gingen und eine komplette Wand des Raumes ersetzten. Ein Schatten. Mit zwei Augen. Er hatte ihn beobachtet. Jetzt verschwand er wieder. Julius rannte zu den Fenstern, fand einen Türgriff und trat auf die Veranda.

Er konnte Schritte hören.

Laufen. Der Schatten rannte in Richtung Pantaleonsplatz. Julius hinterher. Er sah ihn. Schnee begann zu fallen, in dickeren und größeren Flocken als jemals zuvor in diesem Winter. Eisige Gänsedaunen. Der Wind warf sich den Rennenden entgegen, trieb ihnen Eiskristalle in die Augen. Doch sie rannten weiter. Der Schnee pappte an Julius' Schuhsohlen fest, das Laufen wurde immer schwieriger.

Jeder Regisseur mit Gespür und entsprechendem Budget hätte eine Hubschrauberkamera eingesetzt, um die Szene zu filmen. Zuvorderst, in Schwarz, ein Schatten, schnell und elegant rennend, dahinter ein großer, weiß gekleideter Mann, wie eine Schneekugel rollend, laut schnaufend wie ein alter Gaul, gefolgt von einem kleinen weißen Hund, mit kurzen weißen Beinen, der in seinem Leben noch nie so viel an einem Stück gelaufen war. Sein Herrchen hatte er bereits im Ort abgehängt.

Das Licht war blau, wie immer, wenn der Mond es durch die Wolkendecke schaffte und die Erde schneebedeckt war.

Die Kamera würde immer höher steigen und zeigen, dass sie auf die Ahr zurasten, die zugefroren die Grenze zu Heimersheim markierte. Die Musik würde dramatisch werden, Moll-Akkord über Moll-Akkord, signalisierend, dass Gefahr lauerte. Eine Nahaufnahme des Eises würde folgen, ein lautes, kristallenes Knacken wäre zu hören.

Schnitt auf Julius' Gesicht.

Er konnte nicht mehr. Es gab keinen Willen, der ihn auch nur einen Meter weiterbringen konnte. Sein Körper war leer gepumpt. Der Schatten lief weiter, die knirschenden Schritte im Schnee wurden leiser.

Er würde ihn verlieren. Er hatte keinen Beweis für seine Schuld.

Er hatte nichts. Wenn der Schatten nun entkam, konnte alles passieren. Er konnte verschwinden, mit all dem Bargeld aus dem Verkauf der Monstranz. Er konnte weiter töten.

Er konnte Julius töten.

Hätte er wenigstens sein Gesicht gesehen. Das wäre ein Beweis. Das wäre etwas Handfestes.

Er hatte ihn in die Enge treiben wollen, aber sein Körper war eher für Weite ausgelegt. Das war seine Schwachstelle. Auch der Mörder hatte eine, dachte Julius. Er hasste es, wenn jemand seine Identität kannte.

Er rief seinen Namen.

Die Schritte stoppten.

Nichts als Wind war zu hören, nichts als Schnee zu sehen.

Julius rief den Namen noch einmal.

Dann knirschte es im Schnee. Und wieder. Und schneller. Der Schatten kam auf ihn zugerannt. Julius hatte nicht darüber nachgedacht, was passieren würde. Er hatte einfach nur erreichen wollen, dass der Mörder nicht weglief. Nun war es unumgänglich, dass er Julius umbrachte.

Jetzt.

Der kleine West-Highland-Terrier erreichte ihn.

Er hörte auf zu bellen. Stattdessen schnüffelte er an Julius' Hose herum und wedelte vergnügt, bevor er ihn bettelnd ansah. Der kleine Flitzer wollte augenscheinlich weiterrennen. Das musste ihm einen Mordsspaß gemacht haben. Wer konnte so ein süßes Hündchen enttäuschen? Julius nicht. Er rannte wieder los, der Mörder nur knapp hinter ihm. Er rief nichts. Kein »Bleiben Sie stehen!«. Auch nicht »Ich werde Sie töten!«. Er kam einfach nur näher, Meter für Meter.

Julius wusste nicht, woher die Kraft kam, aber er rannte weiter. Anstatt jedoch den Weg zurück nach Heppingen zu nehmen, wo andere Menschen waren, und damit mögliche Hilfe, rannte er Richtung Bad Neuenahr, entlang dem Fluss. Schneidender Wind kam nun von links, auf der rechten Wange schmolz der Schnee. Der kleine Terrier rannte freudig neben Julius her, wieder bellend.

Julius wurde langsamer.

Der Schatten nicht.

Er war bereits so nah, dass Julius seinen schweren Atem hören konnte. Bald würde er dicht bei ihm sein, dicht genug, um …

Julius dachte nicht weiter, er lief nur weiter, bog ab Richtung Ahr, rannte zum mittlerweile zugefrorenen Fluss. Es war nicht zu erkennen, wo fester Boden endete und Eis begann, wo jeder Schritt zum Einbruch führen konnte.

Der Hund blieb stehen.

Wasser war zu hören. Julius wurde noch langsamer, setzte seine Schritte weit auseinander, das Gewicht verteilend.

Es knackte.

Er konnte fließendes Wasser sehen. Nahe dem gegenüberliegenden Ufer war noch ein schmaler Kanal frei geblieben. Er ging darauf zu, die Decke würde ihn tragen. Müssen. Zumindest noch einige Meter.

Julius blieb stehen.

Drehte sich um.

Am Ufer stand der Schatten.

»Das war nicht sehr clever.« Er kam näher. »*Mich* wird es in jedem Fall tragen, wenn ein Pfundskerl wie Sie nicht einbricht.«

Die Szenerie wirkte friedlich, frischer Schnee fiel vom Himmel, umgab ihn, lag auf den nahen Bäumen, unter dem Eis fließend das leise glucksende Wasser.

Der Schatten blieb stehen.

Er zog die Skihaube ab.

Volker Vollrad.

Julius hatte Recht gehabt.

Ein bitterer Triumph.

»Ich hatte Sie von Anfang an in Verdacht.«

»Ach was! Sie konnten mich von Anfang an nicht leiden, aber im Verdacht hatten Sie mich nicht. Wieso auch? Was hatte ich schon mit Grad zu tun?«

»Er hat Sie beim Golfen gedemütigt.«

»Iwo. Ich hab ihm seinen Spaß gelassen, wollte sein Vertrauen gewinnen. Der Alte konnte mich genauso wenig leiden wie ich ihn. Ein verlogener alter Sack war das. Es war nicht schade um ihn.«

»Wie haben Sie es geschafft? Das mit der Tür?« Julius balancierte, die Eisdecke schwankte.

»Ah! Sind wir an diesem Teil angekommen? Der Bösewicht erzählt James Bond stolz seinen genialen Plan, erst danach will er ihn umbringen, doch dazu kommt es nicht?«

Vollrad bückte sich und hob einen Eisblock vom Ufer, der sich dort abgelagert hatte. Es war einer von vielen. Er warf ihn auf Julius. Der schwere Brocken schlug nur einen Meter neben ihm ein, die Oberfläche des Eises vibrierte. Ein Katschen war zu sehen, davon ausgehend ein Geflecht aus Rissen, wie das riesige Netz einer Spinne. Es knirschte. Julius wollte fliehen, wollte weg, wieder rennen. Aber eine falsche Bewegung, und das Eis würde brechen. Er konnte nur warten, bis Hilfe kam.

Wenn sie überhaupt kam.

»Das ist doch viel eleganter als mit einer Waffe. Die Perkussionspistole, mit der ich Grad erledigt habe, ist übrigens längst im Rhein bei Remagen, die findet keiner.« Er warf den nächsten Brocken. Diesmal traf er Julius, der zusammenbrach. Das scharfe Eis hatte ihm den Oberschenkel aufgeschnitten. Durch die Hose. Der Schmerz war wie eine Verbrennung, nur ging er tiefer, fast bis auf den Knochen.

»Tut's weh?«

Julius stöhnte auf.

»Gut. So soll es sein. Was Ihre Bitte angeht. Es gehört sich wohl so.

Man soll den Todgeweihten einen letzten Wunsch erfüllen. Oder wollen Sie lieber eine Zigarette?«

Er erntete nur weitere unterdrückte Schmerzensschreie.

»Nein? Gut, dann sollen Sie die Schlussansprache erhalten. Irgendwie gefällt mir das auch. Sie sind schließlich mein letztes Opfer, das sollte ich würdig begehen. Also, wie habe ich das mit Grad gemacht? Indem ich es überhaupt nicht gemacht habe. Ist das nicht witzig? Kommen Sie schon, lachen Sie! Oder soll ich schon den nächsten Brocken werfen. Den letzten?«

Julius quetschte ein Lachen heraus. Versuchte dann, gleichmäßig zu atmen und den Schmerz zu verdrängen. Die Kälte des Bodens kroch durch die Kleidung. Wenn er die Wunde ans Eis bekam, würde es ihm Linderung verschaffen …

»Schön, geht doch. Grad und ich hatten den Tresor geöffnet und die Monstranz rausgeholt. Es war eine Monstranz drin, falls Sie das noch nicht wissen. Ein sehr beeindruckendes Ding. Die römisch-katholische Kirche war immer gut in PR-Sachen, bevor irgendeiner wusste, was das überhaupt war. Alles lief nach Plan. Ich hielt die Monstranz, er verschloss den Tresor. Dann zog ich mein schönes Familienerbstück und erschoss ihn. Schon was Praktisches, so eine Waffe, die nirgends registriert ist. Dann ging ich durch die verschlossene Tür.«

Vollrad ließ die Worte stehen, ließ sie wirken. Er freute sich selbst an seiner Show, zeigte ein blitzendes Lächeln. »Nein, so war es nicht – wollen Sie es wirklich wissen?«

»Ja.«

»Es wird Sie enttäuschen.«

»Mit Enttäuschungen habe ich gelernt zu leben.«

»Sie haben es so gewollt. Hier meine Beichte: Ich bin nie durch eine geschlossene Tür gegangen.« Julius hörte das Eis unter sich knacken. »Ich kann nicht zaubern, es war noch nicht einmal ein Trick. Es war Zufall.«

»Sie sind zufällig durch eine geschlossene Tür gegangen?«, quetschte Julius hervor. »Das muss ich auch mal probieren.«

»Sehr witzig. Sie verlieren nie Ihren Humor, das gefällt mir. Nein, ich bin durch eine offene Tür gegangen.«

»Wer hat sie dann von innen verschlossen?«

»Da hat's aber einer eilig.« Vollrad hob einen weiteren Eisblock empor und warf ihn einige Meter vor Julius aufs Eis. Er brach durch. »Ich beeil mich ja schon. Nachdem wir die Monstranz aus dem Tresor geholt hatten, zog ich die Waffe, bedrohte den alten Grad, nahm mir das gute Stück und ging rückwärts zur Tür hinaus. Dann spannte ich den Abzug. Wie ein Irrer rannte Grad auf mich zu. Ganz schön flink, der Alte. Er wollte die Tür zuschlagen, damit ich ihn nicht treffen konnte. Beinahe hätte der alte Sack das auch geschafft, die Tür war fast zu, da schoss ich und traf ihn. Das hat mich gerettet. Ansonsten ständen wir jetzt nicht hier, dann wäre ich schon längst im Knast.«

Das leise, gluckernde Geräusch des fließenden Wassers drang durch das dünne Eis unter Julius. Bluttropfen sammelten sich darauf und froren an. »Wieso war dann die Tür verschlossen?«

»Das hab ich mich auch gefragt. Ich konnte es zuerst gar nicht glauben, als ich's im Radio hörte. Aber als ich drüber nachdachte, wurde es mir klar. Grad drückte mit einer Hand die Tür zu, die andere hatte er schon am Schloss, um sie schnell verriegeln zu können. Der Schuss muss ihn zwar direkt getötet haben, aber im Fallen hat er die Tür noch zugedrückt. Vielleicht war es in seiner letzten klaren Sekunde, als er den Schlüssel umdrehte, vielleicht aber auch nur im Fallen, weil die Hand so vom Schlüssel abrutschte, dass der sich im Schloss drehte. Er, oder seine Leiche, hat die Tür verriegelt, und plötzlich hatte ich magische Kräfte.«

Das war also die Lösung. Julius war die ganze Zeit falsch an dieses Rätsel herangegangen. Die verschlossene Tür war nie geplant gewesen, sie war nur ein Versehen. Ein dummes Versehen.

Vollrad fand langsam Gefallen an seinem Vortrag. »Viel interessanter ist, wie ich die Monstranz aus dem Bunker rausbekommen habe. Haben Sie sich das nie gefragt?«

Nein, dachte Julius, merkwürdigerweise nicht.

Vollrad wartete nicht auf eine Antwort. »Klaus Grad hatte einen der Plastiksäcke der Asbest-Entsorgungsfirma organisiert. Da hab ich sie reingetan, dann in einen der entsprechenden Container gelegt und sie draußen wieder rausgefischt. War ein bisschen riskant, aber kalkulierbar. Und hat ja auch geklappt. Wie dem auch sei, alle haben sich nur darüber gewundert, wie ich angeblich durch eine geschlossene Tür gegangen bin. Selbst die arrogante Bäder hatte Muffensausen vor mir. Sie hat mich auch gefragt, wie ich es denn gemacht hätte. Ich habe natürlich nichts dazu gesagt.«

»Sie lieben es, wenn andere Angst haben.«

»Nein. So würde ich das nicht sagen. Ich mag es, wenn die Leute Respekt vor mir haben. Im Geschäftsleben wie privat. Nur so verarscht einen keiner. Der Bäder war ich richtig unheimlich. Und dem guten Sonner auch. Aber der war tougher, hat versucht, sich nichts anmerken zu lassen. Aber das kann man nicht überdecken.«

»Warum haben Sie ihn umgebracht? Hat er nicht gespurt?«

»Doch. Eigentlich schon. Aber es war mir einfach zu unsicher. Mit so einem Damoklesschwert über dem Kopf konnte ich nicht leben. Ich wollte die Sache übrigens rund machen, also was die verschlossenen Türen angeht. Ich wollte das Schloss bei Sonner von außen so mit Draht bearbeiten, dass sich innen der Schlüssel dreht. Aber Sie haben mich gestört. Schade.« Er sah den Kondenswolken nach, die sein Atem in der eisigen Luft hinterließ. »Aber an dem Ruhm hätte ich mich eh nur allein erfreuen können, und was bringt das schon?«

»Hat er den Wink mit dem Neuenahrer Sonnenberg verstanden?«

»Ja. Fünf gleiche Anfangsbuchstaben reichten für den Adressaten Sonner. Er hat mir geschworen, er würde niemals reden. Aber warum hat er mich dann überhaupt angerufen, als er von der Waffe in der Zeitung gelesen hat? Warum hat er mir dann erzählt, dass er wüsste, mein Vater hätte eine solche unerlaubt besessen. Die zwei sind ihrer geheimen Leidenschaft gemeinsam nachgegangen. Spinner.«

So ähnlich hatte Julius sich das gedacht. Zwei Blätter waren bei der Entschlüsselung des Falls, eben im warmen Restaurant, vor ihm gelandet. Auf dem einen stand die Waffe, auf dem anderen Sonners Waffensammlung und die Warnung im Weinberg. Sammler erkannten sich untereinander, das wusste Julius aus eigener Erfahrung. Er hatte es auch stets im Gefühl, wenn ein anderer Topflappen-Liebhaber vor ihm stand.

Vollrad erzählte unbeirrt weiter. »Sonner sagte, er wolle als Gegenleistung für sein Schweigen nur meine Unterstützung in Sachen Präsidentschaft, alles andere sei ihm egal. Geld habe er selber. Kann sein, dass er es damals sogar so gemeint hat, aber nein, zu gefährlich. Vielleicht redet er im Schlaf? Er verstand nicht, warum ich ihn umbrachte. Macht auch keinen Unterschied.«

»Haben Sie eigentlich keine Skrupel?«

Vollrad überlegte. »Nein. Nicht wirklich. Grad war ein scheinheiliger, alter, verbrauchter Sack. Er hatte den Tod verdient, und verpasst hat er auch nicht mehr viel. Dank mir gab es in seinem Leben noch mal ein Abenteuer. Wir sind quitt. Bäder war genauso eine traurige Existenz, ausgelaugt, verbittert. Sie sollte mir danken. Keine Skrupel, wirklich nicht. Sonner hätte vielleicht noch ein paar schöne Jahre gehabt, vor allem jetzt als Präsident, ein Amt, das ich selbstverständlich gern übernehmen werde. Aber er war ein klassischer Intrigant, verlogen, ein Abzocker. Kein Wunder, in seinem Beruf. Immobilienmakler. Davon hat die Welt mehr als genug. Sie sind eigentlich der Erste, bei dem es mir ein bisschen Leid tut. Nicht sehr, aber ein bisschen. Ihr Essen ist wirklich prima, Sie haben eine nette Katze.«

»Kater.«

»Soll mir recht sein. Aber Sie sind eben zu neugierig. Das ist ungesund, so was bestraft die Natur.« Der nächste Eisblock fand sich in seinen Händen. Diesmal warf er ihn nicht, er ließ ihn wie beim Curling auf Julius zuschliddern, das Gewicht auf der Eisscholle erhöhend.

»Sie haben sich das alles prima zurechtgelegt. Schuldgefühle überflüssig.«

»So ist es. Dafür hab ich keine Zeit. Mir steht wieder alles offen. Ich hab keine Schulden mehr von dieser Kunststoffkorkengeschichte. Und nicht nur das, ich hab trotz Schuldentilgung mehr als genug Geld vom Verkauf der Monstranz übrig. Mir geht's prima. Besser als jemals zuvor.« Er strahlte. »Der Tod ist doch eh nur der Übertritt in eine neue Form der Existenz. Ich lasse Ihnen einfach den Vortritt.«

Der nächste Brocken flog. Diesmal traf er Julius' Schulter. Das warme Blut lief über den unterkühlten Arm bis hinunter zur Hand, bevor es auf den gefrorenen Fluss tropfte. Julius merkte, wie sein Kreislauf zusammenbrach. Von allen Seiten kam Schwärze. Er griff in den Schnee und schob ihn sich in den Mund. Das tat gut. Die Welt kam zurück.

Vollrad sah ihn belustigt an. »Eine letzte Frage hätte ich noch an Sie. Wie sind Sie auf mich gekommen?«

Das Eis hatte das Bein heruntergekühlt. Julius legte sich auf die Scholle, um auch den Arm zu betäuben. Er fand seinen Atem wieder. Und seine Wut. »Mein Verdacht erhärtete sich, als ich die Buchstaben im Weinberg sah. Das hatte einer mit Sinn für Plakatives gemacht. Sie als Marketingchef kamen mir da direkt in den Sinn. Keiner der anderen, außer vielleicht Stefan Dopen, und der war schon aus dem Rennen, hätte so etwas Aufwendiges veranstaltet. Das war ganz klar Ihre Handschrift.«

»Es war also nicht mehr als ein Tipp. Irgendwie bin ich enttäuscht, andererseits aber erleichtert.«

»Das Entscheidende kam später. Vor kurzem.« Es war nur wenige Minuten her, dachte Julius. Minuten, in denen so viel passiert, so viel falsch gelaufen war. »Es dauert etwas länger, ich hoffe, das stört Sie nicht?«

»*Mir* bleibt noch viel Zeit.« Vollrad zündete sich eine Zigarette an. »Die tut jetzt so richtig gut. Sie wollten ja keine.«

»Das ist ungesund und kann zum Tod führen.«

Vollrad lachte. »Respekt. Sie blicken dem Tod gelassen ins Auge.«

Ich habe Übung darin, dachte Julius. Und: Jede Sekunde, die ich Vollrad hinhalte, vergrößert die Chancen, dass mir irgendetwas einfällt. »Ich habe neue Menükarten erstellt. Verschiedene Designs ausprobiert, Gänge aufgeschrieben. Zugleich habe ich aber auch alles notiert, was ich über die Morde wusste. Unter anderem den Tresorcode.«

»Das ist nicht *wahr*! So sind Sie auf mich gekommen! Das ist ja Wahnsinn! Das hätte ich nie im Leben erwartet!« Vollrad klatschte Beifall, die rauchende Zigarette in der Hand haltend.

»Sie hatten mir Ihren vollen Namen genannt, als Sie die Rechnung für die Präsentation bezahlten. Volker Isidor Vollrad. So einen Namen vergisst man nicht.«

»Ich kann's nicht fassen.« Vollrad schüttelte anerkennend den Kopf.

»Durch Zufall«, Julius verschwieg – an seinen guten Ruf als ordnungsliebender Mensch denkend – die genauen Ursachen, »lag plötzlich das Blatt mit Ihrem Namen und dem Tresorcode neben einem, auf das ich in römischen Ziffern die Gänge geschrieben hatte.«

»Und da hat es ›zing‹ gemacht!«

»Volker Isidor Vollrad. Abgekürzt VIV, die römischen Ziffern für die Zahlenkombination 515, also genau die drei Ziffern, die nicht von Klaus Grad stammten.«

»Damit hätten Sie mich natürlich niemals überführen können.«

»Wie kam es zu den drei Zahlen?«

»Das ist eine witzige Geschichte. Also gut, danach ist aber Schluss.« Vollrad trat gegen einen riesigen Eisbrocken, der zu seinen Füßen lag. »Mein Vater hat damals die Monstranz zusammen mit Klaus Grad in Adenau gestohlen. Die beiden waren zufällig vor Ort und haben bei den Bauern gebettelt, als die Kirche zerbombt wurde. Sie haben bei der Suche nach Verschütteten geholfen, das gute Stück gefunden und heimlich mitgenommen. Es waren harte Zeiten, ich kann ihnen keinen Vorwurf machen. Ich wusste bis vor kurzem nichts davon. Mein alter Herr und ich konnten uns noch nie riechen, und seit dem Tod meiner Mutter hatten wir uns so gut wie nicht gesehen. Vor kurzem ging es dann zu Ende mit ihm, und er ließ mich durch seinen Hausarzt ans Sterbebett bestellen. Ich bin hingefahren, dachte mir, schaden kann es nicht. Außerdem war ich ihm dankbar, dass er abnibbelte, denn schließlich würde ich erben, auch wenn das nicht reichte für meine Schulden. Am Sterbebett erzählte er mir dann die Geschichte.«

Julius spürte, wie Wasser auf die Eisscholle drang. Lange würde sie ihn nicht mehr tragen.

»Auch, dass sie beide nach dem Krieg genug Geld hatten und die Monstranz nicht mehr brauchten. Ich Verlierer könne sie jetzt ja holen. Er sagte mir, wo sie war, und dass Grad eine Hälfte des Codes hätte und ich die zweite. Aber er wollte nicht in Frieden von mir scheiden. Er wollte mich eiskalt verarschen, das war seine Rache dafür, dass ich ihn nie leiden konnte. Er erzählte mir von einem Goldschatz, und ich konnte nicht heran. Er sagte mir nämlich nicht die Kombination. Er sagte nur …« Sirenen waren zu hören.

Julius richtete sich auf. »Sie werden bald kommen.«

»Wieso? Der Schnee hat unsere Spuren zugedeckt. Sie werden Sie suchen, klar, aber nicht sofort hier. Außerdem bin ich jetzt eh weg. Hier noch das Ende der Geschichte. Ich habe Ewigkeiten gebraucht, um es zu enträtseln. Die letzten Worte meines Vaters waren«, Vollrad breitete die Arme aus wie bei einem großen Trick, »nomen est omen.«

Er hob den schwersten Eisblock auf, nahm Anlauf, rannte einige Schritte aufs Eis und warf ihn.

Der Eisblock verfehlte Julius.

Er war Vollrad aus der Hand gerutscht und vor ihm selbst eingeschlagen.

Ein Riss bildete sich und zog wie ein Blitz über die Eisfläche. Verästelte sich. Zog dunklere Risse. Brach das Eis.

Unter Vollrad.

Es zerbarst mit einem lauten Knacken, als fiele ein gefällter Baum zu Boden. Vollrad sprang weg, gab damit aber der Scholle unter sich den letzten Druck, um sich unter das Eis zu schieben, zwei große Eisplatten rechts und links schossen horizontal in die Höhe, das eiskalte Ahrwasser freigebend. Vollrad fiel hinein, schrie, versuchte sich am Eis festzukrallen. Stück für Stück brach ab. Kein Halt. Nur Strömung. Und Kälte, die sein Blut schockte. Die ihm Kraft nahm. Er schlug im eisigen Wasser um sich. Fontänen schossen hervor. Er wand sich.

Er versuchte, Halt im Eis zu finden. Da war keiner.

Er griff eine Scholle. Sie kippte um.

Er strampelte Richtung Eisdecke. Die voll gesogene Kleidung zog ihn nach unten.

Das Wasser schloss sich über ihm. Einer Schiebetür gleich glitt eine große Scholle über die Öffnung.

Alles war still.

Der kleine Hund am Ufer begann zu heulen, lief hin und her, heulte lauter und setzte schließlich eine Pfote auf die Eisdecke, vorsichtig eine zweite, und dann stand er mit allen vieren darauf. Immer wieder wegschlitternd, kämpfte er sich näher zu Julius, begann zu bellen, rutschte vollends aus und landete auf dem Bauch, robbte weiter vor, bellte wütend, kam bei Julius an und leckte ihm mit seiner heißen Zunge durchs Gesicht.

Alles wurde schwarz.

Er öffnete die Augen.

Die Sterne am Himmel nutzten für ihr Funkeln das gesamte Farbspektrum. Flackerndes Blaulicht war dort zu erkennen, wo der Himmel die Erde berührte. Stimmengewirr. Überall Schritte.

Leben.

»Er hat seine Äuglein aufgeschlagen!«, rief jemand. Es war FX. »Und jetzt schaut er mich blöd an! Hurra!«

»Wo ist Vollrad?«, brachte Julius hervor.

»Der werte Herr ist ersoffen. Zu viel Wasser ist eben ungesund.«

Julius richtete sich auf, von FX gestützt. Vollrads Leiche lag nur wenige Meter von ihm entfernt. Sie wirkte blau.

Julius konnte kein Mitgefühl empfinden. Er ließ sich wieder in die Rettungsliege fallen und rezitierte schwer atmend seinen Vorfahren. »Der Fluss glitt einsam hin und rauschte / Wie sonst, noch immer, immerfort / Ich stand am Strand gelehnt und lauschte / Ach, was ich liebt, war lange fort! / Kein Laut, kein Windeshauch, kein Singen / Ging durch den weiten Mittag schwül / Verträumt die stillen Weiden hingen / Hinab bis in die Wellen kühl.«

»Ohne Namen«

Die blaue Kerze funkelte auf dem Tisch, als wolle sie dem Polarstern im Fenster Konkurrenz machen. Sie spiegelte sich in FX' Augen.

»Du solltest wirklich a bisserl was verspeisen, Maestro.«

»Ich warte.«

»Sie kommt net. Es ist zu spät.«

»Aber *warum*?« Julius legte die extralangen Streichhölzer aus der Hand. Die anderen Dochte der überall im Raum verteilten Kerzen würden unversehrt bleiben. Flüchtig kontrollierte er die Bandagen an Oberschenkel und Schulter. Sie saßen gut, konnten den Schmerz aber nicht eindämmen.

»Wer versteht schon die Frauen? Ich net. Wahrscheinlich hat ihr dein Geplänkel mit dem lieblichen Fräulein Böckser net gefallen. Ich hab dir gleich gesagt, du sollst net auf zwei Hochzeiten tanzen.«

»Wie bitte? Du meintest, ich solle mit beiden *jonglieren*!«

»Des hab ich nie gesagt.«

»Jetzt ist aber mal Schluss!« Julius stand auf. »Steht noch nicht mal zu seinen Fehlern. Feiner Charakterzug!«

»Musst ja net drauf hören!«

Hatte er auch nicht. In diesem Moment war Julius dieser entscheidende Punkt aber egal. Einer musste für diesen verkorksten Abend geradestehen. Für das extra kreierte Festmahl, für die kunstvoll arrangierten Kerzen, für die beiden Schneemänner am Eingang, mit Blumensträußen in den eisigen Händen.

»Gut, dass du das sagst. Vielleicht sollte niemand mehr auf dich hören? Wie kann ich die Gästebetreuung eigentlich von jemand Unfähigem wie dir überwachen lassen? Es könnte ja passieren, dass mal einer auf dich hört! Du matschiges Stück Sachertorte!«

»*So net, du Psycherl!*« FX wollte gerade zum rhetorischen Rückschlag ausholen, als jemand eintrat.

»Ich störe ja ungern«, sagte Anna von Reuschenberg, »aber ich habe eine Verabredung mit einem charmanten und außerordentlich freundlichen Mann.« Sie musterte die beiden Streithähne. »Hat einer von Ihnen beiden ihn zufällig gesehen?«

Es brauchte etwas Zeit, bis der Zorn aus Julius gewichen war. Anna von Reuschenberg, einen der beiden Schneemannsträuße in den Händen haltend, das lächelnde Gesicht nur spärlich vom Kerzenlicht beleuchtet, kam anmutig auf ihn zu.

»Geh bitte raus«, sagte Julius.

»Wie bitte?« Das Lächeln verschwand.

»Ach so, nein, ich will nur den Raum fertig machen.« Er hielt inne. »Für dich.« Julius fühlte sich wie ein Pennäler. Wieso fiel es ihm nur so schwer, die richtigen Worte zu finden? Wieso fühlte es sich an, als balanciere er auf einem Drahtseil über den Rheingraben?

»Lass ihn doch so. Er ist nur etwas zu ... voll für meinen Geschmack.«

FX stand auf. »Des wär net nötig gewesen, gnädige Frau. Wir Wiener haben ein Gespür für die *gewissen* Momente des Lebens.« Er ging durch die Schwenktür in die Küche.

Ihr Flappen wurde immer leiser, die Stille immer lauter.

»Es ist schön zu sehen, dass es dir wieder besser geht. Du warst ganz schön nass.«

»Möchtest du etwas trinken?«

»Willst du mich betrunken machen?«

Jetzt eine pfiffige Replik! Als er später im Bett lag, fiel ihm ein, dass »Habe ich das nötig?« gut gewesen wäre oder »Ich mache alles, was getan werden muss«. Natürlich hätte er dann auch anzüglich grinsen müssen oder besser gleich den Arm um sie legen, sie tangomäßig über diesen fallen lassen, und dann ...

»Nein. Natürlich nicht. Ich dachte nur, du hättest vielleicht Durst.«

Sie setzte sich. »Ich trinke, was du trinkst.«

»Soll ich das Essen schon holen?«

»Setz dich doch erst mal. Wir hatten seit Vollrads Tod vorgestern keine Zeit, miteinander zu reden.«

Julius stand unbeholfen im Restaurant. Dann ging er humpelnd in die Küche und holte die schon geöffnete Flasche Spätburgunder aus der Monopollage Walporzheimer Gärkammer.

Anna kam ihm entgegen und nahm die Flasche. »Ich würde gern sagen, du hättest auf uns warten sollen. Aber dann wäre Vollrad wahrscheinlich längst im Ausland. Oder – noch schlimmer – wir hätten keine Beweise.«

Sie setzten sich, Julius goss den Wein in die bauchigen Burgundergläser. »Die haben wir jetzt auch nicht.«

»Doch. Die solide Aussage eines dekorierten Polizeikochs. Aber manchmal braucht es eben gar keiner Beweise. Manche Dinge erledigen sich von selbst. Man muss ihnen nur Zeit lassen …« Sie beugte sich zu Julius, die Lippen gespitzt. Sie waren noch eine Handbreit entfernt.

Die Tür ging auf.

»Darf ich servieren?« FX sah zwei Köpfe, die sich schnell voneinander entfernten, und ein Weinglas, das umgefallen wäre, wenn Julius' Hand nicht schnell zugepackt hätte. »Ich komm wohl besser später noch mal …«

»Nein«, sagte Anna, »ich bin schon ganz hungrig. Was gibt es denn?«

»Darf ich es sagen? *Bitte!*«, sagte FX.

Julius nickte widerwillig. Er hatte noch etwas gutzumachen.

»Das wohltemperierte Klavier.« FX strahlte, setzte es vor Anna von Reuschenberg ab und verschwand wieder in der Küche.

»Genauer gesagt das Präludium Nummer 1 in C-Dur aus Bachs Wohltemperiertem Klavier Band I«, ergänzte Julius.

»Ein wunderschönes Stück«, sagte Anna und blickte auf das Lamm vor ihr.

»Du kennst es?«

»Hätte ich es sonst gesagt?«

Julius lächelte.

»Wieso ist dieses«, sie probierte es, »Lamm mit Aprikosen und einer …«, sie dippte ein weiteres Stück in die Soße, »… süßen Rotweinsoße ein Stück von Bach?«

»Rotwein-Honig-Soße. Eine lange Geschichte.«

»Ich habe viel Zeit mitgebracht für den heutigen Abend.«

Julius erzählte ihr von der Soßenorgel. Er erntete leuchtende Augen und Lippen, über die des Öfteren eine Zungenspitze fuhr. »Das Präludium habe ich erst heute erspielt.«

»Extra für mich?«

»Nein, ich war auf der Suche nach neuen Gerichten für die …« – *Alarm!* Falsche Antwort! Alarm! Rette sich, wer kann! Frauen und Kinder zuerst! – »… die Menüfolge, die ich für dich kreieren wollte.«

»Ach *so*. Eine ganze Menüfolge wolltest du für mich kreieren. Na, *da* freu ich mich schon drauf. Dann werde ich mich erst danach bei dir bedanken.«

Konnte er das noch retten? »Du kannst dich gern jetzt schon ein wenig erkenntlich zeigen. Wir können das auf Raten machen.« *Es ging doch!* Er rückte mit seinem Stuhl näher zu ihr.

Dann beging er eine Dummheit.

»Weiß man mittlerweile eigentlich, warum Sonner und Hessland im Bunker unterwegs waren?« Warum fragte er das? Jetzt? Julius konnte es selbst nicht fassen.

Anna sah ihn lange an. »Du musst aber nicht extra näher rücken, wenn du mir eine Frage stellen willst.« Sie tupfte sich die Lippen ab. »Wir haben die aus dem Bunker gestohlenen Gegenstände bei den beiden gefunden, teilweise raffiniert versteckt, in der Tiefkühltruhe zum Beispiel ein Aschenbecher. Bevor du jetzt wieder näher rückst, um mir die nächste Frage zu stellen«, sie sah ihn mit einem Blick an, den Julius nicht deuten konnte, »es war eine Wette. Nenn es Dummen-Jungen-Streich, nenn es Midlife-Crisis, nenn es Diebstahl. Hessland und Sonner hatten gewettet, wer die meisten Sachen bei der Führung aus dem Bunker stiehlt. Die beiden scheinen die Konkurrenz zu lieben und einander zu hassen – fast wie Geschwister. Natürlich wollten sie sich rausreden, unter der Überschrift, das wäre eh alles vernichtet worden, es hätte ja niemandem geschadet. – Kann ich noch von dem Wein haben? Du solltest auch noch etwas trinken.«

Julius goss nach, weiter als zur Verjüngung des Glases, die Regel für optimalen Weingenuss in den Wind schreibend. Er musste Anna und sich Alkohol zuführen. Schnell.

»Und um die übrigen Fragen den Fall betreffend aus dem Weg zu räumen. Sonner wird sich vermutlich schon bei dir gemeldet haben?«

»Er hat mir auf den Anrufbeantworter gesprochen.« Julius war sehr überrascht gewesen, vom Totgeglaubten zu hören.

»Als wir ihn fanden, war er in einem Schockzustand, aber das Messer hatte das Herz knapp verfehlt. Er hat riesiges Glück gehabt. Dieser dank dir missglückte Mord war sehr clever geplant. Vollrad hatte Susanne Sonner durch einen Erpresseranruf weggelockt. Sie sollte mit einer großen Geldmenge, fürs Erste so viel, wie sie locker machen konnte, nach Trier kommen. Sonst wollte Vollrad ihre Alkoholsucht verraten. In Trier sollte sie sich ein Hotelzimmer nehmen, dann würde sie weitere Instruktionen erhalten. Da saß sie dann auch, bis sie heute Morgen zurückkam.«

»Das heißt, sie spricht jetzt offen darüber?«

»Ob offen weiß ich nicht, aber zumindest mit uns. Sie meinte, sie würde nicht zulassen, dass so etwas je wieder passiert. – Noch irgendwas unklar?« Anna nahm wieder einen Bissen des wohltemperierten Klaviers.

»Es tut mir Leid …«

»Was tut dir Leid?«

»Ich bin nicht gut in so was. Weißt du, ich ... du bist mehr für mich als nur eine Polizistin, der ich zuarbeite, du bist ...« Anna von Reuschenberg schaute ihn erwartungsvoll an. Sie ließ ihn zappeln. »... mehr. Ja, *mehr*. Möchtest du noch etwas Wein?«

»Nein.«

»Wieso nicht?«

Sie sah ihn nur an. Dies war der Moment. Julius wusste nicht, wie, aber plötzlich waren seine Augen geschlossen, und er konnte ihren Atem auf seinen Lippen spüren.

Es klopfte am Fenster.

Es war Professor Altschiff. »Machen Sie das verdammte Fenster auf! Schnell! Es geht um Loreley!«

Julius tat, wie ihm geheißen, was bedeutete, dass er sich von Annas Lippen entfernte. »Was ist mit Loreley?«

»Wieso sitzen Sie denn da drin bei Kerzenlicht? Haben Sie einen Stromausfall?«

»Nein, wir ...«

»Ist ja auch egal. Es geht bald los, kommen Sie raus. Ich erzähl Ihnen auf dem Weg alles. Und bringen Sie Ihre Tischdame ruhig mit. Zur Sicherheit, falls was schief geht.«

Julius und Anna gingen in den Flur, wo sich sämtliche Utensilien befanden, die für einen kalten Nachtspaziergang nötig waren. Anna zog ihren Mantel an, dann Julius näher zu sich. Sie fuhr ihm durchs spärliche Haar. »Ich denke, das ist der Beginn einer wunderbaren Freundschaft.« Julius strich ihr über die Wange, endete mit dem Daumen auf ihrer Unterlippe. Jetzt war der Moment da.

»Schnell! *Schnell!* Es kann jeden Augenblick passieren!«, rief der Professor von draußen. Anna lachte, und zu dritt gingen sie in Richtung Altschiffs Haus.

»Ihr Bauch ist prall gefüllt und die Zitzen stark geschwollen. Vor einer Woche hat sie sich einen Wurfplatz ausgesucht, dreimal dürfen Sie raten: mein Kleiderschrank.« Altschiffs Gehtempo entsprach Power-Walking – Julius kannte es nur aus dem Fernsehen. »Ich bin nachts wach geworden, weil sie den Schrank durch Kratzen aufkriegen wollte. Ich habe dann alles leer geräumt und eine warme Decke reingelegt. Loreley ist bis heute allerdings nicht mehr hingegangen. Es war, als wüsste sie, wo es stattfinden würde und gut ist.« Die drei bogen in die Quellenstraße ein, nun war es nicht mehr weit. »Ich hätte sie nicht allein lassen dürfen! Wenn es jetzt schon passiert ist, das würde ich mir nie verzeihen. Wer krault ihr jetzt den Bauch? Seit einigen Tagen will sie ständig ihre dicke Wampe gekrault bekommen.«

Anna tätschelte Julius den Bauch. Was sollte das denn jetzt?

»Eben ist sie dann ganz ruhig geworden und im Kleiderschrank verschwunden. Also habe ich Bescheid gesagt.«

Anna zupfte Julius am Ärmel und flüsterte ihm ins Ohr. »Was hast du mit der Katze dieses komischen Kauzes zu schaffen?«

Die Frage war Julius nicht gekommen. Er war einfach zu verwirrt gewesen. Schon den ganzen Abend. Allerdings hatte er einen Verdacht, was Loreley anging. »Sind Sie sich sicher, dass es Herr Bimmel war?«

»Loreley ist monogam, da wurde mit keinem anderen herumscharwenzelt.«

»Eine sehr sympathische Katze«, sagte Anna.

Altschiffs kleines Hexenhäuschen hatte sogar noch mehr Puderzucker abbekommen als die ringsum stehenden Gebäude, da das Giebeldach flacher angelegt war. Die Haustür hatte er aufgelassen, durch einen Spalt fiel warmes Licht auf den Weg.

Ein Katzenschrei war zu hören.

»Beim Barte des Propheten, es geht los!« Altschiff raste durch den Eingang, nahm einige scharfe Biegungen in dem verwinkelten Haus, riss Türen auf, dicht gefolgt von Julius und Anna, die schließlich in einem kleinen Raum ankamen, der nicht in Heppingen zu sein schien. Auch nicht in Bad Neuenahr, Bonn, Köln, Berlin, London, Paris, New York. Er schien in überhaupt keiner Stadt zu liegen. Dieser Raum musste Teil eines Schiffes sein. Keines neumodischen Traumschiffes oder einer ultramodernen Segeljacht, nein, eines Schiffes, wie es Piratenphantasien bevölkerte. Eine Hängematte durchmaß das Zimmer, auf dem groben Holzboden standen entzündete Öllampen neben Wäschehaufen. Das Fenster war ein Bullauge. Der Schrank, von dem der Professor gesprochen hatte, war in Wirklichkeit eine schwere Seemannstruhe, in der eine schottische Decke und eine dicke Katze lagen, die Julius entfernt an das graziöse Tier erinnerte, dem Herr Bimmel nachgejagt war. Anna setzte sich in die Hängematte, Julius bedeutend, dass zu viele fremde Menschen die Katze nur stören würden.

Im Hintergrund lief Musik, die Julius an den Männerchor der russischen Schwarzmeerflotte erinnerte. Es war mehr ein Brummen denn ein Singen. Altschiff zeigte mit beiden Händen wie ein Fischverkäufer auf Loreley, die in der Truhe eine bequeme Position suchte. »Schauen Sie, was Ihr Kater angerichtet hat! Seit Monaten läuft der jetzt schon meiner Loreley nach, das musste ja so kommen.«

Loreley schrie wieder.

Julius beugte sich über die Truhe und streichelte der Katze über den Kopf.

Sie schrie wieder.

Dann ging alles ganz schnell. Ruckzuck war das erste Kätzchen da. Loreley leckte es wie wild, bis es zu quieken begann. Altschiff holte aus einer dunklen Ecke eine Flasche Wodka.

»Mit Büffelgras,« sagte er, benetzte den Zeigefinger der rechten Hand und tippte auf die Stirn des kleinen Tierchens. »Sein Name sei Gantenbein!« Altschiff strahlte. »Auf *diese* Taufe habe ich mich schon die ganze Zeit gefreut.« Das Kätzchen tapste schwankend zu den Zitzen und begann sich den Bauch voll zu schlagen.

»Das hast du gut gemacht, Loreley«, sagte Julius zur Mutter. »Ein ganz tolles Kätzchen hast du da zur Welt gebracht!«

»Ich glaube, sie möchte lieber allein gelassen werden, Julius. So war das zumindest bei unseren Katzen zu Hause«, flüsterte Anna und lächelte ihn an.

Loreley schrie wieder. Es ging Julius durch Mark und Bein. Plötzlich spürte er eine Berührung am Unterschenkel. Geduckt drückte sich Herr Bimmel an ihm vorbei, die Hinterbeine eingeknickt, den Schwanz zu Boden, vorsichtig ein Pfötchen vor das andere setzend.

»Da kommt ja der Übeltäter!«, johlte Altschiff.

Als Herr Bimmel Mut gefasst hatte und über den Rand der Seemannstruhe blickte, konnte er die Geburt des zweiten Kätzchens bewundern.

»Das nennen wir jetzt nach Ihnen«, sagte Altschiff, aber Julius wehrte ab.

»Mein Name ist diese Woche schon einmal vergeben worden. Es gibt doch so viele andere schöne Namen.«

»Dann nehmen wir eben Ihren zweiten Vornamen. Sie haben doch bestimmt einen?«

»Nein.«

»Doch«, sagte Anna von Reuschenberg. »Ich weiß noch, wie ich gelacht habe, als ich ihn gelesen habe. Damals, als du unter Mordverdacht standest.«

»Bitte nicht!«

»Ich glaube, ich habe noch was gut bei dir. Dann sind wir zwei quitt, *Remigius.*«

Julius verzog das Gesicht. Der Biss in eine saure Zitrone hätte seine Züge nicht mehr entgleisen lassen.

Altschiff nickte bewundernd. »Nach Remigius, dem Bischof von Reims, was für ein schöner Name, und so selten heutzutage. Dann soll es so sein. Ich taufe dich auf den Namen Re-mi-gi-us.« Eine weitere Katze wurde mit einem Tropfen Wodka bedacht und krabbelte in Richtung Muttermilch, dem Getränk, nach dem ihr im Moment eher der Sinn stand.

So ging das Kätzchen für Kätzchen, runde zwei Stunden lang. Herr Bimmel hatte sich irgendwann in eine Ecke gelegt und von Anna kraulen lassen, der es in der Hängematte zu langweilig geworden war. Altschiff hatte angefangen, auf jedes neugeborene Kätzchen einen Toast auszubringen, weswegen die Wodkaflasche mittlerweile gut geleert war. Julius stand nur da und staunte über die kleinen Tiere, wie sie schliefen oder an den Zitzen der Mutter tranken. Am meisten bewunderte er Loreley, mit welcher Ruhe sie alles geschehen ließ, wie ausgeglichen sie in dieser Zeit höchster Anspannung war.

Altschiff tastete den Bauch der Katze ab. »Eins kommt noch, dann sind wir komplett. Sieben auf einen Streich!«

Loreley schrie.

Und da war es.

»Das dürfen Sie jetzt als stolzer Großpapa taufen!«, sagte Altschiff und reichte Julius die Wodkaflasche.

Julius sah Anna und dann das Kätzchen an. »Ich taufe dich auf einen Namen, den ich erst vor kurzem erfahren habe und der mir sehr ans Herz gewachsen ist.«

»Nein«, sagte Anna und kam zu ihm herüber. »Ich weiß, was du vorhast, aber …«

Sie hatte ihn durchschaut. Dafür gab sie ihm einen Kuss. Den Kuss, der schon den ganzen Abend in der Luft gelegen hatte. Den Kuss, auf den zu warten es sich gelohnt hatte. Julius wurde es warm, und er befeuchtete seine Finger mit Wodka. Das kleine Kätzchen sah genau wie seine Mutter aus, nur dass es auch orange Flecken hatte. Es war eine Glückskatze, und sie schaute Julius fragend an.

Sein Wunschname ging also nicht. Aber er hatte noch einen anderen in petto, der nur darauf wartete, endlich vergeben zu werden. »Ich taufe dich auf den Namen«, er machte eine Pause, »Felix!«

Altschiff klatschte Beifall und nahm Julius den Wodka aus der Hand, um auf das Wohl des kleinen Glückskätzchens zu trinken. Anna begrüßte es mit einem Kuss auf die Stirn in der Welt, bevor sie es in ihre Armbeuge legte und hochnahm. Es streckte ihr das Bäuchlein entgegen. Anna sah den Taufpaten belustigt an. Vor allem seinen Popo.

»Julius?«

»Ja?«

»Dein Felix ist ein Mädchen.« Anna hielt das kleine Kätzchen vorsichtig in die Höhe, das Bäuchlein zu Julius gewandt. Sie erntete ein Lächeln. Beim Aufbruch aus der »Alten Eiche« hatte Anna aus einem berühmten Film zitiert, dachte Julius, eine bessere Gelegenheit zum Kontern würde er heute nicht mehr bekommen.

»Na und? Niemand ist vollkommen.«

Anhang

Tipps für Schlemmer

In den Julius-Eichendorff-Krimis sind vinophile wie kulinarische Spuren versteckt, denn das Ahrtal ist nicht nur ein Paradies für Weinkenner, sondern auch für Schlemmer. Wie auch in anderen deutschen Weinbaugebieten finden sich auf kleinem Raum viele gute Restaurants. Deshalb kann und will die folgende Auflistung nur Appetit darauf machen, sich die Region selbst zu »erschlemmen«.

Über die Nummer 1 an der Ahr sind sich alle einig, so deutlich thront Hans Stefan Steinheuers Restaurant **»Zur Alten Post«** kulinarisch über allen anderen. Sein Haus zählt zu den zehn besten Deutschlands, ist unter anderem mit zwei Sternen vom Michelin dekoriert und zelebriert eine deutschfranzösische Hochküche. Diese ist wunderbar aromatisch, Steinheuer ist ein wahrer Magier der Geschmacksnoten. Ein Traum sind die »Jakobsmuscheln in Papaya-Gemüse-Chutney mit Kaisergranat und Croustillant«. Niemals wirkt etwas überladen, stets passt alles auf dem Teller kongenial zusammen. Ein großer Koch im kleinen Ahrtal. Seine Frau Gabi gibt dazu die perfekte Gastgeberin. Besonders empfehlenswert sind die Ahrweine, die sich Hans Stefan Steinheuer speziell für sein Restaurant abfüllen lässt und die es sonst nirgendwo zu genießen gibt. Fragen Sie nach!

Direkt nebenan liegt der kulinarische Ableger für schmalere Geldbeutel und etwas bürgerlichere Genüsse, die **»Poststuben«**. »Feinbürgerlich« heißt das dann im Fachjargon, und auch bei den Gerichten dieses Restaurants ist das Genie von Hans Stefan Steinheuer zu schmecken.

Kulinarisch wie die »Poststuben« ist das Restaurant von Hans Stefan Steinheuers Bruder Wolfgang ausgerichtet. Dessen **»Köhlerhof«** liegt auf dem Gelände eines Golfclubs – aber auch Nichtgolfer und selbst komplette Sportverweigerer sind im modernen, lichtdurchdrungenen Ambiente gern gesehen. Natürlich sprechen sich Brüder untereinander ab, und so ist auch Wolfgang Steinheuers Küche ab und zu von den genialen Einfällen durchwirkt, für die sein Bruder so bekannt ist. Vielleicht haben aber auch beide einfach die richtigen Gourmet-Gene in die Wiege gelegt bekommen …

Das »**Vieux Sinzig**« von Jean-Marie Dumaine ist ohne Frage eines meiner liebsten Restaurants im Ahrtal. Der Grund ist einfach: Eine solche Küche findet sich fast nirgendwo sonst. Der Gaumen wird schlichtweg überrascht. Die Küche ist exotisch – gerade weil sie heimisch ist. Jean-Marie Dumaine verbindet normannisch-französische Cuisine mit heimischen Gemüsen und Kräutern. Schon mal Vogelmiere gegessen? Oder Brennnessel? Rund einhundertfünfzig verschiedene Wildpflanzen und Wildkräuter verwendet er in seiner Küche. Beispiele gefällig? »Eifelrind im Kräuterheu« oder »Rehcarpaccio mit Pesto von Tannenspitzen«. Gastgeberin Colette Dumaine, stets in normannischer Landestracht, vervollständigt das ungewöhnliche Erlebnis. Tipp: Mittags gibt's ein spannendes Dreigangmenü zum kleinen Preis. Wer nicht genug von diesen Genüssen bekommen kann, sollte sich einige mit nach Hause nehmen. Suppen, Gelees, Konfitüren – über die Jahre ist das »Vieux Sinzig« ein Feinkostsupermarkt (im eigentlichen Sinne des Wortes) geworden. Ein besonderes Vergnügen sind die Kräuter- und Sommerblütenseminare mit Wanderung im Ahrtal, bei denen Jean-Marie Dumaine beweist, dass an ihm ein Entertainer verloren gegangen ist.

Die gute Stube des Tals liegt in ihrem Herzen. Im »**Sanct Peter**« wird moderne Küche inmitten von Historie verspeist. Bis 1246 geht die Geschichte des Hauses zurück, und dieser fühlt man sich hier auch verbunden. Dieses Haus ist ganz alte Schule – von der guten Art! Drei Restaurants bietet es, das Aushängeschild heißt schlicht »Restaurant Brogsitter«. In den noblen, pinienholzvertäfelten Räumlichkeiten wird sich einer leichten, fettarmen Spitzenküche verschrieben. Das Überraschungsmenü zum Genießerpreis (täglich außer Samstag) ist das spannendste und preiswerteste Vergnügen. Das Restaurant »Weinkirche« (mit Innen-Balkon) ist traditioneller, manche sagen rustikaler ausgerichtet, regionale und klassische Spezialitäten stehen hier auf der Karte. Sehr lobenswert: Rund achtzig Weine im offenen Ausschank. Mein Tipp als Suppenkasper: »Sanct Peters Kräuterschaumsuppe aus dem eigenen Garten«. Die »Kaminstube« schließlich bietet herzhafte Kleinigkeiten, aber auch Waffeln und Kuchen.

Müsste man die Aussicht mitbezahlen, bräuchten Sie gar nicht erst zum »**Hohenzollern**« zu fahren, denn die ist atemberaubend. Über der Römervilla, am Silberberg thronend, mit Blick über Ahrweiler, wird hier gespeist. Die kulinarische Ausrichtung nennt sich »Neue deutsche Küche«, dahinter steckt eine moderne Regionalküche, die im »Hohenzollern« in Richtung Haute Cuisine verstanden wird. Ein besonderes Lob gebührt den gereiften Weinen auf der Karte von Hotelinhaber Ludger Volkermann.

Auch die »**Idille**« – ein ehemaliges Ausflugslokal – bietet einen guten Blick über das Ahrtal. Jung und durchdesignt geht es hier zu, die Küche ist kreativ und kombiniert gewagt, je mehr desto besser. Manchmal geht's sogar cross-kulturell zu, bloß keine Scheuklappen.

Der kulinarische Aufsteiger der letzten Zeit an der Ahr heißt »**Prümer Gang**«. Der frische Wind kommt von einem »frischen«, soll heißen jungen Team. Die Weinkarte lädt förmlich zum Schmökern ein, auf ihr sind viele Topwinzer des Tals vertreten, eine große Anzahl Weine gibt es offen. Eine frische regionale Küche wird geboten, die einfach Pfiff hat – zu vernünftigen Preisen.

Neu im kulinarischen Portfolio des Ahrtals ist auch das im Weinhaus Nelles untergebrachte Restaurant »**Freudenreich**«. Nicht benannt nach den hier angebotenen kulinarischen Freuden, sondern nach den Betreibern: Sabine und Lothar Freudenreich. Empfehlenswert für Sparfüchse die »Happy Hour«, in der ein Viergangmenü nur die Hälfte kostet. Aber das »Freudenreich« zählt auch ohne dieses Angebot zu den Häusern mit dem besten Preis-Genuss-Verhältnis. Auf die Fahnen geschrieben hat man sich eine verfeinerte regionale Küche. Für mich immer sehr wichtig: das Tischbrot – und das ist hier besonders lecker, bestrichen mit etwas Schmalz. Eine sichere Bank als erster Gang ist die »Ahrtaler Sauerkrautsuppe«.

Aber es muss nicht immer die gastronomische Edelklasse sein. Nach einem Spaziergang an der Ahr oder über den Rotweinwanderweg kann es passender sein, in eine der Straußwirtschaften einzukehren, die rustikale oder pfiffige Regionalküche zu moderaten Preisen bieten. Zur schönsten wurde erst vor kurzem die »**Straußwirtschaft im Burggarten**« der Familie Kreuzberg gewählt (nicht zu verwechseln mit dem Gasthaus direkt am Weingut). Vier Monate im Jahr betreibt die Winzerdynastie dort eine urgemütliche Wirtschaft. Wenn die Sonne scheint, lässt sich hervorragend im Innenhof sitzen.

Im Ahrtal seit langem bekannt ist das Weingasthaus **»Schäferkarre«** – ein alter Karren im Inneren erklärt den Namen. Das wunderschöne Fachwerkhaus im Zentrum Altenahrs wurde 1716 errichtet und wird heute von Karl-Heinz Schäfer und seiner Frau Ilse-Marie geführt. Anspruchsvolle, regionaltypische Gerichte, aber auch Deftig-Bürgerliches gibt es hier. Die Preise sind erfreulich. Regelmäßig »unterbricht« den Gast das am Haus angebrachte Glockenspiel.

Der **»Hofgarten«**, die Gutsschänke des Spitzenweingutes Meyer-Näkel, hat sich in den letzten Jahren von einer (guten!) gutbürgerlichen Gastwirtschaft in ein feines, Bistro-ähnliches Restaurant verwandelt. Angeboten werden aber auch weiterhin die lieb gewonnenen Gerichte aus »alten Zeiten«.

Auch in direkter Nachbarschaft des rebstockgesäumten Ahrtals finden sich lohnenswerte Ziele für Schlemmer, zum Beispiel wenn es näher in Richtung Rhein geht. Remagen hat mit den Restaurants »Bellevuechen« und »Rolandsbogen« gleich zwei davon, bei der Bundesstadt Bonn braucht man schon beide Hände, um sie zu zählen. Und wer es weit in die andere Himmelsrichtung, bis fast an die Grenze nach Belgien, schafft, der wird dort tatsächlich sein gelbes Wunder erleben …

Bei allen Restaurants gilt: Ein Anruf vorher erspart Enttäuschungen, wegen Ruhetagen, geschlossenen Gesellschaften oder schlicht, weil kein Tisch mehr frei ist. Alle Angaben sind zudem unter Vorbehalt, Köche können wechseln, von mir lieb gewonnene Gerichte nicht mehr auf der Karte stehen, oder spezielle Angebote (Happy Hour, Überraschungsmenü) fallen einem Frühjahrsputz der Menükarte zum Opfer. Aber wenn es mal irgendwo nicht klappen sollte, schmackhafte Alternativen gibt es genug.

Brogsitter's Historisches Gasthaus Sanct Peter
Walporzheimer Straße 134
53474 Bad Neuenahr-Walporzheim
Telefon: 02641-97750
www.sanct-peter.de

Restaurant Freudenreich
Göppingerstraße 13
53474 Bad Neuenahr-Heimersheim
Telefon: 02641-6868
www.restaurant-freudenreich.de

Hofgarten – Gutsschänke Meyer-Näkel
Bachstraße 26
53507 Dernau
Telefon: 02643-1540
www.meyer-naekel.de/hofgarten.html

Restaurant Hohenzollern
Am Silberberg 50
53474 Bad Neuenahr-Ahrweiler
Telefon: 02641-9730
www.hohenzollern.de

Idille
Am Johannisberg 101
53474 Bad Neuenahr-Ahrweiler
Telefon: 02641-28429
www.idille.de

Köhlerhof
Remagener Weg 100
53474 Bad Neuenahr-Lohrsdorf
Telefon: 02641-6693
www.koehlerhof.de

Prümer Gang
Niederhutstraße 58
53474 Bad Neuenahr-Ahrweiler
Telefon: 02641-4757
www.pruemergang.de

Schäferkarre
Brückenstraße 29
53505 Altenahr
Telefon: 02643-7128

Straußwirtschaft im Burggarten
Burgstraße 6
53507 Dernau
Telefon: 02643-79 84

Vieux Sinzig
Kölner Straße 6
53489 Sinzig
Telefon: 02642-42757
www.vieux-sinzig.de

Zur Alten Post & Poststuben
Landskroner Straße 110
53474 Bad Neuenahr-Heppingen
Telefon: 02641-94860
www.steinheuers-restaurant.de

»Das wohltemperierte Klavier«

Julius hat auf der Soßenorgel folgende Zutaten »erspielt«. Die Mengenangaben fügte er nach vielem Ausprobieren hinzu, sie gelten für 4 Personen:

100 g getrocknete Aprikosen
200 ml Rotwein (von der Ahr!)
2 Knoblauchzehen
1 gehackte Zwiebel
300 ml Lammfond
4 Esslöffel Honig
Olivenöl
Koriander
Ingwer
Cayennepfeffer
Salz

Dazu wählte er:
4 Lammfilets, je 100–150 g
150 g Wildreis
750 g Fenchel

Das Wichtigste – die Rotwein-Honig-Soße
Zwiebeln klein schneiden, Knoblauchzehen pressen und beides in gutem Olivenöl (man sollte das grüne Chlorophyll in ihm riechen können!) anziehen lassen. Mit Rotwein ablöschen (den sollten Sie später auch dazu trinken). Geben Sie dann den Fond und die darin eingeweichten Aprikosen dazu. Nach Belieben mit Koriander, Ingwer, Cayennepfeffer und Salz würzen. Wenn die Soße zur richtigen Konsistenz eingekocht ist, geben Sie den Honig dazu.

Die Lammfilets
Einfach in heißem Olivenöl anbraten.

Der Fenchel
Die Stiele abschneiden, Verfärbungen entfernen und gründlich waschen (zwischen den Schichten sitzt häufig noch Sand). Dann quer in 5 Millimeter dicke Scheiben schneiden. Etwas Butter, Weißwein, Salz und Pfeffer in einen Topf geben, die Fenchelscheiben einlegen und (zugedeckt!) 15–20 Minuten dünsten (bis sie fast weich sind).

Wildreis
Der Wildreis macht ein wenig Aufwand und braucht vor allem Zeit, aber der feine Geschmack entschädigt für die Mühen. Es gibt viele Arten der Zubereitung, hier ist die von Julius bevorzugte: Den Wildreis kurz waschen und ihn in die dreifache Menge kochendes Wasser geben. Da bleibt er nur 3–5 Minuten, danach lassen Sie ihn zugedeckt eine Stunde quellen. Danach eine halbe Stunde in Salzwasser kochen. Falls Sie Wildreis mit Langkornreis mischen wollen, können Sie diesen nach 10 Minuten Garzeit einfach dazugeben.

Carsten Sebastian Henn
IN VINO VERITAS
Julius Eichendorffs erster Fall
Broschur, 208 Seiten
ISBN 978-3-89705-240-6

»Ein literarischer und lukullischer Genuss.« WAZ

Jürgen von der Lippe liest
IN VINO VERITAS
Ein kulinarischer Kriminalroman
von Carsten Sebastian Henn, Hörbuch, 3 CDs
ISBN 978-3-89705-425-7

»Einer gelungenen Geschichte setzt Jürgen von der Lippe die Krone auf.« Kölnische Rundschau

Carsten Sebastian Henn
NOMEN EST OMEN
Julius Eichendorffs zweiter Fall
Broschur, 224 Seiten
ISBN 978-3-89705-283-3

»Eine unterhaltsame Kombination aus Spannung, Witz, Winzer-Wissen und kulinarischen Geheimnissen.«
Alles über Wein

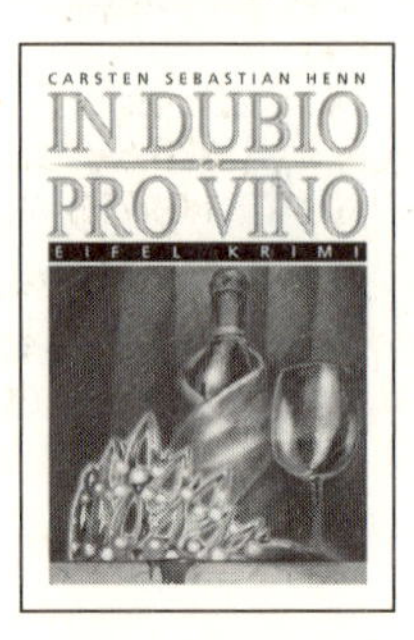

Carsten Sebastian Henn
IN DUBIO PRO VINO
Julius Eichendorffs dritter Fall
Broschur, 272 Seiten
ISBN 978-3-89705-357-1

»Wie seine Vorgänger eine gelungene Mischung aus Heimatkunde, Humor und Spannung.« Kölner Stadt-Anzeiger

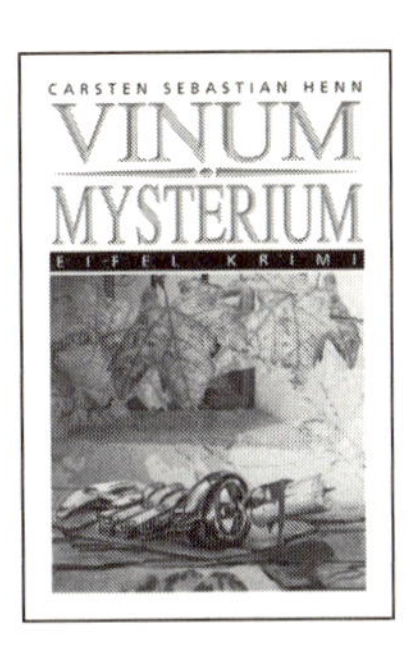

Carsten Sebastian Henn
VINUM MYSTERIUM
Julius Eichendorffs vierter Fall
Broschur, 272 Seiten
ISBN 978-3-89705-424-0

»Ein Spagat zwischen knallharter Spannung und sinnlichem Genuss« WDR 5

»Die pure Krimilust!« Skoll!

Jürgen von der Lippe liest
VINUM MYSTERIUM
Ein kulinarischer Kriminalroman
von Carsten Sebastian Henn, Hörbuch, 4 CDs
ISBN 978-3-89705-458-5

»Kaufen, hören! Und wer das nicht tut, ist ein Banause!«
Hörspiegel

Carsten Sebastian Henn
HENNS WEINFÜHRER MITTELRHEIN
Geschichte, Lagen, Weine
und Reisetipps
Broschur, 160 Seiten
ISBN 978-3-89705-378-6

»Das Buch macht Lust auf die Weine, die Winzer und die rebbestockten Hänge des Tals. Es ist eine Hommage an eine wunderschöne Landschaft, ihre Menschen und ihre Weine.«
Alles über Wein

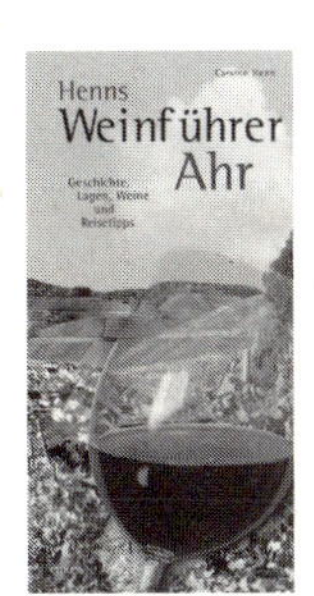

Carsten Sebastian Henn
HENNS WEINFÜHRER AHR
Geschichte, Lagen, Weine
und Reisetipps
Broschur, 176 Seiten
ISBN 978-3-89705-431-8

»Halten Sie sich schon mal ein Wochenende frei – nach der Lektüre werden Sie unbedingt an die Ahr reisen wollen.«
Divino

www.emons-verlag.de

Mein Dank geht an:
Jean-Marie Dumaine, Reinhard Hauke,
Gerd Henn, Klaus Liewald, Elke Lohmberg,
Hagen Range, Kriminalhauptkommissar
Christoph Rauland, Stefan Steinheuer, Gerd Weigl